寧富天下

3

完

風 文創 1007

鶴鳴 著

目錄

第四十一章

等回到家中，陳寧寧便把三合莊的事跟母親說了。

「從前我就說過，等賺了錢，便要買座大宅子孝順您和我爹。如今我那豬肉總算開始賺錢了，手上又有熙春樓的股份。我便做主把那三合莊連帶後面的宅子先買下了。那裡離青山書苑很近。不如，我爹休沐的時候，咱們一家先過去看看。若是適合，就直接搬過去。」

陳母聽了這話，整個人都呆住了。自從女兒賺錢之後，她的新衣服、新首飾便沒有斷過。她本來已經三十多歲的年紀。女兒偏說她還年輕，自然要打扮得美美的。

如今她穿了最好的衣服，又戴了許多首飾，還有女兒讓人熬的湯湯水水養著。陳母如今整個人都年輕漂亮了許多，說是二牛村婦人裡的頭一份也不為過。

她的日子已經過得夠美滿了，哪裡又想到，這還不算完，女兒居然當真給她買了大房子。陳母又連忙問道：「若咱們一家搬到潞城那宅子裡去住，妳又當如何？總不能把妳一人留在莊上吧？妳爹不會答應的。」

陳寧寧拉著母親，輕笑道：「我自然會跟著全家一起搬過去。妳放心，如今莊上各項事都有專人負責，已經慢慢步上正軌。莊上養豬也好、種糧也好，都不會有大問題。我們如今更需要開闢市場。留在潞城，自然會方便些。有需要時，我再坐車回來就是了。」

陳母雖然不明白開闢市場是什麼意思，可聽了女兒的話，她放心了許多，又連忙說道：「妳確實應該常住家裡，一直待在莊上也不像話。不然這樣，等妳爹回來，咱們再商量商量。若他同意，咱們便搬到城裡去住吧！」

等到陳父和陳寧信回來，也都被這個消息嚇了一跳。

陳父和陳寧信雖然在書苑裡，卻也知道，陳寧寧已經把芳香豬的買賣做起來了。如今潞城到處都有人談起這芳香豬，就連書苑裡的學生和先生們也不能免俗。

但凡吃過東坡肉、獅子頭的人，無不把芳香豬誇上天。

陳寧信聽了並不以為然，因為這菜他們家裡早已吃得夠了。只是，他沒想到姊姊所謂的營銷，居然這般成功。

這三合莊早幾年說是潞城第一飯莊也不為過，如今居然會變成他們的家？

一時間陳父百感交集，心裡覺得自豪，也不忍心拒絕女兒的一片心意。再三確定，女兒也打算搬進城裡一起住，往後也好在三合莊裡做買賣後，陳父便當場拍板定下，選個良辰吉日，全家一起搬過去。

另一邊，三合莊收拾俐落了。

吳媽、鄧嬤嬤、月兒、喜兒、香兒，還有青蒿、落葵，也都跟著陳家人一起搬到三合莊上去住。除此以外，還找了幾個負責灑掃、打理家事的婆子。那些婆子有老伴家人的，也都帶過去，正好可以幹點粗活，順便幫著看護門院。

幸好三合莊後面的私宅有三進，地方很寬敞，大多都能住得下。

曲老爺子原本很擔心莊主的安全，便想讓陳寧寧多帶上幾個年輕力壯的護院。陳寧寧卻覺得他們就是一戶普通家人，也沒有那麼多錢財，再說她的錢都放在外婆的小院。如今三合莊裡最重要的物品便是父親那些書，自然也不怕有賊惦記。與其讓人過去看顧那座空莊子，倒不如留在莊上看好芳香豬和番薯。還有張槐那邊挑出來的良種，也需要加倍保護。

如今陳寧寧就打算靠這些農產品，把買賣做起來。她認為與其浪費勞力，還不如想辦法擴大莊上的農業生產。

曲老爺子聽了這話，一時無話可說。於是大長公主和九王殿下千辛萬苦安排下來的人手，大半數都被莊主留在山上種田了。

陳寧寧一家搬到三合莊上，門外就是商業街，想買什麼都方便得很。

再加上，陳寧寧之前便與那些夫人交好。那些商戶夫人吃了芳香豬肉自是很喜歡，如今也有登門來拜訪的。

陳母被陳寧寧帶著往來幾次，如今也是一派大方，行為舉止皆十分得體。再加上她本就性格溫柔，又多受陳父影響，明事理，說話還不會讓人難堪。一來二去，那些夫人便當真與陳母成了好友。

當然，這其中多半有陳寧寧的功勞。

自從芳香豬賣出去以後，潞城那些夫人見識過陳寧寧做買賣的手段，知道她是個有才的人，自然願意多跟陳家親近，話中對陳母多有附和。

也有想要旁敲側擊，打聽買賣經，或者想去買些仔豬的人。

可惜，陳夫人卻極其謹慎。若跟她談論美食、討論衣服，她會大大方方侃侃而談。但凡一涉及到女兒的正事，她便像鋸嘴葫蘆一般。任人百般哄騙誘惑，她還是一個字也不會多說。

而且，一旦這人越了界，下次再想跟陳夫人交際，就不可能了。就這樣，陳母建立了新的交際圈。至於陳父和陳寧信，他們本來就有自己的交友圈，只是搬得近了，也更加親密了些。

陳寧遠也曾寫信回來，向妹妹道賀，又說他得到殷國公的青睞，如今一切順遂。

沈家的官司到底有些尾巴，也有一些宵小想要叨擾陳家，只可惜還沒進門，他們就被一隊兵丁給帶走了。

厲琰自然也把這事和陳寧寧說了。陳寧寧聽了不禁有些後怕。

厲琰便乘機對她說道：「這麼大的莊子，難免會有一些賊人肖想。妳這邊人手少，處理起來實在麻煩。再說，妳不是還想做罐頭買賣？單單這些丫頭、婆子肯定忙不過來。我這裡倒有些退下來的傷兵，不知妳這邊要不要？既可以看家護院，平日裡也能幹些力氣活。」

陳寧寧想想確實有道理。她還要做罐頭加工呢，自然需要更多勞力，於是便答應了。

等到來安把人送過來，陳寧寧一細看，雖然都是退伍老兵，卻是各有不同。

有悶聲悶氣、滿臉煞氣的，也有面帶傷疤、一臉老實的，還有像來安那種能說會道，能做管家、跑堂的。這些人各個都有幾分偏才，有會做飯的、有會修房子的、有擅長種花草的，還有會工匠活的。

這些人才過來，一時間，三合莊竟變得越發方便了。凡事幾乎都不用陳寧寧操心。不管哪裡出了問題，都有能人自動來幫忙解決。

對此，陳寧寧也樂得這般自在，正好她要抓緊時間製作罐頭了。

說來也趕巧了，陳軒那一行人這時竟然出海回來了。最重要的是，他們還帶回來玻璃工匠一家人，以及一些其他技術方面的人才。

厲琰那邊自有安排，就不用多說。

玻璃工匠一到這邊，厲琰立刻就安排一群人，跟他學起製作玻璃的手藝。準備著手先給陳寧寧建造一間玻璃暖房。

陳寧寧得知此事，心裡感動，卻也連忙阻止了他。「暖房之事還須得從長計議，如今技術還不熟練，未免有些太浪費了。只要先在房間裡的窗框上，安上玻璃就夠了。有了陽光照進屋裡，冬季種菜育種也可以方便些。況且離冬天還有幾個月，這不用著急。如今倒是有一筆買賣，我急得很。能不能先想想辦法，讓玻璃作坊那邊先做出一些玻璃瓶子來，咱們好趕製成罐頭。」

厲琰本就一心待她，恨不得把所有家產都捧到她面前，陳寧寧說的話，他就沒有不應承的。於是大手一揮，便把玻璃作坊，直接交給她來打理了。

他還說道：「反正是咱們兩個一起做買賣，妳的眼光我是信的。這玻璃作坊也是妳說了算。妳要什麼樣的玻璃罐，跟他們說就是了。」

陳寧寧早就覺得古代生活，多有些不便之處。如今能夠接觸現代工藝，親手改變生活品質。她自是樂意，於是她恨不得長期泡在玻璃作坊裡。

幸好那些工匠很快便做出了她需要的玻璃瓶子，又有手下大廚坐鎮。他們買回來不少新鮮果子，將其加工成美味的罐頭，放進玻璃罐裡。

玻璃罐子一個個晶瑩剔透，裡面的果子鮮活如美玉，又如彩石。就連那些罐頭蓋子，都是陳寧寧找木工師傅雕刻的。

整個罐頭做好，拿在手裡，像是新奇的寶器一般。這年頭，普通人家哪曾見過這些？

香兒忍不住感嘆道：「這也太漂亮了！夜光杯、玉杯、瑪瑙杯子也不過如此吧？」

陳寧寧笑著對她們說：「如今還不方便，等明、後兩年，玻璃能大量做起來，再給妳們每人發一些玻璃器具。至於這些罐頭，若是喜歡便拿去吃。」

香兒卻連忙說道：「這可使不得，我又不是沒吃過陶瓷罐的罐頭，味道都差不多。這種玻璃罐子的罐頭，還是留給姑娘做買賣吧！」

陳寧寧又笑道：「給自家人吃幾個還是夠的。」

就這樣，秋天裡，陳寧寧囤積了許多罐頭。到了冬季，通過厲琰那邊的商路，直接運到京城，又按照陳寧寧的安排，做了一大波行銷手段，取名為水晶罐頭。

原本玻璃就是稀有之物，而用來盛裝玫瑰鹵子的，都是那種精緻的小瓶。如今做成了大號的瓶子、罐子，裡面放的都是夏季才有的果子。那些果子經過加工後泡入罐子中，宛如琥珀寶石一般。

光是把這罐子拿回家，擺在家裡，都十分好看。更何況，裡頭都是些新鮮之物，通過透明玻璃便能看見水果並沒有半點破損、霉爛，每顆果子都十分完整。

打開罐子，裡頭的水果吃起來口感跟果脯完全不同。甘甜無比，果肉豐厚多汁，一股夏日的氣息撲面而來。那些人得了此物，便覺得珍惜得很。再加上，吃完罐頭後留下的玻璃罐子，還能用來存放其他食物。

一時間，罐頭在上京城裡，遭到了瘋搶。

厲琰本來就狠心，將水晶罐頭訂了極高的價格。而陳記商鋪一向賣些舶來品，所以他們有罐頭倒也不稀奇。權貴們也知道，陳記背景深厚，背後站著九王。九王雖然遠在潞城，可太子還沒死呢，定然不會讓九王吃虧。

這樣一來，自然沒有人敢輕易打陳記商鋪的主意。想買水晶罐頭，都要按照人家要求來，不然就得買一些有心人抬高轉手的高價。

眾人眼巴巴的，偏生陳記這邊乖覺得很；每日只搬出一定數量，每人也只能買兩罐。

一時間，王公貴族爭相派家僕來排隊購買，這事情也成了市井中的笑談。

有人看罐頭賺錢，曾經想過利用瓷罐裝果脯造假。只可惜，他們沒有製作玻璃的工藝，一眼就被看穿。加之，果脯的口感與水晶罐頭差太多，實在不好入口，因此反倒惹怒了一些官員，仿製者最終都沒能落著好。

如今京城人盡皆知，真正好吃的罐頭只有陳記在賣。而每個罐頭蓋上都刻印了一座山，據說是招牌，是指這罐頭產自一個叫作「半山莊」的地方。

倒也有王公貴族動了貪念，想要攔截這門買賣。派出手下人一路打聽消息，最終到了潞城。結果再一細打聽，連那半山莊也是九王門下的產業。

沒辦法，那些人只好收手。這罐頭的買賣，最終仍牢牢把控在九王的手裡。

他們想吃，還是只能排隊去買。

整個上京城裡，也只有太子和大長公主這邊，有大批種類繁多的罐頭存貨。隨他們送人也好、冬天想吃點新鮮果子甜甜嘴也罷。總之，他們府上是不用為吃罐頭發愁。

劉嬤嬤看著那些罐頭，難免對大長公主說上兩句。「九王倒是上心了，竟打發人送來這麼多罐頭。奴婢可是聽說了，這玩意在上京城裡緊俏得很。九王一向霸道慣了，幾位王爺沒少弄些小手段，可都被太子那邊給擋回了。如今這財路倒是牢牢握在九王手裡。」

大長公主點點頭，劉嬤嬤又接著說：「奴婢這裡也收到了鄧嬤嬤那邊的信。說這罐頭是咱們家小主子親自張羅才弄出來的，這發財的管道也都是小主子想出來的。她那豬肉買賣，也做得風生水起。只不過如今養得還不多。等將來，小主子肯定是會把鋪子開到上京城來的。」

大長公主坐在一旁聽著，眼神卻落在那些罐頭上面。在許多果子罐頭中間，有一瓶肉罐頭顯眼得很。只見裡面滿滿當當，裝著不少肉丸，倒像是當日裡，她試吃的那道菜，好像叫作「清燉獅子頭」。

一時間，大長公主的視線便落在了那瓶罐頭上面。

劉嬤嬤見狀，連忙上前問道：「主子要嚐嚐這獅子頭的罐頭嗎？九王的人曾說過，這獅子頭存在瓷碗中，放在鍋中蒸了，便是那個味道的。若不處理，直接打開也是能吃的，只是味道略差些。」

大長公主仍在愣神，半晌後，才開口道：「打開來，我嚐嚐。」

「是。」劉嬤嬤忙使人打開了那罐頭。

大長公主如今也不忌諱葷食了，只不過她還是吃得極少，這次也算難得的破例了。

劉嬤嬤覺得她又想念外孫女了，又絮絮叨叨說了許多潞城那邊傳來的消息。

「咱們小主子實在聰明至極，她老早就跟九王說過，佛郎機人漂洋過海到了呂宋，定然有些過人的本領。倒不如我們把它學起來，留著自己用。因為有這一說，陳軒才帶回了玻璃匠人。如今他們自己做了罐頭，送到上京來賣，這筆買賣也算是頭一份呢！」

大長公主默默聽著，又用筷子戳了戳碗裡的獅子頭，淡淡地說道：「果然沒有壞。」

劉嬤嬤又笑咪咪地說道：「做罐頭的法子也是小主子通過製作女兒紅的法子，想出來的。說若是把這些吃的東西跟髒東西隔開來，食物也就不會變質了。這罐頭放上一、兩年，甚至更久，都不會爛掉，照樣能吃。」

大長公主聽了這話，掀了掀眼皮，又開口說道：「那小狗子定是也想到了。」

「什麼？」劉嬤嬤頓時一愣。

大長公主又說道：「他們能把罐頭運到上京城來販賣，自然也可以在打仗時，利用罐頭來做糧草。」

「這……我立刻給鄧嬤嬤去信，把罐頭和玻璃配方都弄過來。」劉嬤嬤連忙說道。

大長公主卻搖了搖頭，面無表情地說道：「大可不必如此。她們那邊既然沒有提，定是因為這罐頭還有不穩妥之處。」

說著，拿起那個玻璃瓶子晃了晃，又說道：「例如這器具就十分不妥，很容易打碎。以那孩子的性子，定是會再想辦法弄其他器具的。」

劉嬤嬤這才住了嘴。

大長公主挾了一塊水果，放進嘴裡，又說道：「這是桃子，果然很好吃。」

劉嬤嬤又連忙道：「難得殿下胃口好，倒不如多用一些。到底是小主子帶著她們做的東西，實在稀罕。」

大長公主卻又說道：「原本我還想著，他們這買賣做得這麼大，早做準備。若是有心人向上進言，厲琰那邊定然不好收場。如今想來，他是早就思量好了。我本以為，厲琰不過一介莽夫。只是見他對嘤嘤那般上心，嘤嘤也十分中意他，這才跟太子談妥。如今看來，這厲琰城府也是頗深的。」

「殿下莫不是擔心九王另有圖謀？」劉嬤嬤心驚膽顫地問道。

大長公主又吃了一塊桃子，才答道：「他不敢的，也不會。如今有太子看著，出不了什麼事。」

劉嬤嬤這才沒再言語，又繼續張羅著讓大長公主多吃了幾種口味的罐頭。

大長公主到底又想到了外孫女，果然多吃了一些。晚飯時，又接連吃了獅子頭、東坡肉罐頭，似乎喜歡得緊。

劉嬤嬤不禁感嘆，只可惜朝堂風雲變幻，一時還沒辦法把小主子接回來。倒是苦了公主殿下這般思念。

另一邊，果然如大長公主所想的那般，有人眼紅厲琰的罐頭買賣，便向皇上參了九王一本。皇上這才知道，最近在京城引起排隊哄搶的罐頭，竟是出自九王之手。他連忙又使人打開九王送到京城、孝敬他那些年貨。

果然都是一些各式各樣的罐頭，比市面上賣的那些還要精緻華貴許多。單單是瓶子，每個都是精雕細琢的，倒像是擺設品。

除此之外，還有一些火腿燻肉之類的。九王送的禮物，果然與其他王爺風格大不相同，以食用為主。

皇上連忙招來掌事太監問道：「這又是何物？金華火腿嗎？」

太監連忙回道：「傳說潞城那邊有一種野豬，名叫芳香豬。肉質鮮嫩非常，還帶有一種果香。如今在潞城那邊，此豬廣受歡迎，還做成了席面。九王藉著送年貨的機會，也送來了一批芳香小豬。可惜宮裡把那些豬都當成了骯髒之物，不給進宮門。太子殿下得知此事，便使人把那些豬討了回去。至於這些燻肉火腿，也都是芳香豬所製。皇上可要送進御膳房嗎？」

如今那些皇子也都大了，各個都想要他坐的這個位置。父子感情越發單薄，皇上與兒子們鬥智鬥勇，每日糟心。如今回頭一看，唯獨小九這兒子與眾不同。一心只為救他兄長性命，對江山也沒有企圖。雖說行事衝動魯莽了些，可比起他別的兄弟，倒也顯得十分可愛。只可惜，這些年太過冷落他了。

一時間，皇上又想起了那本奏摺，分明是要陷害小九。

這些沒人倫的東西！果然半點兄弟情分都不顧念了。這種人還想搶他皇位，想得倒是美。

皇上很快便命人把那些燻肉火腿，通通送去膳房，又令人開啟罐頭來吃。

事後，皇上自然是按下了那些參九王的奏章。倒是太子聽說此事，又拖著病體進宮來。如今他已經有些站不穩了，下轎幾步路還得讓太監攙扶著。

即便這樣，他還是努力來幫九王辯解。

大意是說，九王如今製作鑵頭，純粹是為了做軍糧。也算誤打誤撞做成了這樁買賣。就算他掙出些許身家，也是為了籌集軍費。

太子本就身體不好，如今更是面如白紙，臉也瘦得近乎脫形。對於這個長子，皇上心中存有幾分愧疚、幾分憐惜。再加上，對比其他不孝子，他如今就看太子和九王這兩兄弟最妥帖。

不過是賺一些小錢，還是為了軍隊，比其他不孝子實在強太多了！

因而，皇上非但沒有申斥九王，還把那些參九王的官員罵了個狗血淋頭。此事就這般輕輕放下。自此，更加無人敢動九王的買賣。

京城眾王爺心知，只要太子還留有一口氣，九王就如同得了免死金牌。偏偏太子那般病弱，平日根本就下不了床，甚至還幾次病危，卻總能被太醫想辦法救回。

皇上那裡擺明著，就是不想讓太子死，非要留下他做個擋箭牌。

如此，京城其他勢力自然也不會找不自在。他們之間互相鬥得十分凶殘，卻獨獨沒人敢對太子下手。反正太子那邊，只等皇上駕崩後，再收拾也就可以了。

倒是六王自從上次被皇上申斥，又被迫娶了庶女魏氏為正妃之後，便如同折了羽翼一般百事不順。朝堂那些士大夫，也不再支持他。

六王厲瑫自然不甘心就此沒落下去。於是，幾次三番想藉別人之勢，東山再起。只可惜，前幾次他都找錯了方向，總想對大長公主下手。

可大長公主那邊也不是吃素的，不出手則矣，一出手便折了六王的一部分勢力，絲毫不顧及她跟魏婉柔的情誼。

第四十二章

六王碰壁次數多了，也就知道大長公主這邊不好對付。如今真正的魏家嫡女也沒在上京城裡出現過，像是被公主藏了起來，那魏婉柔自然是沒用了。

六王也是病急亂投醫，實在無計可施。便由謀士想了個辦法，誘惑了張老將軍的掌上明珠張玉芝。

那張玉芝本就一直對六王情有獨鍾，當日曾在眾千金面前，揭穿了魏婉柔的真面目。她本意是想阻止魏婉柔和六王結親。哪裡想到，魏婉柔那般無恥，竟然使出那般下三濫的手段。

最後竟還白撿了便宜，嫁給六王做了正妃。

對此，張玉芝平日沒少長吁短嘆，一是恨魏婉柔無恥，二是為六王鳴不平。直說六王本是一朵好好的香花，到頭來，竟插在了魏婉柔那坨牛糞上。

這般心情鬱悶，也合該鬧出點是非來。

那日正值正月十五，張玉芝去看花燈，哪裡想到，竟和家人走散了。又遇見紈袴子弟對她無禮，幸得六王把她救下，這才保住了清白。

自那之後，張玉芝便死心塌地，非六王不嫁。

家裡不同意，她便絞了頭髮，說要去廟裡當姑子。鬧到最後，張家不想把她嫁給六王都不行，名聲都毀光了。無奈之下，張玉芝到底嫁入六王府裡，做了側妃。

六王有心要籠絡張家，在張玉芝進門後，簡直就是豪寵。

一時間，張側妃在王府勢力大得很，說是呼風喚雨都不為過，自然也不會把魏婉柔這正妃看在眼裡。

可憐魏婉柔，算計了那麼久，到底還是沒能保住自己的地位。如今就連張側妃的丫鬟都能指桑罵槐，陰陽怪氣說出她的許多不是來。

這讓魏婉柔動了殺心。

一時，六王府中，妻不妻、妾不妾，鬥得厲害。

偏生那六王就在此事中，占到了便宜。自此越發想盡辦法，娶回好幾房妾。甚至，連魏婉柔當初對待他的那些手段都用上了。

只是這種事情，當真不能做太多。如今，那些有女兒的高門，都防六王防得緊。

至於六王從前皦皦君子的好名聲，自然毀去大半。

很多人都在私底下破口大罵，六王不過是個好色之徒，從前只是沽名釣譽罷了。

皇上那邊帝王心術，一心想著制衡。見老六自己做下這般糊塗事。可見不是個太聰明的。自然也就抬了抬手，沒再繼續打壓他。

這樣一來，六王總算是又站了起來，並且頑強地加入奪嫡的隊伍中。

而空掛著王妃名的魏婉柔，如今是王府中地位最低的一個。在一群爭寵的鶯鶯燕燕中她過的是什麼日子，自是不必多說。

與此同時，陳寧寧從玻璃罐頭生意賺了個盆滿鍋滿。她事業心強，跟厲琰商量後，自然又把這筆錢投入其他買賣中。

由於玻璃手藝如今算是徹底成熟了，產量自然不同以往，只留在潞城，賣給當地豪紳也沒什麼意思。厲琰一揮手，便讓手下人帶著一批新的玻璃工匠，到上京弄了個玻璃坊，交由太子門下安排。

那玻璃罐頭原本就風頭正盛，價格雖不是普通人家可以承受的，但上京的貴族家庭眾多，如今他們十分流行給房子安裝玻璃，讓整間屋子亮堂起來。

這風頭一起，玻璃坊的訂單，數不勝數。

這本來就是獨家買賣，獨門手藝。再加上，陳寧寧還在玻璃坊弄了個獨家黃金貴客制度，更是帶上一些推波助瀾的炫耀意思。

一旦成了黃金貴客，那就是有身分的象徵。玻璃坊還會送上一套，獨家製作，不外傳、不出售的精美玻璃器具一套。據說這套東西，都是西洋來的手藝人親手所做。尤其是那杯子，說它是夜光杯也不為過，用來喝葡萄酒更是另一種享受。

一來二去，權貴之家自然以成為玻璃坊的黃金貴客為榮。

陳寧寧這般買賣手段，讓太子覺得厲琰不是找了個媳婦，而是招了一尊小財神回家。對此他也不好多說什麼，只是平日裡沒少給大長公主那邊送禮。大長公主那邊，是上京第一個換上玻璃窗的。

好在大長公主如今也算想開了，見他們將外孫女照顧得好，也沒怎麼為難他們。

而陳寧寧自從有了越來越多佛郎機的技術支援。再加上，她平日裡那些天馬行空的「想法」，於是便不斷有新鮮東西造出來。

玻璃之後，那群匠人終於弄出了馬口鐵，也開始用馬口鐵嘗試著做罐頭盒了。要作為軍糧，自然沒必要那麼美觀，結實、耐用，能防腐就足夠了。

除此之外，還做出了水銀鏡子，就是另一份驚喜了。經由玻璃坊那邊推廣開來後，陳寧寧這邊自然又賺了一大筆。

幾乎每隔一段時日，陳寧寧就能弄出一些新奇手工藝品來。她甚至不得不壓著貨，慢慢訂立銷售計劃，一一推行。

這邊財源滾滾，那頭半山莊的農產品也出來了。由於經過神仙泉的澆灌，那番薯一種進地裡，當年就獲得了大豐收。

半山莊很快就脫離了要採購糧食的困境，還能囤積不少糧種。

陳寧寧一早就和陳軒商議過，他們雖然是買賣人，卻都不願意在民生方面謀利，便決定把番薯上交給國家。

只是才一年時間，也還無法證明番薯的好壞。

於是第二年，陳寧寧又做了一件大事，把番薯送到二牛村附近幾個村裡。免費送番薯，並且派專人帶著大家一起種，還保證等到來年，半山莊會派人再把番薯收購過來。

同時，她也通過厲琰，將番薯送進殷家軍的駐地。像這種軍隊駐地，自然會開墾一些土地種糧。

通常農民是不會輕易改變種習慣的糧種的，畢竟大家早就已經習慣種稻子了。可陳寧寧養豬賣豬的事情，早就在二牛村和潞城裡瘋傳，加上又有早年老道士給陳寧寧算命那一說。

如今這二牛村附近的農人，幾乎都把陳寧寧當成農神看待。

至於陳寧寧的前任未婚夫文秀才和他老娘文婆子，如今更不愛出門了。只要一出門，就有人對他們指指點點，說他們睜眼瞎、糊塗蟲、眼皮子淺，錯過了這麼好一個財神媳婦。

那文婆子更慘，也不知是著急還是氣的。在陳寧寧賣豬肉掙到錢後，帶一家人搬去城裡那日，文婆子突然便中風了。

也就是她命大，竟然沒有死，吃鄉野郎中幾副草藥竟然好了。可惜她那原本結實的身體算是全毀了。如今嘴歪眼斜，說話都不清楚。走起路來，更是拖拉著腿，家務事都不能做了。

他娘倆如今只能靠著文秀才的祿米過活，至於娶媳婦是別想了。文婆子名聲太差，是出了名的刻薄老不死。但凡好點的人家，都不願意把閨女嫁到他們家受罪。

更何況那文秀才如今也是個陰沈臉，沒了以往的溫文儒雅，看著嚇人得很。

總之，二牛村附近幾個村子幾乎都信了陳寧寧，願意跟她種番薯。

經過小範圍內的推廣後，陳寧寧總算把番薯的確切產量、種植的要點都弄清楚了，更是積攢了大量的經驗。只可惜，想把番薯上交國家，也不是那麼容易的事。

大慶朝的農民，早就習慣種稻子了。要是突然拿出一塊土疙瘩，告訴人家這玩意能吃飽肚子還好種，自然沒人會輕易相信。

官府那邊大概是厲琰暗中使了力。當真收下了陳寧寧上交的番薯，又派了差官去村裡看。這才發現番薯產量果然驚人，而且蒸煮都好吃，也能管飽。

再加上陳寧寧找書生，寫了一份番薯種植價值，以及推廣意見報告書。縣官老爺了解後也覺得這種糧食作物值得推廣種植。於是，連忙上報給朝廷。

只可惜，時機不太對。

皇上大病一場，生命垂危，已經多日不能上朝。年富力強的皇子們卻在明爭暗鬥，都防著狼兄虎弟上位，自己落不得好。

一時間，各派勢力開始混戰，各種流言蜚語、爆黑料、挖瘡疤等等行為，屢見不鮮。幾乎每日都有官員落馬。

甚至，以八王為首的一派勢力，還聯合了五城兵馬司，已做好了要逼宮的準備。

至於民生國情政事，甚至於皇上身體，已無人去關心。最後，還是太子拖著病體，跑去皇上跟前盡孝，親自侍奉湯藥，自己累得差點斷了氣。

皇上跟前的老太監也曾勸他休息。

太子卻搖頭說道：「父皇若是去，瑭也追隨而去。除了父皇，這世上再無人疼我。」

老太監感動不已，別的皇子卻懶得理他。

朝堂已然亂作一團，也是太子拚命穩住朝政。

滿朝上下皆知，依太子品行，才是當之無愧的儲君首選。只可惜，太子被人所害，身體根基早已盡毀，根本支撐不了許久。

偏偏那些兄弟沒少趁亂給他難堪，太子甚至在朝堂之上，被逼到吐了血。一度病危，又被太醫救回。

明眼人不免心中惋惜，太子怕是當真要和皇上一起去了。將來大慶落在這些王爺手中，不知會變成什麼樣呢……

就算這樣，太子也批了奏摺，讓潞城縣官，想辦法推廣番薯。

而縣官老爺倒是張榜發了告示，想招農民領番薯回家去種，只可惜成效並不好。如今朝堂混亂，給的支持甚少。他想破頭，也沒其他辦法，最後只能求到陳寧寧頭上。

由於陳寧寧之前便推廣過豬肉，如今豬肉養殖事業已經上了正軌，熙春樓自然開了幾家分店。不單單只是潞城，相鄰幾個省，也開始吃豬肉了。

只是論貴價豬，他們只認芳香豬。

就算上京城裡，罐頭、玻璃、鏡子大賣那些事情，眾人也不會直接往陳寧寧身上想。可陳寧寧在種地、養豬，如今在南方卻是大大出了名的。再加上她靠其他技術早已經賺下了萬貫家財。

縣官老爺想要將番薯推廣出去，她自然不能坐視不理。

而陳父為人師長，又讀了這麼多年聖賢書，自然知道糧食對民生的重要性。

因此，縣官請求他女兒來推廣番薯，陳父自然全力支持，甚至說道：「即便賣了咱們家裡的祖田和其他產業，也要把這事做起來。」

陳寧寧自然是接受了老爺的請託。

知縣老爺一看，陳氏父女如此深明大義，感動不已。

回到衙門，便讓師爺幫忙擬定了本子，打算等到陳姑娘做出點實績，就上報朝廷，給她請功。

這知縣老爺並不算什麼清官。他有如此舉動，一半是佩服陳家父女身上的風骨和氣節。還有一半，是因為知道九王明裡暗裡給陳姑娘撐腰。

說起這事，又引出一段是非來。

原來陳姑娘在做成芳香豬以後，潞城裡上層人家，甚至官宦人家，基本上都動了心思，想要把陳姑娘聘回家裡作宗婦。這哪只是普通秀才家的女兒？分明是下金蛋的母雞！

況且，陳寧寧名聲極佳，又是出了名的孝女。

只可惜，這些人根本沒有機會找媒婆上門說親，便有人爆出這芳香豬，原來早有九王入股，這陳姑娘所作所為，背後皆站著一個九王。

這還不算完，很快便有不少小道消息流傳出來。

那日，陳姑娘為了救父，跑到潞城賣玉，卻被當鋪掌櫃所欺。陳姑娘無奈之下，跑到街上攔住軍馬求救，正好撞到了九王面前。

九王那時只做軍官打扮，問明情況，幫陳姑娘做主後，又是把那黑心當鋪掌櫃送了官，又是出了一千兩銀，買下陳姑娘的寶玉。

自那以後，九王便覺得陳姑娘有勇有謀，對她留下了深刻印象。潞城本就不大，後來兩人再次相遇，九王發現陳姑娘性情溫良，又極其聰慧有主見，便逐漸開始傾慕她，甚至決定支持陳姑娘的買賣。

這段故事聽起來實在很像戲文話本，自然很快就在市井中流傳開來。甚至有戲班子，想把這段故事演繹出來，只是懼怕九王威勢才沒演出。至於潞城那些頂級人家，到了九王面前什麼都不是，自然也就歇了想說親的心思。

陳寧寧那邊，自然也聽到了那些流言。剛好，厲琰也來看她了。

陳寧寧貓兒似的，瞇起雙眸，似笑非笑地問道：「你這是把我那些行銷手段，都用在了我身上了？該不會，你的話本子都寫好，就差找說書先生了吧？」

一時間，她都不知道是該生氣，還是該笑了。這算什麼？終日打雁，反叫大雁啄了眼？好像也不能這麼說。

這一、兩年來，她把買賣做得風生水起，自然便有些上頭。特別是罐頭推出來以後，她更是有種一切盡在我手中的雄心。

陳寧寧這人做事本就不太能分心，幹什麼都喜歡全力以赴。她雖然一直都把厲琰當男朋友，也算盡心盡力維持這段感情。可說到底，她還是把更大野心放在商場上了。

偏偏厲琰這人，跟書中所描述的瘋子暴躁王爺，完全就是兩回事。在陳寧寧面前，厲琰有胸襟、有氣度，並不是那種只會把女人鎖在身邊的狹隘之人。相反，陳寧寧想要什麼，他便給什麼；陳寧寧喜歡做什麼，他便放開手，任由她去折騰，並且全力支持，站在背後維護她。

這種相處模式，陳寧寧受用極了。

說白了，她有點欺負人。知道這個男人真心待她，便有點任性撒野。

況且，她本性就是這麼野、這麼閒不住，本想當條鹹魚都當不了，也虧得厲琰有本事套住她。就好像她不管跑多遠，再怎麼撒歡亂跑，也跑不出厲琰那個圈子。正因如此，陳寧寧在享受做生意帶來的快意的同時，也很享受跟厲琰這段戀愛。

如今厲琰就算自爆了真正身分，她也能泰然接受。儘管兩人身分不對等，陳寧寧卻有一份強大的自信，認為假以時日，她定能成為站在厲琰身邊的人。

只不過這些話她從未說過。也可能正因如此，厲琰感到不安，才唱了這麼一齣大戲。

說到底，陳寧寧也沒有惱了他，反而挑眉打趣說道：「就算你是王爺，我自認也能配得起你。我陳家女孩是不做妾的。你若要娶我，還須得再等幾年，只怕你就不耐煩了，要去招惹別人了。」

可厲琰一聽這話，便有些著急了，連忙說道：「難不成妳還不懂我的心？我此生也就跟妳這隻張牙舞爪的山貓糾纏不清。哪裡還會去理別的女人？我自然要娶妳做正妃！」

陳寧寧聽了這話，心裡舒坦，忍不住說道：「你這話別人又豈會承認？如今我的身分到底有些低了。」

厲琰本來也不想繼續瞞她，便咬牙說道：「妳身分不低，配我也是足足有餘。那日，妳看見的那位身穿佛衣、帶著念珠的老夫人，妳可知那人是誰？」

陳寧寧頓時心頭一緊，連忙問道：「是誰？」

「是當今的姑姑寧國大長公主，也是妳親外祖母。上次公主就是特意來看妳的。」厲琰繼續說道。

「我外婆！」穿書了，也還是她外婆？

聽了這話陳寧寧眼圈一紅。卻又立刻想到，不對呀！她從未在原著中看見過寧國大長公主這個名頭。而且原主回到上京後，去侯府認親，卻被魏婉柔百般欺負，也從未有個外婆幫她出頭。聽厲琰這話，外婆的身分可不低。

陳寧寧又連忙問道：「我外婆到底是什麼樣的人，你同我好好說說。」

厲琰連忙扶著她，坐了下來，又說道：「說起大長公主，在我小時候便聽過她的故事，她是北疆的英雄，與霍小將軍成婚後，便去了北疆。」

接著，他便把霍小將軍出了意外，大長公主在北疆守了數十年。唯一的女兒明珠郡主，被落魄的鎮遠侯府算計，最終嫁給了魏曦。後來，明珠郡主的女兒，也就是陳寧寧，如何被拐走的。魏婉柔又怎麼被接到了魏家，頂替了明珠郡主女兒的身分。而明珠郡主一眼認出那不是她女兒，便被活活氣死了。

大長公主千里趕回上京，親手為女兒收屍。又是如何心灰意冷，去佛門修行，從此不問世事。又說了如今上京朝堂局勢，皇上對大長公主的提防。大長公主是生怕陳寧寧，也像女兒那般，被當成聯姻工具，這才不能馬上接她回去。

陳寧寧聽了詳情，不禁潸然淚下，又捂住嘴說道：「原來我不是被嫌棄的孩子，原來有人一直在等我。」

厲琰一看她哭了，頓時便有些手腳無措，也不知道如何安慰她才好，只得拿袖口幫她擦掉眼淚。又把後續那些事情都和她說了。其中就包括，血牛筋也給大長公主吃了的事。

陳寧寧聽了這話，忍不住問道：「這麼說來，血牛筋當真能救命嗎？」

厲琰點頭嘆道：「兄長中毒多年，體內毒素沈積頗深，遍請名醫無果，多虧了妳種出的血牛筋，才能保住性命。大長公主的狀況也差不多。她在邊疆鎮守數十年，舊傷暗疾無數、血瘀堵塞，再加上心如死灰。若不是有妳種的血牛筋，也只剩一、兩年的壽命了。」

陳寧寧聽了這話，下意識雙眼圓瞪。

原著中，陳寧寧想盡辦法嫁給文秀才，卻受盡文婆子的羞辱折磨，甚至被逼迫像牲口一般勞作。最終落了胎，還要被罵作不會下蛋的母雞。那時她又得罪娘家，自然無人替她出頭。

境遇這般糟糕，丈夫一句貼心話都沒有，反而如榆木一般，只會一味要她孝順母親，終日說些廢話。原主根本是被逼得黑化，才弄死了惡毒婆婆，陷害了愚孝的丈夫。萬念俱灰之下，這才帶著寶玉，去京城尋親。

可那時候，大長公主怕是已經不在了。鎮遠侯府被大長公主壓了十多年，怎麼可能不恨？自然會把怒氣發洩在原主頭上。再者，魏婉柔雖說是庶女，卻攀上了六王爺。自然也就成為侯府能否東山再起的關鍵。

相反的，回家認親的嫡女嫁過人，丈夫還是個罪犯，可以說是全無利用價值。魏家自然全力支持庶女，幫忙打壓原主。

原來事情這樣的。想到這裡，陳寧寧連忙說道：「我爹就是我爹，我娘就是我娘，我是陳家女兒，這一點是不會變的。」

厲琰看著她，微微點了下頭，又說道：「我懂，我兄長就是我兄長，這也不會變的。妳且放心，公主已然知道陳家待妳好，不會逼妳割捨這段情誼的。」

陳寧寧這才鬆了口氣，又垂著眼睛問道：「這麼說來，喜兒和她乾娘鄧嬤嬤，以及月兒，都是我外婆派來的？」

厲琰聽了這話，既震驚，又不免有些心虛。如今那半山莊一半是他的人，一半是大長公主的人，只有曲老爺子那派自認是陳寧寧的人。只可惜，經常屈服在他們的強權之下。

他垂著眼睛，問道：「妳是什麼時候察覺她們不對勁的？」

陳寧寧瞥了他一眼，淡淡地說：「可能是我這人直覺比較準吧。從一開始，我就發現了，總覺得她們很莫名其妙。一上來就對我很忠心。我說什麼做什麼，她們都會全力支援。而且，鄧嬤嬤來之前，喜兒就開始想盡辦法，教我高門貴女那套玩意。鄧嬤嬤來之後，更是一有機會便給我灌輸社交禮儀、為人處事的那一套。也虧得我意志堅定，她又算知情識趣。不然，我早就想辦法把鄧嬤嬤打發去養老了。」

厲琰聽了這話，連忙又問道：「那我呢？一開始對妳又是如何的？」

陳寧寧看了他一眼，嘴巴撇了撇，又說道：「你一開始看著我的眼神，就像看著那塊寶玉時一樣，似乎時刻都在估量我的價值。那會兒，大概是把我當成一枚可以用的棋子吧？」

聽了這話，厲琰心頭一震。的確如此，只是他卻不希望給她留下任何陰影。

第四十三章

見厲琰神色複雜，陳寧寧倒是不以為然地說道：「初時，我依你的言行舉止，甚至眼神，就猜出你地位非同一般，至少在殷向文之上。那時候，我家正陷入泥濘。王老爺之於我們家，就是無法撼動的龐然大物，我倒巴不得給你當棋子呢。若是如此，便能得到一線生機，也是我心甘情願的。」

厲琰沒想到她心思竟是這般透澈，而且對自己也夠狠。

他又忙問道：「所以後來妳家走出困境。我去找妳要血牛筋，妳卻不要五百兩黃金，只是想儘快打發我？」

陳寧寧點頭道：「錢財事小，我總能掙到，人情債欠下卻難還。」

厲琰突然挑了挑嘴角，又道：「唯一可惜的就是，妳低估了血牛筋的價值。」

陳寧寧無奈地點了點頭。

「血牛筋跟牛筋草，一字之差，長得也都差不多，只是顏色有異，我自己喝了也沒什麼特別感覺，實在沒想到它有那般救命療效。」

「所以，後來我找妳合夥做血牛筋的買賣。妳答應下來，是怕我對妳不利？」

「是，也不是。人在下風處，少不得需要借勢。反正我這邊一無所有，自然也不怕你圖什麼。」陳寧寧答道。

「那妳又是從什麼時候改變對我的想法？」厲琰又問。

陳寧寧坦然道：「應該問，你是什麼時候開始看我的眼神改變了？或許，你自己都沒發現，你看別人的眼神非常冷漠，像隔了一堵牆。看我的時候，眼神卻變得軟綿綿的，似乎是把我拉到了牆內。況且，從第一次見面，我就很喜歡你的長相。你可能不知道，每個小姑娘對未來丈夫都有一種憧憬。而你剛好就對了我的胃口。雖然一開始你對我算不上好，可也不曾虧欠過我。反倒幫了我家的大忙。後來，你慢慢變柔軟了，又對我很好。我就開始動心，想與你談情說愛。」

陳寧寧歪了歪頭，露出一個笑。「或許，家裡變故之後，我跟其他姑娘想法就不大一樣了。本來我對婚事就沒有期盼，相比靠丈夫度日，我更願意靠自己過活。而且，我覺得就該活在當下，做自己想做的事、做讓自己開心之事。只有這樣，等將來我老了，才不會感到後悔。」

她實在太過清醒，說的也過於直白。她的那雙眼睛就像琥珀一般，凝視著他的時候，卻又充滿了柔情。

一時間，厲琰忍不住輕笑著，伸手托起了她的下巴，又說道：「原來妳喜歡我的臉？」

陳寧寧抬起頭直直地看向他，甚至用手指輕輕地撫摸著他的鼻子，掃過他的眉眼，又輕輕地觸碰了他的唇角，這才說道：「你都不知道你長得有多好看，我活了這麼久，見到你之後，第一次對一個男人念念不忘。」

說話間，兩人的氣息完全融合在一起，厲琰甚至聞到了一股果子的香甜。他忍不住側過頭，似乎想咬她的手，卻到底沒忍心，反而用唇從她的手背順過，像輕吻一般。

「妳是唯一一個能讓我喜歡這張臉的理由。就好像作夢一樣。我小時候，總作一些白日夢，但凡我想要的東西，總是得不到。慢慢的，我就什麼都不肯要了。就算是喜歡，我也不願意表現出來。相反，我還會很粗魯地對待。直到後來，兄長教我，若是真心喜歡，就得小心翼翼的把她捧在手心裡，不然就會壞掉了。我很慶幸，兄長那般細心教導年少的我，扳正了我的壞毛病。不然遇見妳時，妳也一定不會這般喜歡我了。我很高興那日和殷向文帶兵出城，然後遇見了那個被人逼入絕境的妳。」

他的聲音低沈中帶著一股溫柔，就像一股暖泉從陳寧寧的心底流過。

陳寧寧心中暗道：幸虧太子還好好的，有他在，厲琰就是個很棒的男朋友。

想到這裡，她大著膽子，雙臂纏住他的脖頸，勾下他的頭，輕輕吻在他的唇上。

厲琰當然不是原著中那個暴躁的瘋子反派，相反，此時他就像個小傻子一樣，傻乎乎地被他的貓兒狠狠咬了一口。

很久以後，他仍是忍不住一直偷瞄他的貓兒。

陳寧寧臉上一副風輕雲淡的樣子，彷彿剛剛越界做壞事的人，不是她似的。若不是她那兩隻小耳朵紅通通的都快燒著了，厲琰還真以為她不在意呢。

剛好這時有人敲門進來，是陳寧寧的屬下要問該如何推廣紅薯？剎那間，她面色變為冷靜又沈著，強大又自信。果然，她還是他認識的那個小山大王。

但看著那對紅通通的小耳朵，厲琰到底沒有忍住，托著下巴，一直盯著她看。

陳寧寧卻在想，這厲琰未免也太純情了。好不容易打發走屬下，她才轉過頭看向他，問道：「你打算怎麼跟我爹說呢？我爹若是知道你的身分，肯定是不願意的。我外婆的事暫時也不能說吧？」

厲琰挑了挑嘴角，一臉慵懶的樣子。「不必操心，兄長寫了信過來。」

果然，還是要靠哥哥出頭嗎？

不過，陳寧寧如今很喜歡這個滿嘴哥哥的「哥寶」厲琰。

厲琰這人是個行動派，通常都是說做就做。

原本，陳父在青山書苑安心教書，對於市井傳言從未在意過。只可惜，他不聽八卦，周圍的學生、先生們喜歡聽八卦的卻有不少。

一開始，眾人還刻意迴避他，頂多在背後討論一番。

而陳寧信倒是聽到了些許風聲。可這些年下來，姊姊能力實在太過於強大，而且極有主見。陳寧信如今早已接受現實，家中除了長兄，還有個姊姊當家做主。就算他想指手畫腳，大多數情況，也會被姊姊一巴掌拍下。

況且，他之前便給兄長寫過信，詢問姊姊和厲琰的事該如何對待。兄長只是回信告知他，此事不必他操心，兄長自有辦法。因此，陳寧信心中便有數了。若是將來有什麼萬一，兄長自會想辦法處理。

因而，他雖然也有些擔心姊姊會給九王作妾，卻並沒有主動把這事洩漏給父親。

可惜，天下就沒有不透風的牆。

陳父那邊到底得到了風聲。從前，他只知道厲琰家世好，是上京城大戶人家出身，他也曾猜測厲琰家祖上可能受過當今賜姓。可他認為自家閨女這般能幹，只要不是當今的子嗣，若能依靠番薯得了些封賞，倒也能勉強搆上一搆。

這些年，陳寧寧的買賣慢慢做大後，陳父也曾跟妻子商量，不如任由兩人繼續發展，若將來真不成。就把女兒留在家裡，再想辦法招贅。

可如今，厲琰突然變成了王爺，這事可就容不得他們這些小民再繼續拖下去。

陳父急了，便跟徐掌院告假，打算回家找妻子去。

只是，他剛走到家門口，卻見厲琰翻身下馬來，朝著他便行了一禮。
陳父宛如受了驚嚇般後退了半步，連忙躬身行禮道：「王爺，大可不必如此。」
厲琰並沒有接話，只是神情嚴肅地說道：「陳先生，我有要事與您相商，不知先生能否容我說幾句？」
陳父心中暗道：果然還是來了。他如何才能回絕王爺想讓自家女兒作妾的無禮要求？
此時，陳父內心雖然無比慌亂，臉上卻極力保持鎮靜，也是板著臉說道：「王爺，同我到書房去說吧。」
就這樣，他故作恭敬地把厲琰讓進書房。厲琰那邊也仍是一副有禮的模樣。
進到書房，甚至來不及坐下讓下人上茶，陳父便義正詞嚴地說道：「請九王恕罪，我陳家雖然地位低微，到底是清白人家。曾有祖訓，我陳家女子，不作妾！」
他已是極力周旋了，直接把事情往老祖宗身上推，總不能找死人問罪吧？
厲琰聽了這話，並沒有發作，反而掏出了一紙書信，說道：「先生怕是誤會了，我從未想過讓寧寧受半點委屈。從一開始便打算好了，我厲琰今生若要娶親，就娶寧寧作正妃。若沒有她，我便不會娶別的女子。」
聽他這話，連三妻四妾都不打算要了？陳父嚇了一跳，一屁股跌坐在椅子上，又連忙站起身來，上前說道：「這……可能嗎？」

「有何不可能？先生恐怕還不知道厲琰在上京的名聲。那些貴女若起了心思想嫁我，純屬是自找死路，就連皇上也默認了此事。先生請看，這是我兄長寄來的書信。」

說著，便把信件遞了上來。

陳父心中暗叫道，這九王到底在上京城做了什麼天怒人怨的事情，才會落得這種名聲，又被皇上唾棄至此。

不過這之於他陳家，也算是件難得的好事了。如今九王對女兒也算真心，有些事一直被他們夫婦看在眼裡。若女兒真能做九王的正妃，他倆情投意合，將來婚後多半也能相處融洽。

想到這裡，他連忙接過信來，又小心翼翼地打開。先往信底下一看，上面居然蓋著當朝太子的私印。陳父摸著那印鑒，手指一抖，差點把信紙扔在地上。這才連忙從頭往下，細細閱讀此信。

太子成名很早，就連遠在潞城的陳父也知道。只可惜身體一直不好。若不是如此，當今朝廷也不會這般混亂。

今日，陳父讀到太子親手所寫的書信，見上頭不只字跡優美，文字中也透露出謙和大度，甚至還有幾分親近之意。

這封書信從頭便寫了，九王厲琰年少時受了不少苦，在上京城中為了保護他，得罪了不少權貴。以至於厲琰在京城名聲不好，又被皇上遺忘，始終沒有給他婚配的意思。

此次太子聽聞厲琰愛慕陳家小姐，便想正式向陳父提親。可惜他如今身體不好，再加上朝堂多有變故，還請陳父再給他們一段時間。

太子又在最後鄭重提出，他們要求陳姑娘作九王正妃。

通篇看下來，並無半點虛言，也沒有那種皇家貴族高人一等的態度，反而很平和，完全就是一副低姿態要求娶他閨女的語氣。

陳父看完，反倒愣在當場。過了好一會兒才反應過來，又細細讀了一遍。

一直讀到第三遍，陳父才拿出這封信，又問厲琰。「這可是真的？」

厲琰便點頭道：「我兄長親手所寫，自然容不得做假。兄長如今正想辦法在朝中周旋，定要讓我名正言順娶寧寧為妻。如今正好，寧寧要推廣番薯，若此事能成。到時候，知府定會上報朝廷，為陳家請功。到那時候，我再向您正式提親，也就方便多了。」

陳父聽了這話，整個人都呆了，沒想到他們居然已經策劃好了。

他又匆忙問道：「竟能這般行事？」

厲琰又道：「此事我跟寧寧也說過，她也想靠自己掙下一份屬於她的榮光來，她還說不願意只靠未來丈夫的榮光過活，我就喜歡寧寧這般有主見。」

陳父聽了這話，也忍不住笑了起來。「這的確是她的語氣，我這女兒總能做出許多出人意料的事情來。」

他感嘆了一番，又問道：「不知這封書信，我能收下嗎？」

厲琰點頭道：「這是兄長寫給先生的，自然該由先生保存。」

陳父到底點頭答應了。

回頭，陳父便把此事跟陳母細細說了。

陳母聽了，也嚇了一跳，連忙說道：「我閨女要作王妃？這事我想都不敢想。」

陳父連忙對她說道：「此事暫時不可張揚出去，妳也莫要對那些夫人多嘴。」

陳母便問：「那若是外面放出不好聽的謠言呢？」

陳父搖了搖頭，又說道：「九王定是不會讓這種事情發生的。就算一時有難聽的話，妳也要忍住，不許反駁。」

陳母聽了這話，忍不住長嘆一聲，點了點頭，又說道：「那如今我們又該如何？」

陳父又道：「推廣番薯之事，本就利國利民，不論如何，我們都要全力支持寧寧。至於寧寧的婚事，如今還太早，不如先擱在一旁吧，總歸正事要緊。」

自那以後，陳家便不再管陳寧寧與厲琰交往的事了。

外人見狀，無不嘆息，這事當真比話本還要精彩。眾人便說道：「陳家這姑娘，果然要嫁給九王作側妃了。」

「陳家這也算幾輩子修來的好福氣。」

「若不是陳姑娘如此能幹，他家也只是個鄉紳，又哪能得到九王的另眼相看。」

不管怎麼說，眾人都承認陳寧寧實在能幹，是個做買賣的奇才。也有人說，陳寧寧果然命中帶福。

因此，陳寧寧的名聲越發響亮起來，顯然快變成潞城傳奇了。

還有人覺得陳寧寧本身就帶著一種福氣，凡事一旦經她沾手，定會帶來好運氣。

陳寧寧對這些話，則是一笑置之。她可沒有心思理會這些閒言碎語。還要卯足力氣，打算推廣番薯呢。

自從前兩年番薯大豐收，半山莊上的人便想出了番薯的各種吃法。最常見的，還是蒸番薯和番薯粥，平時日常都有人在吃，味道也確實不錯。

後來，有人不小心把番薯掉進了爐灶裡，取出剝開來一看，焦香撲鼻，吃起來更加甘甜。自此烤番薯便在半山莊裡流傳開來。不只小孩愛吃，連大人也愛吃得很。

如今已經深秋，糧食早已收完了。半山莊上什麼也不缺，事情也都做完了，大部分人都提前貓在家裡過冬，好好歇息。

陳寧寧便乘機趕製了一批番薯車，安排莊上的人來賣烤番薯。莊上提供工具，以及做生意的本錢，至於賺多賺少，全算大家福利。唯一的要求就是教大家說一些番薯故事，講講這番薯的好處，在賣烤番薯時告訴客人。

莊上這些人大多都是讀過書的，這事自然難不倒他們。等一切準備就緒，大夥兒便穿妥厚厚外衣，推著番薯車出發了。

其實這事倒也不用怎麼推銷，往路邊一站，等到爐子裡的番薯烤熟了，那股香噴噴的甜味自然就散發出來，比點心還香，連吆喝都不用，路過行人就被吸引了過去。

行人紛紛問道：「你那車裡到底裝了什麼？怎的如此美味？」

小販便說道：「這裡面裝的是番薯，坐船出海跑買賣的陳氏商號大東家去呂宋時，見當地種了一種糧食，十分稀奇。千方百計帶了回來，交到了半山莊陳莊主的手裡，就是這番薯。」

這時又有路人問道：「可是養芳香豬那位陳莊主？」

那小販便連忙點頭道：「可不就是嗎？咱們陳莊主最擅長種菜養殖了。原本這番薯藤到了咱們大慶已然快死了。偏偏陳莊主妙手回春，又把它救活回來。咱們那莊上如今已經種了三年，也吃了三年番薯。大家今年想了個法子，這次特意推到大街上，讓眾位也嚐個新鮮。」

那人便又問道：「呂宋那邊就吃這個？怎麼看著跟土疙瘩似的？」

小販也不在意，只說道：「這您可就沒見過了，不如我掰開這烤番薯，讓眾位瞧瞧。」說著，便戴著手套，取出一個烤熟的番薯。又當著眾人面，把它掰成了兩截，露出了紅豔豔的瓤。

圍觀的人從沒見過這種食物，聞起來味道就跟點心差不多，甚至比點心還要甜美。一時間眾人都被吸引住了。有人便打著膽子問道：「這呂宋來的烤番薯賣多少錢一個？」

那小販便說道：「小的兩文錢，大的四文錢。」

眾人一聽，這豈不是跟燒餅差不多的價格，一點都不貴，隨便哪個人都能吃得起。於是這些人紛紛掏出錢來，跟小販買了烤番薯嚐鮮。

這大冷天的，墊著袖子或者戴著手套，把熱騰騰的番薯捧在手裡，掰開來一吃，簡直就是難得的美味。

就這樣，一傳十、十傳百，很快大家便留意起街邊的番薯車來。

而這番薯車越來越多，似乎只要上街轉轉，就能輕易買到烤番薯，而且這玩意物美價廉，不但好吃，又能填飽肚子。

這下子不只大人，就連小孩也都愛上了烤番薯。

如此宣傳，鄉下那些農民自然也都知道了番薯的好處。等到半山莊的人再去附近村落回購番薯。那些農民也不願意全都倒手賣出來了，反而會留下一部分自家吃，他們早就打聽過了，自然知道一些番薯的吃法。

有些人很快就發現，番薯育種時的價格雖然可能會高一些，但產量實在驚人，再加上，吃番薯也的確可以填飽肚子。很快地，便有大膽的人預留下更多的番薯，替代了一部分稻米做種子。

與此同時，很多其他村落也都紛紛找上半山莊，說想要種番薯。

短短一個冬季，番薯便在潞城附近徹底打響了名聲。

從前，官府老爺怎麼都推不動，如今那些農戶自己趕過來，求他要番薯。只可惜如今想要番薯種子並不是免費的，必須花錢來買。

不過老爺告訴了他們種番薯的辦法，還說只要種得好，一年下來，不只種子能有，往後也不愁吃的了。

到了來年春天，潞城附近幾個大省，也開始慢慢種起了番薯。

潞城這邊順風順水，可在北方上京，卻又發生了一樁驚天大事。

原來，幾個皇子急不可耐，甚至不等皇上嚥氣，便開始大亂鬥。初時也就是政鬥，互相攀扯，比誰更有理。有太子在前面壓著，到底維持了一段時日。可自從太子被兄弟們氣到吐血後，便無法經常上朝，反而要留在宮裡，跟著皇上一起養病。

朝廷上下都猜測，太子大概會跟皇上一起走，自然也沒有閒暇去理會他們。少了干擾，其他幾位王爺卻鬥得越發凶殘，到處挖瘡疤，各種設計陷害。到最後，什麼下流手段都使出來了。

滿朝上下鬥得一地雞毛。這時候，幾位王爺就看各自手段了。

八王年輕氣盛，比不得兄長們那般老奸巨猾，眼見著自己慢慢落了下風，到底沒能忍住。乾脆聯絡了五城兵馬司的舅舅，試圖逼宮造反。反正只要幹掉其他兄弟，他便是皇位的繼承人。誰還管有沒有理？

而三王爺心有不甘，暗中聯繫了禁軍。兩方人馬在宮廷外面，幾乎兵戎相見，眼看就要大廝殺。

就在這時，四周突然點亮了煙火，所有人被團團圍住。

兩位王爺也顧不得廝殺，回頭一看，差點被活活嚇死。原來那本該病重在床、只剩一口氣的父皇居然醒了，並且正全副武裝地站在外面，而他背後黑壓壓全都是士兵。

若說八王和三王一個是五城兵馬司，一個是禁軍，那皇上背後站的就是北疆霍家軍。

到頭來，大長公主還是死忠的保皇黨。

三方實力相差太過懸殊，逼宮造反根本沒有任何勝算。三王和八王被抓後，被圈禁自是不必多說。至於其他幾個參與政鬥的王爺，也都沒有落到好。

皇上回宮之後，就把這些兒子該打打、該罰罰。並且直接下旨，這些兒子不孝，並非治國之材，難堪大用。直接把幾個王爺從繼承人中剔除了。

接著，皇上又雷厲風行將朝堂中蠢蠢欲動的各方勢力收拾了。

第四十四章

所有人都沒想到皇上居然還留有一手。

一時間，皇權重新聚集回皇上手中，他心裡總算舒坦了。

只可惜，等他回過神，再一看自己那些兒子，差點沒哭出來。也就一個太子真心把他當爹看，拖著病體也要給他盡孝。其他兒子眼中只有皇位。唯一一個在這場是非中，動作稍微小點，免於受難的成年皇子就是老六。

可惜，老六從前就不老實。這次之所以沒受牽連，是因為他之前做了許多混蛋事，早已被朝中士大夫所厭棄。這次還沒開始動手，便被其他幾位皇子聯手輾壓下去。單單是他那混亂的後宅，就足夠他喝上一大壺。自然對付不了別人。這種糊塗蟲，更加難負重任。皇上怎麼可能看得上他？

再看看其他完好的兒子，成年的老九遠在南疆，並且有胡人血統，無法繼承皇位。剩下就是年齡還小的幼子。

這種時候，皇上就算大權在握，心情也好不起來。相反，他幾乎快要哭出來。

早知如此，當初他就不該放任那些人對太子下手。如今完美的繼承人，最好的兒子，竟然被他一手給毀了。剩下其他那些愚蠢的兒子，就沒有一個中用的！

想到這裡，皇上心中百感交集，又痛苦萬分。躺在巨大、柔軟的龍床之上，半夜卻在噩夢中驚醒。生怕他百年之後，竟無合適人繼承大統，登上皇位。

若徹底斷了厲家根基，他又有何種面目去見列祖列宗？到時候，他便是千古罪人。說不定整個大慶都會因為他的一意孤行而斷送。

身在高位，許多心事無法對旁人傾訴，皇上到底沒能忍得住，去見了自己的親姑姑大長公主。

其實，自從明珠郡主薨了以後，大長公主便沒再見過他。就連北疆邊境、大慶安危，大長公主都捨去了。皇上以前派人去問候，或者帶去隻言片語，大長公主也不曾回應。

或許姑姑知道當初他為了鞏固皇權，對明珠做的那些事情……

皇上心中也曾有過愧疚。

他本不是能力出類拔萃的皇子，也不曾得到過父皇的寵愛。卻因為幼時和姑姑一起長大，得了她全力相助，才能登上皇位。或許初登皇位之時，他對姑姑也曾有過幾分血脈親情。只可惜，在那個位置坐得越久，他越是沈迷於權勢中，對人的感情反而慢慢淡薄。

凡是對江山社稷皇權有礙的東西，全都被他一刀斬斷，毫不留情。

姑姑曾一心待他，他卻害了她唯一的女兒，就連外孫女也不知在何處。姑姑在廟中守了這麼久，恨他怨他也是應該。只是沒想到，在所有人都期盼他死的時候，姑姑卻還是出手相助，選擇站在他這一邊。

或許，正因如此，皇上才迫切想見姑姑。也想對她說，自己如今已經悔了。

原本以為這次會被拒之門外，卻沒想到，大長公主居然見了他。

皇上甚至不用嬤嬤們帶路，自己便信步走進了內堂。就彷彿回到年少時，下了學堂，急忙跑去見姑姑的樣子。只可惜，時光從來不會厚待貪心之人。

他如今老了，頭髮花白，脊背彎彎，腳步也變得泥濘拖沓。而坐在蒲團之上的大長公主，雖然眉眼間有了皺紋，頭髮卻是黑的，臉色也有些許潤澤。

大長公主緩緩睜開眼，眼神淡漠，透著一股看透世俗的味道。就算看著他，也早已沒了從前的親近，反倒更像方外之人。

皇上忍不住低低叫了聲。「姑姑，妳可記恨我？」

這時，他已經不再用「朕」了，也不像以往那般高高在上，反而有些返璞歸真，又變回了在人生道路上迷路的晚輩。

大長公主眼神清明，語氣也頗為冷淡，只說道：「陛下有話請講。」手中不斷撥弄著佛珠。言語間，她已經劃出了一道鮮明的界限，從前的親近早已蕩然無存。

可能是大長公主的眼神太過清淨無塵，不染半點世俗，也不帶半點俗世間的慾望。

皇上終是忍不住向她吐露了心中之事。

如今朝堂之上，所有兒子如同鬥雞一般，各個都想爭皇位，各個都在等著他死。唯獨太子值得託付，可惜他如今身子已經毀了。倘若百年之後，沒有適合之人繼承大統，到時候厲氏王朝旁落他姓，他又有何面目去見列祖列宗？

說到激動之時，皇上甚至眼含熱淚，可見他是真的悔了。

大長公主仍是一臉冷淡地看著他，就如廟堂的佛像，最後只是一聲嘆道：「不如全力救治太子，看他還否有一線生機。再者，好好調教你那些幼子，別再玩養蠱那一套了。」

此話帶著譏諷，使皇上面上一冷，手指也攥得死死的。只可惜，大長公主並不打算給他留顏面，臉色也一如方才那般冷淡。皇上一下又意識到，這並不是往日只會溜鬚拍馬的官員，而是他姑姑。於是，他表情又和軟下來。

可這時大長公主卻垂下眼說道：「好了，我倦了，你先回去吧。我會為太子多念兩遍經的。」

皇上連忙又說道：「還有一事，想向姑姑請教。」

大長公主並沒有言語，面上卻也沒有半點不耐之色。

皇上便繼續說道：「您看小九又如何？可否繼承大統？」

這話中似乎藏著幾分試探，又似乎什麼都沒有。此時，皇上對九王已改變了態度。

大長公主仍是垂著眸子，淡淡地說道：「小九到底有外族血脈，怕是不妥。」

皇上這才連忙說道：「姪兒知道了，姑姑休息吧。」

大長公主這才緩緩合上雙眼。

皇上見狀，也不好再打擾下去，只得連忙帶人離開。

待他走後，嬤嬤進來回報。「殿下，皇上走了。」

大長公主冷冷地嗤笑了一聲，對心腹嬤嬤說道：「告訴太子，可以收網了。」

嬤嬤領命而去。

大長公主又招了人過來，說道：「去拿幾個罐頭來給我吃。把他們孝敬我的東西按原樣都擺上吧。用慣了那玻璃之物，再用木頭的，我倒有些不習慣了。」

下人連忙把大長公主房間裡的東西都換了個遍。

仍是那間佛室、那個蒲團，可整間屋裡卻多了幾分煙火氣。

這時，霍芸娘走進來，親眼見著大長公主吃水果罐頭吃得十分爽快，臉上的表情也十分放鬆。她便上前說道：「小主子快進京了吧？」

大長公主卻淡淡說道：「不急，交代底下人慢慢來。這麼多年都等了，不差這一、兩年了。更何況，再讓我那姪子開心一段時日，又有何妨？」

說這話時，她臉上一點表情也沒有，既無慈悲，也無怨恨，反倒如同雕塑一般冷硬。

或許，早年她對皇上還能有幾分真心實意，把他視為親人。可惜，人心都是肉長的，沒得她這邊一頭熱，不斷燃燒自己，那頭卻不把她當人看，還隨便扔在地上踐踏的。若被這般對待之後，還能對他念及親情，那人恐怕就是個傻子。

好在太子雖然溫和，這些年卻見識過世態炎涼，人情冷暖，也算被皇上錘鍊出幾分王者之道。只是現在他把這道，用在了自己親爹的身上。

若她那姪子知道了，也不知會如何作想？

想到這裡，大長公主心裡多了幾分暢快，嘴裡不禁罵道：「你活該！」

另一邊，自從三王、八王造反被圈禁後，七王因為是三王同母兄弟，也被皇上遷怒，如今也在家閉門思過。

至於四王和十王，前期鬧得太過火，如今也被皇上打壓得喘不過氣來。就連職位都給撤了。朝堂內外，只剩下六王一人算全身而退，沒有造成重大損失。

一時間，六王心中大喜。心中暗道，如今算是白白撿了個大便宜。只要苦熬過一、兩年，父皇身子不行了，定會立他為太子。

其他朝臣也聞風而動。曾經唾棄六王，鄙視他之人，如今也都慢慢向他靠攏，甚至也不乏投奔他、討好他的。

六王心中越發快活起來。只是面上仍不敢與朝臣走得太近，生怕父皇殺紅了眼，不管態勢，反手給他一刀。

可關了門，待在府裡，他心裡美，難免就會左擁右抱嬌妻美妾，提前享受帝王等級的伺候。雖說他府中有些不太平，可各房都在絞盡腦汁爭他的寵，為他生孩子。這反而讓六王越發得意起來。

他甚至對妻妾們說道：「誰先生下孩兒，便請奉世子。」

對此消息，其他側妃、小妾皆是歡喜，唯獨正妃魏婉柔心急如焚，沒辦法，只得暗中聯絡娘家舊人。

如今在霍家明裡暗裡打壓之下，鎮遠侯府魏家早已敗落得不成樣。他們唯一還能依靠的，唯有魏婉柔了。

況且，六王的運氣又是出奇得好。

一時間，魏家人一心想扶持魏婉柔做太子妃，不只給魏婉柔送上產子藥，同時，也送上了一些避孕的手段。

這事做得十分隱秘，甚至用到了安插在六王府上最後的那條暗線。就這樣，那些側妃、妾氏神不知鬼不覺就都被避孕了。若不是張側妃懷孕兩個月的男胎沒能保住。張家一怒之下，請來醫女暗中篩查才抓到了蛛絲馬跡，原來張側妃是遭人算計了。

張家哪裡受得了這個氣，把所有證據呈在六王面前，逼他給個交代，不然就和離。

張家如今算是六王最大的靠山。六王自然不敢輕易得罪他家。於是，滿院子篩查，發現幾乎每房妾氏都中了招，唯獨魏氏那邊沒事。

六王氣紅了眼，連忙讓手下提王妃來見他，說要給毒婦一個教訓。

可魏婉柔到了他面前，卻兩眼含淚說道：「如今我也已經懷了王爺的骨肉，若不保住這胎兒，恐怕對王爺不利。」

六王頓時大驚失色。「難不成妳也對我下手了？毒婦毒婦，當初我怎麼就中了妳的美人計呢？」

六王擔心斷了子嗣，不得不勉強留住魏氏幫她保胎，一時又對魏氏恨得要死。

就在左右兩難之際，皇上下旨罰他閉門思過。說是連自家內宅都管不好，又如何能幫朝廷做事？以後都不用上朝了。

六王聽了這話，當場昏死過去。

因為魏婉柔這個攪家精，他最後一點運勢也燃盡。到底是被父皇徹底離棄了。

另一邊，皇上命令所有御醫全力以赴救治太子。就算需用靈丹妙藥，也要千方百計找回來。

就在這時，九王剛好從海上尋到了一棵紅色靈草。快馬加鞭送來上京，為太子續命。太醫立刻報到皇上面前，皇上隨即大手一揮說：「給太子用上。」

卻不想，這仙草果然有奇效，太子體內餘毒居然清除大半。只可惜這些年，他身體耗損嚴重，短時間內怕是好不起來。

皇上聽了這話，表面悲痛萬分，心中卻格外滿意。嘴上說道：「少不得，我再為我兒操持幾年，你們想辦法助太子好好調養便是。」

至此，太子的地位，算是過明路了。

滿朝文武皆嘆，天佑慶朝，太子好轉，定能振興大慶。

太子也的確如滿朝文武所期待那般，在養病期間，便開始大力推廣農業，尤其關注南方幾省一種新糧種的推廣。此為民生。

皇上正對太子滿心憐愛，又見他如此關心民生，而不是只想爭權奪勢，急著把他拉下馬，便越發喜歡起來，因而經常在朝堂之上，誇獎太子忠厚仁義。又囑咐太醫們好好看著太子，別讓他太過勞累了。

有了太子這邊的推波助瀾，朝廷把番薯也納入賦稅裡。陳寧寧那邊推廣番薯自然也就更方便了。

原本為了推廣番薯，烤番薯也是給了個低價。可就算這樣，因為番薯產量高，仍有賺頭。還有那大膽的農戶人家，有樣學樣，想要進城賣烤番薯。可那烤番薯車，卻不太好弄。

結果一打聽，三合莊有現成的烤番薯車子，還提供租賃，而且收費非常低。一來二去，便有不少農戶人家或小商販都去三合莊租一輛車子，再買些成品番薯，放進番薯車裡烤了，便可以推到大街上直接賣了。

後來，這買賣又逐漸向周邊城鎮推進。

番薯的買賣越做越大，陳寧寧非但沒有賠錢，反而開始盈利了。

除了番薯事業不斷擴大，山莊上的養豬事業，也穩健提升。

別人養豬可能還要擔心豬瘟和配種問題，但陳寧寧長期給豬喝神仙泉，她的豬不只長得快，肉質好，體質也都很好。就算去配種，也有一定優化的作用。到了二、三代以後的芳香豬，肉質居然越發細嫩了。

再加上，熙春樓的豬肉宴席早就成了潞城的活招牌。很多北方遊客到了南方也會特地前去嚐嚐芳香豬，順道帶一些芳香豬火腿回去。

甚至，就連遠在深宮的皇上，也對芳香豬火腿念念不忘，還特意傳信給九王，催他送些芳香豬火腿到宮裡。

也有些北方客商，想要定期購入一些芳香豬或者肉製品，運回家鄉去販賣。卻被半山莊這邊婉言拒絕了。理由是，這種豬不只數量稀少，養起來十分精貴，本地尚且不夠吃，也就偶爾才會做成一些火腿燻肉。

客商們又不甘心空手而歸，只能想辦法帶回少量芳香豬肉。這般飢餓行銷下來，芳香豬肉就變得越發神乎其神。慢慢地，很多北方大戶都知道芳香豬是南方潞城特產，也是慶國最好吃的豬。肉質細嫩不說，還帶著一股果香。就連熙春樓也逐漸有了名聲。

陳寧寧的商業版圖，就這樣一步步的打開。

而那出產芳香豬的半山莊，如今早已變成另一番模樣。豬圈下面是魚塘，經過發酵之後，豬糞也可以變成魚飼料，完全實現了能夠自己循環的生態系統。再加上袁家人的造景，還有吳哲源的竹筒虹吸引水上行，把整個半山莊建成了潞城有名的觀景聖地。

年初，甚至有外地商人非說半山莊是潞城風水寶地，願出三千兩銀買下。對此，陳寧寧自然不肯。這更加讓那些財主富戶，越發對這半山莊感到好奇。直到這一日，陳寧寧以莊主身分廣發邀請函，請大家去半山莊上遊玩，還有一筆大買賣，要同大家一起商量。

潞城商界，如今皆熟知這半山莊的主人。雖然年輕，且是女流之輩，可這些年來，陳寧寧那些買賣的那些手段，卻早已被傳得神乎其神。

眾人都說，但凡陳莊主沾手的買賣，必定能大賺。也有人管陳寧寧叫作「點金手」。於是，收到名帖的富豪財主，無比以此為榮，欣然應約。

一時間，半山莊變得熱鬧非凡，而莊上的人早已安排好了各自職責。有帶著客人賞景的、有帶著客人划船的。

若是興致來了，客人也可以去釣魚，或者去菜田裡，隨手掰些瓜果蔬菜下來。莊上的廚師直接就可以現場料理成美食，或者給客人們帶回各自家裡去吃。

潞城的富商們平日裡享受錦衣玉食，凡事都不用親自動手。如今到了半山莊，才享受起了歸農的樂趣，自然玩得不亦樂乎。

到了中午，莊上大擺芳香豬宴，陳莊主這才現身，先是洗腦似的，大講這芳香豬的好處，最後才把話題引到生意經上。

「不知眾位是否願意跟我一起養這芳香豬？」

這是一次很成功的引資招商。很快，大批潞城富商也都紛紛加入養豬的行列。

眾人皆知，芳香豬是個一本萬利的買賣，再加上這豬的確珍貴。因而陳寧寧那邊，就算提出一些苛刻的條件，大家也都應允下來。

半山莊這邊，收豬價格給得很高，從不拖欠。再加上，陳寧寧每隔一段時間，都會邀請加盟商們來莊上度假，再加上各種前景展望洗腦。

富商們對陳寧寧越發心服口服，也願意跟她合作。

很多人先是加盟了養豬場，後來又跟著陳寧寧種起番薯。

潞城這邊，農業搞得風生水起。

這時陳寧寧又在潞城附近買了兩大塊土地，分別蓋了兩座怪模怪樣的莊子。

雖說，半山莊造園能力遠近聞名，可那兩處莊子實在太過奇怪，房子十分簡陋，梁上搭了許多空架子。很多人都在懷疑，陳寧寧這是打算做什麼用？

偏偏，陳寧寧並未向外洩漏半點資訊。等到那兩處奇特的莊子修整完畢，才又調了一些人手過去。同時，芳香豬也運一批過去，番薯也送去許多。

只可惜那兩處莊子都嚴密得緊。護院各個身強力壯，都是一些退伍老兵。就算是有些心懷叵測的宵小，也不敢貿然往那兩處莊子去偷看。

一直到年底，九王派一隊士兵，運了幾車包裝精緻的年貨，往上京前去時，眾人仍是一頭霧水。他們猜這些都是九王往上京送的火腿燻肉之類的禮物，也算十分體面。

可有些盒子上，卻分明印著番薯之類的字樣。這番薯是潞城普通人隨意便能享用的糧食，價格非常低廉。這種東西，也能送往上京那種繁華之地嗎？

他們卻不知，陳寧寧想乘機在上京做番薯乾和番薯果脯。一是為了賣個新鮮，二是為了讓當今皇上以及天子腳下的百姓，早些近距離接觸這種新型糧食。

陳寧寧送到上京的番薯乾和番薯果脯，自然不是隨便做做那麼簡單。番薯乾都是挑選統一大小，比較飽滿的，晾曬過程也格外注意衛生。因此每根番薯乾跟水晶條差不多。而那些番薯果脯，更是各個晶瑩剔透，如同寶石一般。

其實，皇上那邊已經催促了好幾回，讓九王送些芳香豬火腿回去。厲琰本來懶得搭理他，回覆不過是胡亂推託一番。如今為了陳寧寧的計劃，才打發人手往上京送去一些火腿，同時奉上了一些火腿食譜，以及芳香豬的說明書。

到了過年的時候，那些反叛皇子雖說被打壓得厲害，卻也紛紛為皇上張羅一些禮物，希望能有機會恢復一些權力。

但送的禮無非是些稀奇寶玉、價值連城的古董之類的俗物。比起這些，皇上反倒被太子親手抄寫的經文所感動。心裡更是覺得，果然只有太子一心想著為他祈福添壽，其他兒子總想著把他熬死，再來爭奪皇位。

因而，皇上便對幾個兒子越發苛刻起來。同時，他也忍不住期盼著九王孝敬的年貨。

說起來，這小九好歹也是太子一手養大的孩子，也做不出那些貪污受賄的事情來。手頭也未必有什麼錢，有錢也用來提高士兵待遇了。而且，這兒子向來務實。他自己喜歡吃，便會想辦法給自己老爹送上一些美味的吃食。

對比其他幾個兒子，那些不帶半點真心的禮物。等皇上收到了九王送來的禮物，便有些坐不住了。那一車一車都是火腿、燻肉、肉脯、肉乾、肉鬆，以及各種番薯小食。

他忍不住暗嘆：果然用心，這小九是想把一年份的吃食，都給他備下吧？

特別是太子看著那些火腿，一臉酸澀地說道：「他來信時問我，父皇是不是真心喜歡那些芳香豬的火腿肉。我去信告訴他，您如今就愛這口菜，特別是那道蜜汁火腿，更是您的最愛。小九那孩子特意從夏天就開始準備這份禮了。這些火腿都是請老師傅花了幾個月才製出來的。可恨，小九這次都給您送過來，卻沒想著替我這當兄長的留下一些。我往後少不得到您這裡，蹭些火腿吃了。」

皇上聽太子這有些撒嬌的話，忍不住哈哈大笑，又連連說道：「你自己養大的孩子就是實誠。皇兒也別太吃醋。你想吃，父皇還會虧著你不成？」

說罷，又招來內侍吩咐道：「把這些年貨分一半到太子宮裡。」

內侍連忙下去了，太子又拿了幾盒番薯說道：「這便是小九手下那邊想辦法從呂宋帶回來的糧食，父皇可要嚐嚐？」

第四十五章

皇上此時龍心大悅，不只要吃這番薯，還讓御廚準備了不少芳香豬肉菜餚，擺下宴席，同太子分享美食，享受了幾分父子共聚天倫之樂。

席間，皇上不只吃了番薯乾、番薯果脯，還吃了蒸番薯、烤番薯、拔絲番薯，以及各種番薯做的點心。這一輪下來，太子還與皇上說了許多番薯的優點，讓他發現番薯的確是一種非常好的糧食。於是他大手一揮，勒令下去，準備全國推廣番薯。

太子連忙放下筷子，又說道：「這些年，我也一直想做這件事。只可惜，咱們大慶朝祖祖輩輩都在種稻，如今農民也已經習慣種稻。就算我把番薯加在賦稅裡。很多北方人根本不知道番薯是何物。之前小九便來信問我，若是在京城開一家果鋪，專門買些番薯吃食。做出名堂來，是否有利於推廣番薯？」

皇上聽了這話，沈吟片刻，又說道：「這辦法倒也可行。」

太子便又乘機說道：「若是能求得父皇親筆題字，給小九這番薯果鋪提塊招牌，豈不是更好？」

皇上點了點頭，又笑道：「罷了，也就你兄弟倆是真心孝敬我這老人家。如今朕幫小九題字便是。也讓他賺幾個零花錢，好繼續搞軍務。」

太子又在一旁說道：「既然父皇這麼喜歡火腿，何不把它定為潞城那邊的貢品？」

皇上自然是一口答應下來。

有了當今皇上親筆題的匾額，番薯果鋪很快就在上京城流行起來。

初時，人們並不知道番薯到底為何物，只是因為那是當今皇上喜愛的食物，因而便有不少達官貴人，派家僕過去買。再加上，番薯乾和水晶番薯價格定得並不高。味道卻是極好的。

因而被那些達官貴人狠狠誇讚一番，還有人為了番薯賦詩。似乎與皇家沾上關係以後，這番薯就像鍍了一層金似的。

慢慢地，上京城裡一些富貴人家，有閒錢的，也願意嘗個新鮮。也有些地主、財主向番薯果鋪裡的人詢問。「這種番薯是只有南方能種，還是北方也能種起來？」

果鋪裡面的夥計都是經過培訓的，自然介紹了番薯的來歷以及種植方法。再加上，他們這邊也有一些番薯的渠道。很快，上京城裡也出現了大片大片番薯地。

再加上，五湖四海的豪商都會到上京城來，自然也發現了番薯的商機。於是，也帶了番薯回到自己家鄉，千方百計種出來。

常言道，商人重利，無利不起早。若是直接把番薯推到他們面前，他們恐怕連看都不會看這土疙瘩一眼，直接便會把它當作下等人吃的東西。可如今皇上喜歡吃，上京城貴族也爭相購買，那些商人便把這番薯看作了貴價之物。

於是，也不用太子再絞盡腦汁、想方設法了。這些商人憑藉自己的力量，便迅速把番薯推廣開來。

陳寧寧自然樂得如此。至於番薯是賺錢賠錢，她並不十分在意，她做番薯生意，只是為了讓全國農民知曉這種產量驚人的作物，讓大家都能吃飽。

真要賺大錢，必須得說芳香豬的買賣，那才是大頭。賺有錢人的錢，那是最快的。

潞城的人一直猜測陳寧寧的那兩間怪莊子，到底作何用？

直到皇城傳下旨意來，把芳香火腿定成貢品，潞城人才知道莊子是用來做火腿的。

於是，整個潞城都快瘋了。有想加盟養豬場的，也有想從莊子採買火腿，送往別的城市售賣的。

可惜，半山莊的每條芳香腿製作起來，要持續三、四個月。又按照不同季節，分為「早冬腿」、「正冬腿」、「早春腿」、「晚春腿」，共四種，基本上每條火腿都是精品，價格也高居不下。

其中最好的火腿自然要送進皇宮。稍微次一等的火腿，也不單單只有潞城富商搶購。各地商家也紛紛聞訊而來，並且絡繹不絕。不管怎麼說，芳香腿已經徹底打響了名聲，變成慶國頂級食材了。

俗話說，物以稀為貴，芳香腿聲明越高，陳寧寧把芳香腿的數量越控制得死死的。若想大量購買芳香腿是不可能的。

很快，大江南北便有了傳聞，火腿只有芳香腿最正宗，順便也打響了芳香豬的名頭。

許多老饕不遠萬里跑到南方來，只為親自品嚐熙春樓的芳香豬席面。結果，自然是滿意而歸。還有一些文人墨客，酒足飯飽之後，寫下了不少詩詞，多少都帶著點「熙春」、「芳香」之類的字樣。

熙春樓也逐步開了許多家分店。

終有一日，劉掌櫃特意跑來同陳寧寧商量。「姑娘，不知咱們能不能搶先在上京城裡，也開一家熙春樓。家裡那邊傳下消息來，主子很喜歡您送去的吃食。」

到了此時，陳寧寧也知道了劉掌櫃的真實身分，他是外婆安排過來的幫手。因此兩人之間，自然不像從前那般，只是單純的合作關係，反而更像主僕，不過卻也親近了許多。

劉掌櫃如今已經不會再喊陳寧寧的姓氏。在沒外人的時候，便會直接喊她「姑娘」或者「小少主」。

上次九王光明正大送了年貨回到上京。陳寧寧也請劉掌櫃運了不少年貨，送到大長公主那裡。皇上以為他那邊的火腿和番薯都是最好的。卻不知道，厲琰和陳寧寧早已把最好的東西，送到了太子和大長公主手裡。不只如此，陳寧寧還親手製作了不少芳香豬肉罐頭，這才有了劉掌櫃如今這一說。

陳寧寧聽了劉掌櫃的話，忍不住問道：「外婆那邊想要如此？」

劉掌櫃輕輕地點了點頭。

陳寧寧咬了咬牙，猶豫道：「這麼遠運送芳香豬實在有些不便。若想在上京開熙春樓，少不得也要在上京城建一座芳香豬養殖場。只不過，豬肉肉質很難控制，那價格恐怕也沒辦法壓低下來，這可不是普通人家能夠吃得起的。」

劉掌櫃看著她，一臉淡定地說道：「主子說了，她是有幾處閒置的莊子，隨姑娘怎麼整治。」

又指了指上京的方向。「如今已經快收網了，姑娘不是一直很想見主子嗎？」

陳寧寧雙眸微微一動，眼圈一紅，到底還是答應了。「那就這麼辦吧！」

只是想在京城建養豬場，便得派些熟手過去，而他們莊上那些人多是罪籍。

好在劉掌櫃早就想到了這一點，很快就做出相應的安排。於是，陳寧寧便先派一些人到上京去了。還很體貼的，讓他們攜家帶口的一起回去。

放在現代，派下屬去外地工作，並不是多麼稀奇的事。可在半山莊上，此事卻引起了一陣軒然大波。

有些人甚至老淚縱橫。「想不到跟著莊主好好幹活，有生之年，我竟還能回上京去？」一時間，半山莊上的人越發努力幹活，似乎他們的生活都變得有目標了。

陳寧寧不禁有些吃驚，後來又忍不住同厲琰談起莊上人對回京的看法。

厲琰卻頗不以為然，他並不關心底下那些人心情如何。只是，他看得出陳寧寧很想解決此事。於是，便輕聲說道：「等到兄長登基，定會大赦天下。他們不用等多久，就能回去了。」

陳寧寧雙眼一亮，又一臉笑意地看向他。

厲琰藉機輕輕刮了下她的小鼻子，又問道：「妳怎麼就不想想，到時這些人都走了，妳這莊上又該如何？」

陳寧寧便笑道：「你那邊不是給我提供了許多老兵嗎？如今也都拖家帶口來到莊上，都訓練出來了。我有你這麼一座大靠山，哪裡還怕會缺人呢？」

說著，她便上前握緊了厲琰的大手。她的手小小的，卻格外溫暖，又有種可靠的感覺。

厲琰忍不住捧住那雙小手，就像捧著一個小手爐似的，他微微挑起嘴角，又說道：「虧妳願意這般信賴我。」

陳寧寧又笑道：「難不成你還要算計我這萬貫家財？我才不怕呢，不管走到哪裡，我都能想辦法東山再起。」說這話時，她滿眼星辰，眼波流轉間，充滿了自信。

厲琰索性便把她的雙手捧到胸口，又壓低聲音說道：「我要妳這萬貫家財又有何用？我只圖妳這人。」

若是別的姑娘聽了這話，或許會很害羞。陳寧寧卻完全不會，相反她竟笑著把頭枕在厲琰肩膀上，說道：「你這人越來越會說甜言蜜語了。」

厲琰藉機抱住了她的纖腰，又說道：「妳喜歡聽，我以後常對妳說。」

陳寧寧笑著倚靠他，就像終於找到了一座可以停靠的島。

原本一切都計劃好了，只等全國推廣番薯做出成果，再由地方官員上表朝廷。到那時，朝廷定然會對陳家父女予以嘉獎，陳寧寧也好乘機進京。

卻不承想，來年卻遇上南方大旱。沒有足夠的雨水，土地乾裂，田裡的糧食，顆粒無收。南邊的人開始流亡，旱災之下，很快就會演變成瘟疫。

潞城附近幾省農民早就開始大規模種番薯，那些番薯都是陳寧寧用神仙泉改良過的品種，又經過張槐研究了好幾代，都是比較能抗旱的。

本來南方鬧旱災之後，稻米根本長不出來。潞城這邊的農民也曾深深擔憂，生怕他們也沒糧食吃。

誰承想，農人在田裡刨一鋤頭，便連根扯出一大串番薯來。原來這番薯的根扎得足夠深，居然沒有受到乾旱的影響。這樣一來，那些種番薯的大省竟也不愁沒糧食吃了。地方官員不禁鬆了口氣，這也都算他們的政績。

其他沒有種番薯的南方人都往北方逃荒去了，種番薯的省城卻很快穩定下來，甚至還有餘力，幫助其他受災的災民。

同時，潞城這邊的殷家軍也沒有受到半點影響，反而兵強馬壯。

在這場災荒中，有些黑心商人便會藉機抬高糧食價格，想方設法發災難財，賺人命錢。

潞城這邊雖說沒鬧出災情，人們生活仍然安靜平和。可市井之間，卻總有其他地方的糧食漲價的傳言傳來。後來就連潞城這邊，有些商人也開始蠢蠢欲動，甚至還想從潞城運一批糧食，到外省去高價賣掉。

這些舉動在陳寧寧看來，簡直是喪盡天良、無法容忍。

好在陳寧寧在潞城如今也算小有地位，自然不可能對此事視若無睹。更何況，她已然攢下了百萬財資，也能做出點事情來。

陳寧寧很快便找到厲琰，商量此事。

厲琰聽了她的來意，整個人都傻了。都說各人只掃門前雪，莫管他家瓦上霜。他家這小山大王倒是相反，災情嚴重，她竟然還想鬧上一鬧。

剛好兄長那裡也在為災情發愁，再這樣下去，就不只逃荒災民這一大難題了。

旱災過後，很快便會因饑成疫。歷史上曾出現過很多次，災民死傷無數，只能人吃人。處理不好，便會造成數百萬人的傷亡。一旦受災地區被掏空了，再想恢復，便不是幾年的事情。更可怕的是，人民無法吃飽肚子，更會揭竿而起。

往往大規模的災難之後，各地便會引發反叛。若鎮壓不得當，便會使朝廷更替。

當今皇上癡心於權勢，並沒有很好的治國才能。厲琰也怕災情處理不好，等不到兄長順利登基，便會醞釀出諸多麻煩來。

於是，他連忙抓住陳寧寧的手，問道：「依妳之見，該如何是好？當然也不是讓妳拿出自家的錢，跑去賑災。」

說著，他緊握了陳寧寧的手掌一下，到底沒有再裝下去，而是略帶陰狠地說道：「妳方才也說了，如今很多黑心商人正打算發災難財，賺人命錢。可有辦法把那些肥羊拉出來先祭刀，妳看如何？」

陳寧寧早就知道，這人慣會在自己面前裝模作樣。其實很多時候，他都是故作忠厚善良，實際上，還是惡狼一匹。

如今聽他如此狠戾地說話，她也不覺得奇怪，只是略帶無奈地說道：「此事實在有些難了。也只能請太子殿下下命令，不許商販哄抬米價。但此事還需要當地官府清廉，才能辦成。若是官商勾結，百姓只會更加淒慘。就連朝廷發下來的賑災糧，或許都會被貪污了。」

厲琰聽了這話，咬牙說道：「那些人他們敢？」

陳寧寧卻搖頭說道：「潞城這一帶，有你們軍隊坐鎮，那些人自然不敢，只是遠的地方，你卻鞭長莫及了。」

厲琰聽了這話，眼中頓時出現了一片寒芒。

陳寧寧又說道：「如今我還有一個辦法，不知可不可行，不如你幫我參詳。」

「說來我聽聽。」

陳寧寧嘆了口氣，看向厲琰說道：「如今我們半山莊在這一帶也算小有薄名。之前我便已經加入了潞城商會之中。如今，我打算號召大家，絕不哄抬米價，給那些災民留下一線生機。」

「這倒是可行，只怕那些人不願意。」厲琰垂著眸子說道。

可不是所有人都像他家山大王這般樂善好施。

陳寧寧又道：「不知官府有沒有辦法，能讓大家捐糧，換取一些名聲。之前，咱們便說起過，若我推廣番薯做出成績，知縣老爺就會把這事上表朝廷。我們陳家便會受到皇上的嘉獎。若是捐款救災之人表現突出的，能否同樣上表朝廷？」

厲琰聽了這話，頓時愣住了。過了一會兒，才連忙起身說道：「此事可行！我這就去想辦法。妳那邊看著辦就好。」

說著，他便先一步離開了。陳寧寧看著他那匆匆遠去的背影，忍不住微笑。果然有了厲琰，她想做什麼都能辦成，因為他會無條件地幫她。

很快，陳寧寧便按照自己的計劃，在潞城商會中，訂立了不許惡意抬高糧價的倡議書。商人重利，一看見賺錢的機會，就如同見了血的凶獸一般。自然有些米商不願意簽訂這倡議書。甚至有些人口出狂言，罵陳寧寧這個女人，自己不願意吃肉，也不叫別人喝湯，實在可惡至極。

只可惜，商會裡許多大財主都跟著陳寧寧賺了不少錢。陳寧寧背後又站著個九王爺，自然能收到一些別人沒聽到的風聲。況且，他們也不差小錢，更想要個好名聲。因而，商會裡很多人都支持陳寧寧，很快便簽下了倡議書。

那些反對的人被氣得半死，甚至賭氣似的打算離開商會了。

偏偏就在這時，朝廷突然頒下急令，惡意抬高糧價者，從重處理，嚴重者抄家問斬。甚至鬧災地區那些見利忘義、哄抬米價的奸商，當真被直接斬了，就連人頭也被懸掛在城門上。

這樣一來，那些反對者都被嚇得半死，自然也就沒了聲息。

陳寧寧又提出，想把自己莊上庫存的一部分番薯糧食，無償捐獻給災民。甚至還願意捐獻一些銀兩。

陳寧寧以前當老闆的時候，就擅長忽悠人，讓員工個個努力向上。只不過到了這種民族大義的事，她也不好空口說白話，信口胡說。

虧得以前推廣做多了，厲琰那邊已經養了許多寫書人。那些人跟陳寧寧合作了許多次，也知道陳莊主點子多、下手狠，對人性瞭解得非常透澈。況且她也相當務實，一點花俏的東西都不要。

這次陳寧寧想寫《勸捐賑荒書》，那些寫書人聽了之後，也都熱血沸騰。於是不再互相攀比，反而集思廣益，取各家之長，愣是寫出一份很正統、很動人的《勸捐書》來。

陳寧寧熬了一通宵，把《勸捐書》背誦下來。

第二日，便在商會進行一次慷慨激昂的演講。

聽了這次演講之後，很多有氣節的仁商，紛紛站起來說道：「我願意跟著陳莊主捐糧！」

「想不到陳莊主一名女子，竟比我等更加有民族大義！」

這樣一來，短時間內，潞城商會這邊就先一步籌集了不少糧食和捐款，又去見了知府老爺，打算把這批民賑送往災區。

知府老爺拉著這些商人的手，狠狠地把他們誇讚一通，同時也說道：「朝廷如今除了由官方打開糧倉，開始賑濟災民，也推出了一些鼓勵民間義士賑災的舉措。所有參與賑災的民間義士，有功者都可以寫入縣誌裡，有那突出者，朝廷甚至會為其立碑注書，還有其他獎勵。」

聽了這話，這些義商更加熱血沸騰。

就這樣，由潞城而起，很多沒有遭災的城鎮也出現了大批有氣節的義商，進行了無償捐款。

與此同時，大批災民也不再逃往北方，反而回到了南方富裕的城鎮。當地官員也像早有安排一般，很快就做好了賑災、接受災民的工作。

另一邊，原本皇上以為是自己專權，這些年做了不少壞事，如今招惹天怒，這才降下大規模的旱災來。他甚至寫下了罪己詔，說準備把皇位傳給太子。

「我老了，也該頤養天年，享些清福了。太子如今身體也養好了，又正值壯年，不如由他繼位。我在一旁幫襯他看著就是。」說罷，皇上便逃難似把權力放給了太子。

太子得權，強撐著病弱的身體，接連發布了好幾項有效的法令。

一是開常平倉，放糧賑災；二是用近乎苛責的手段，嚴懲那些提高糧價的糧商。就算如今沒查出來，事後查出，刑法加倍。有官商勾結者，罪上加罪。

此令一發，朝廷上下皆駭然。原本那些把賑災當作肥差的官員也不敢再輕舉妄動。卻不想，太子緊接著又發下了第三條令——鼓勵民賑。

三條法令一出，南方有九王所在的殷家軍壓陣。一時間，很快便扭轉了局勢。

再加上，也不知是不是太子一心為民，感動了蒼天，南方受災地區居然下雨了。這場旱災出人意料地很快平息下來。皇上算是退了個寂寞，只是他當初害怕逃跑了，再想反悔重新拿回皇權，已然不行了。如今滿朝文武，皆認定了太子的才幹，只等著他登基帝位，開創大慶盛世。

皇上沒辦法，只得退居太上皇之位，卻又不甘心就此放下手中權柄，蠢蠢欲動。好在新皇夠孝順，也瞭解他的心思。但凡朝堂之上，大小政務，都要拿來與他商量，還經常以身體不好為由，將奏摺給他批。

如今的太上皇握著玉璽，這才安下心來，認為選這兒子果然沒有選錯。

另一邊，當初新皇頒布了諸多法令，鼓勵民間義賑的仁義之士。縣誌也寫了，名牌也立了，許多仁商都與有榮焉。

新皇卻覺得還不夠。陳寧寧當初說得簡單，厲琰快馬加鞭報了上來。新皇與謀士多番商量，便想把民間義賑這件事做到底。

於是趁著太上皇六十歲生辰，新皇便想著把那些在義賑中表現突出的仁義之士，通通招進宮中，給太上皇祝壽。

名義上說是為太上皇祈福。實際上，是為了鼓舞那些民間義士。用陳寧寧的話，給足他們顏面，讓他們為祖上增光，這樣一來，下次若再有災情，定會有更多義士願意義捐。

只是此事花銷難免大了些，新皇出於一片孝心，只得上報給太上皇知道。

第四十六章

太上皇一聽，認為那些積善緣的義商，必然都是有福之人，若是給他辦大壽，說不準能借些壽命給他，那他豈不是可以長命百歲？於是他大手一揮，直接替新皇下了聖旨，要把那些仁義之士，請到皇城赴宴。

同時，太上皇又在忠心的舊臣面前，把新皇狠狠誇讚了一通，直說他至仁至孝。

那些舊臣本想藉機提醒太上皇一下，如今見他這麼推崇新皇，便只能無話可說了。

此項法令一經頒布，很快便在全國引起了激烈的討論。特別是那些捐款、捐物的富商們，原本就想在縣誌上留下自己的姓名，這也算光宗耀祖了。哪裡又想到，如今他們居然還有機會進上京城，去給太上皇賀壽。這是多大的榮耀！

只可惜參加賀壽之人，也是需要資格的，必須是那些在義賑中表現足夠突出之人，才能享受如此殊榮。

一時間，那些死死抱著錢袋子不肯鬆手，沒能參加義賑的富商已然後悔。那些參加了義賑的富商，也生怕自己捐太少了。還有人走關係，想盡辦法要弄來一個名額，去上京見見世面，甚至也有人吵著想要補捐的。那些富商鬧了一陣，反而變成了茶餘飯後的笑料。

只可惜，如今新皇開始接手政務，他做事一向賞罰分明。而且新皇還很喜歡算舊帳。旱災之後，他又狠狠地處理了一批不作為，或者貪贓枉法的官員。就彷彿新皇在各處都有耳目一般。

一時間，地方官員人心惶惶，實在摸不準新皇的路數。自然不敢做些違法亂紀之事。這名額如何定下，就得按照標準走。至於那些想要靠補捐換取名額的富商，都是白忙一場，徒增些市井笑料罷了。

陳寧寧卻無心此事，經過一場旱災，那些受災地區多少也都瞭解到了番薯這種糧食作物的好處。再加上，新皇又花了大筆銀兩收購番薯全力推廣，所以陳寧寧這邊也變得十分忙碌。

而且，陳嬌的父親陳軒又出海回來了。

這次，他居然帶回了玉米！

陳寧寧已經顧不得其他，把手上所有事情都分了出去，只一心等著玉米種出來。可惜事與願違，知府老爺特意送了帖子，讓陳家父女進京給太上皇祝壽。

明明都是早就商量好的事，可陳寧寧看著那些用泉水浸泡過的玉米粒，卻邁不開腿。

陳寧信剛好也在這邊，便忍不住拉著姊姊的手臂，說道：「姊，妳猶豫什麼呢？這可是咱們陳家光宗耀祖的大事。將來有一日，我中了狀元，也會去金殿上面見皇上。可妳跟咱們爹這事，卻是不一樣的。」

如今已經長成了少年的陳寧信，早已經變得沈穩了許多。雖然很少與長兄見面，可陳寧信說話辦事，卻越來越像長兄的做派了。若說有什麼不同，就是陳寧信這個少年比較通俗物，又善於與人打交道，且消息也十分靈通。

陳寧信已經許久不曾這般高興了，雙目中就像著了火一般。

陳寧寧看著他，喃喃說道：「馬上就走？這玉米要如何是好？」

陳寧信瞥了她一眼，不高興地說道：「姊，妳種地種傻了？平日裡，妳把張叔誇成一朵花，如今菖蒲也繼承了張叔的衣缽，這裡還有一些擅長種地、育種的幫手。這兩年，糧種改了又改，他們經驗那麼豐富。妳乾脆就把這玉米交給他們照顧，不是很好嗎？又不是離了妳，大家就種不出東西來了。」

陳寧寧聽了這話，終於有些動搖。

陳寧信又勸道：「姊，妳可真是。平日裡，總聽妳說，把買賣交給值得信任的手下去做，才能不斷做大做強。如今，到了這玉米上，妳怎麼就不放心了？」

陳寧寧小聲地說道：「玉米到底是不一樣的。」

陳寧信又說道：「有什麼不一樣？妳今年都十九了，眼看就要奔二十了。九王一直在等妳，等的不就是這個機會？」

聽了這話，陳寧寧緩緩地閉上了雙目。

或許，對於這個世界來說，她當真沒有那麼重要。她之前參與了推廣番薯，就好像從她手裡給這個書中的不知名朝代，添加了一個小齒輪。其實，就算她不插手番薯，陳軒總會想辦法弄出番薯來。而那顆齒輪也會出現，仍會往前轉動。細想想，到現在，她好像的確該放手了。

只是，看著眼前這個半大不小的青年，又想起了父母，陳寧寧仍忍不住有些猶豫。

一旦她進了上京，見了太上皇，勢必要認祖歸宗。那時候，她還能回來跟父母共享天倫嗎？還是說，她就只能留在上京城，圈在一個四角院裡，與父母天各一方了？

這讓陳寧寧感到非常不安。

然而，陳寧信實在太過年輕，根本就不瞭解他姊姊此刻的心緒，只一味地說些俏皮話，逗姊姊開心。

後來，還是厲琰趕過來，先把陳寧信打發走，才拉著陳寧寧，坐在玻璃花房裡。

陳寧寧看向四周的果菜，屋頂梁上吊下來的青瓜，忍不住把頭靠在厲琰的肩膀上，嘴裡喃喃說道：「我是真沒想到，你會為我建一個這樣好看的玻璃花房。」

這玻璃花房其實跟現代那些花房已經差不多了，可見工匠們花了不少心思。

厲琰溫聲說道：「我答應妳的事情，總要做到的。」

陳寧寧又問道：「那到了上京，你就要娶我嗎？」

「自然要八抬大轎，十里紅妝娶妳進門。我想讓所有人都看著我牽妳的手。」

厲琰的聲音有些低沈，就像一根小羽毛，輕輕地掃過她的心間。

陳寧寧突然喃喃自語道：「這一切好像是一場夢。」

她輕聲問道：「若是有朝一日，你突然發現我其實沒有你想像中那麼好，那又怎麼辦？我這人不懂生活情趣，不會玩浪漫，就連約會都只會選在田野山間。而且，我名利存心中，是個喜歡賺錢的錢簍子。大概當不了合格的王妃，那要如何是好？」

厲琰聽了這話，忍不住輕笑起來，又攬住她的肩膀說道：「妳看我像能當合格王爺的人嗎？若當真如此，上京那些權貴就不會叫我瘋狗了。」

厲琰的世界很小，小到只能容得下兩個人。至於災民是不是會餓死？士兵會不會因為操練過度有所折損？他從未放在眼裡，也入不了心。

對於厲琰來說，就算大慶朝明日就毀滅，他也不會有太大感覺。

他這樣的人，又怎麼會把王爺這個身分放在眼裡？他想娶什麼樣的王妃，是他自己的事。若是有人敢多嘴、對王妃無禮，定要讓他們知道厲害。

可惜，被他裝在心裡的人，一個是皇帝，一心想要海晏河清，時和歲豐；另一個雖是商人，卻總想要天下人都有飯吃。被這兩個人佔據了他整顆心，他如何還能殘忍無情，做盡不義之事？

陳寧寧看著厲琰眼角眉梢突然沾染了些許煞氣。一時間，也不知說什麼勸他才好，只能伸出手來，把他那緊鎖的眉頭推開了。

「這樣下去，你會變成小老頭的。」

「若妳陪我一起白頭到老，變成老頭，我也是歡喜的。」說著，他便抱住了她，臉上的表情無比認真。

陳寧寧問：「婚後，我繼續做買賣，你可願意？」

厲琰點了點頭。

她又問：「若我忙起來，把你忘在一旁，你也願意？」

厲琰卻伏在她耳邊，說道：「妳才不會忘，就算再忙，也不會忘記給我置辦下好的吃食，送到我那兒去。」

陳寧寧覺得好笑，忍不住捏了捏他的臉。「有吃的你就知足了？」

厲琰卻一口咬定。「這世上沒有比食物更重要的東西了。」

「該不會就是因為我做的食物好吃，又有許多花樣，你才對我另眼相看的吧？」這次厲琰沒有回答，只是趴在她耳邊說道：「不管怎麼樣，跟我一起去上京，當我的王妃吧。」

「好。」陳寧寧滿臉脹得通紅，終於答應下來。

陳家人多少都知道一些，這次進京，陳寧寧十有八九就要嫁人了，甚至都沒辦法從娘家出嫁，陳母傷心了一場。

見母親難過，陳寧寧便笑著說道：「不如娘和寧信也一同跟我們進京去吧！我早就讓厲琰幫我買了一處宅院。正好哥哥升職，也要進京受賞，倒不如咱們全家一起去上京。」

「這……我一個婦道人家，怎麼好隨便遠行？」陳母心動了，嘴上卻不好說出來。

陳寧寧又勸。「怎麼算隨便遠行呢？到時候，厲琰帶兵一起去，路上也好有個照應。」

陳母仍在猶豫不決。沒辦法，陳寧寧只得日日在她面前勸說。

陳母也是打心底想要看著女兒出嫁，到底還是點頭答應了。

原本所有事情都已經安排好了，而陳寧遠那邊作為新皇一方的軍師。這些年，通過一些蛛絲馬跡，多少也算猜到了妹妹的真正身分，只是他從來沒有在家裡說過，也並未問過厲琰。

原本陳寧寧該隱瞞下去，就繼續按照厲琰安排好的劇本走。可她思來想去，到底不想瞞住家人，還是先跟陳父推心置腹談了一番。

陳父聽說女兒出身居然這麼高，原來是大長公主的外孫、明珠郡主之女。雖然多少有些震驚，可心裡卻又覺得，女兒這般出色，理當應該如此身分。

想到女兒畢竟要還回魏家。他心裡雖有些不捨，卻仍然垂著頭說道：「這麼說來，到了京城，妳便要回魏家吧？」或許，連姓氏也會改了。

陳寧寧卻搖頭說道：「我早就跟厲琰談過，您和娘才是我爹娘。魏家那邊，我外婆當初做主讓我母親合離，就連墳都沒有葬在魏家。我與魏家也無半點瓜葛。有我外婆在，魏家定然也不敢隨便找咱們麻煩。」

「這……」陳父感動於她的孝順，一時卻不知該說什麼好，最後只得說道：「若是鎮遠侯府上出身，妳跟厲琰的婚事，恐怕還要容易些。」到底在身分上也相襯，旁人定然不會再說閒言碎語。

陳寧寧搖頭說道：「我本來就不需要攀附任何人家，何況我不願改姓，如此也能嫁給厲琰。這也是一早就說好的。」

陳父聽了這話，眼圈微紅，連聲說道：「妳又何苦如此？罷了，妳都這麼大了，早就成了一莊之主、商會會長。妳自己拿主意就是。放心，此事我會跟妳娘說，我們儘量配合妳就是。寧信那邊，就先別說了。那小子太喜歡講話了。」

陳寧寧含笑點頭答應了。

果然父親任何時候都會支持她，並不會因為她找到親人，就對她冷淡了。

陳家收拾完畢，便隨著那些為太上皇壽宴的義商一起出發了。

一路上，不只有私人護衛，也有官府之人相送。此外，九王也帶著一隊親兵，親自回京給太上皇賀壽。陳寧遠自然也跟著一起來了。路上閒暇時候，便有了與家人相聚的機會。

自從陳寧遠投軍後，便鮮少回家，一心在軍中效力，幾度上陣殺敵，浴血奮戰，立下軍功，這才有了如今的從四品官職。

軍隊這種地方，最做不得假。陳寧遠之所以升得這樣快，除了殷國公的看重扶持，最主要還是他自己的能力，以及全力以赴。原本升職之後，陳寧遠多了許多機會可以回家探望，他卻仍留在軍隊，與將士們吃睡訓練都在一起。

陳寧寧坐在馬車中向外看去，只見長兄端坐於棗紅駿馬之上，雙肩已經變得很寬，脊背挺得筆直，整個人就如松柏一般，早已不復見當初那文弱書生的影子，反而是多了一股久經沙場的凌厲氣質。

如今的陳寧遠，雖然也經歷了一段折磨，也曾被現實逼得發瘋過。可他卻與原書中那個陰險惡毒、手段狠戾的權臣相距甚遠。

這時，陳寧遠似乎有所察覺，回過頭來，看向自家妹妹。那一刻，他眼神溫和極了，像極了這秋日裡的暖陽。

陳寧寧見狀，也忍不住笑咪咪地看向兄長。她隱約從厲琰口中也算了解了一些事情。長兄在這次賑災過程中，立下了很大功勞，深得新皇器重。
此次進京，十有八九，會得到重用。
陳寧遠的前途可以說是一派光明。只是他今年已經二十二歲了，原本父母也曾想著給他說親，只是他自己不願意，幾次在信中回絕了父母的要求。
陳父忍不住感嘆，果然長子從軍以後，就如脫韁野馬一般，再也不會聽他們的意見了。可他雖對長子有些無可奈何，同時也覺得兒子理應先建立功勛，於是這件事便一直拖了下來。
為此，陳母難過了一段時日。可惜長子主意大得很，根本不讓說親；女兒雖是訂婚了，卻無法擺到明面上。
於是陳母在萬般沮喪之下，老早就開始給小兒子陳寧信相看了。
陳寧信得知此事時，到底鬧了幾次。
陳母卻抹著眼淚，說道：「說不定，將來咱們老陳家就靠你傳宗接代了。你要讓為娘的如何是好？」
陳寧信頓時壓力很大，卻也不忍再拒絕母親。於是，只得用些旁門左道的辦法了。
這些年，陳母一旦說起，哪家姑娘秀外慧中、相貌秀麗、舉止從容又大方。陳寧信總能利用自己的情報資源，打聽出那姑娘的一些小缺點出來，雖說都是一些無傷大雅的毛病，卻總是讓人有些尷尬。

這種私密的事，陳母自然不會往外張揚，只是婚事只得作罷。她便又再接再厲，繼續給陳寧信找尋下一家。如今陳寧信早早考下來秀才功名，甚至繼承了兄長的神童名聲，卻仍是擺脫不了訂親的困擾。

好不容易，趁著這次上京，他耳邊總算清閒下來，不用為親事煩心了。

上船之後，陳母還忍不住對著富商的夫人于氏說道：「我家這幾個孩子，姻緣實在艱難。」

于夫人笑著說道：「人無完人，要我說，陳夫人那就知足吧！您家這幾個孩子，這般年輕就如此能幹，誰家又能比得上？至於婚事，這還不簡單，只要在潞城放下話去。有的是人家願意把姑娘嫁入陳家。只怕您府上的兩位公子眼界太高，看不上人家姑娘呢！」

陳母一時無言，只得訕訕說道：「我也不知道，這三個到底要怎麼樣的姻緣？拿我大兒子來說，他也都二十多歲的人了，怎麼就不著急呢？他若在家裡，倒也還好。偏偏他在軍裡，一年也回不了幾次家，根本就見不到他的影子。我又不敢胡亂給他做主。就這樣一年一年拖下來了。」

于夫人只得說道：「大公子那是受到了重用。如今就連官府老爺，見了他都得低頭說話呢。」

說著，她便用帕子，輕輕擦了擦嘴角。她倒是想跟陳家攀親呢，只可惜今非昔比，他們家早已配不上陳家了。那陳寧遠今年二十二歲，也是正當年的青年才俊。婚事上面雖然一直沒動靜，說不定就被上方看中了呢。

想到這裡，于夫人勸了陳母幾句，又笑著說：「說不準，到了上京，夫人就找到了合適的兒媳了。」

兩人又聊了幾句，便各自回房去了。

到了晚上，陳寧遠特意回來陪父母用飯。

船上除了魚，倒也沒有什麼新鮮花樣的吃食，好在陳寧寧提前做好準備，帶了許多罐頭過來。一家人倒是吃得十分香甜。

酒足飯飽之際，陳寧遠突然說道：「殷向文有位堂妹，自幼好武，性格爽利大方。年幼時，父母也曾為她定下娃娃親。可惜成年後，男方有眼無珠，覺得殷姑娘並非良配。幾次三番使下計策，想暗害於她。殷姑娘機敏，得知此事之後，反將一軍，讓那無良人作繭自縛，最後還斷了一條腿……」

他看了看家人的神色，繼續道：「這事發生之後，男方堅持讓殷姑娘過門。殷姑娘無法，只能喬裝打扮，孤身來投奔殷國公。剛好我外出做事，正巧遇見殷姑娘，便一路護送她來到潞城投親。如今殷國公才使人把她送回上京。之前，她來信告知我，說是那樁婚事如今已經退了，問我能不能娶她，我應了。此次去到上京城，還請爹娘找了媒人，幫我去她家說親。」

聽了這話，陳寧信當場便噴出茶來。

陳母也聽得目瞪口呆，連茶杯都拿不穩了。之前她還跟于夫人抱怨，她家長媳一時半會怕是沒指望了。誰承想，才短短半日，兒子就給她找了個長媳來？

到底還是陳父夠冷靜，連忙說道：「依你所說，這殷姑娘出自國公府，身分怕是不低。貿然去提親，怕是有所不妥，倒不如到了上京，再想辦法打聽一番。」

陳父暗道，這事少不得請準女婿九王幫忙周轉了。

陳寧遠卻搖頭說道：「父親請放心，殷國公之前已經寫了親筆信回去，如今殷家對此事樂見其成。」

「事情真有這般簡單嗎？」陳父仍是一臉懷疑。陳家地位實在太低，如何能迎娶貴女入門呢？

陳寧遠垂下眸子，沈思片刻，又說道：「殷姑娘退婚之後，男方造謠毀謗於她，如今她在京城的名聲怕是不太好聽，被叫作『雌老虎』。爹娘若是聽到，大可不必掛懷。她那人我頗為瞭解，最是純真率直，行為舉止並無不妥之處。」

聽了這話，陳寧信又忍不住嗆了口茶。想必那殷小姐也是個極厲害的，指不定把她無良前任未婚夫整治成什麼樣了呢！也難怪她壞了名聲。想不到，長兄如此英明，居然要把「雌老虎」娶回家了。實在好大的膽量！

就在陳寧信擔心這種厲害的長嫂入門，會鬧得家宅不寧的時候，陳寧寧卻突然開口說道：「兄長既然看中那位殷小姐，她品行自然沒話說。我平日在潞城做買賣，隔三差五，就有人亂嚼舌根，說我的不是，到如今還有人罵我是個錢袋子。爹常寬慰我，不招人妒是庸才，想必殷小姐的處境也是如此。他日兄長迎她進門，我們定然能好好相處。」

陳母原本面上還帶著些許猶豫，一聽女兒這麼說，氣得破口罵道：「那幫亂嚼舌根的人簡直就是該死！當初，若不是總有人說寧寧的壞話，她的婚事哪會這般艱難？」

一時間，陳母又想起當初女兒被文家退親的事。她家這姑娘明明是千好萬好的，平日裡根本一點錯處都挑不出來，最是孝順不過了。偏偏那文家狗眼看人低，覺得陳家得罪了王財主，往後肯定會被一直打壓。這才打上門來，逼得女兒退了親。

此時再想起殷姑娘，陳母便多了幾分同情。於是，方才心裡那些不痛快，很快就消失了，反而開始有些期待這位長媳。

陳寧遠見狀，深吸了一口氣，含笑看了妹妹一眼，又無聲說道：「多虧賢妹相助。」

陳寧寧也笑咪咪地回望他。以長兄的性格，若不是那位殷姑娘實在讓他中意，他也不會這麼快就決定提親。不管怎麼說，長兄尋得大好姻緣，也是件難得的好事。至少不會像書中描寫那樣，孤家寡人，膝下荒涼了。

陳寧寧全力相助還來不及，哪會讓這事發生什麼誤會？

反倒是陳寧信聽了姊姊的話，忍不住齜牙咧嘴地瞪了她一眼，似乎有話想說，卻又不敢輕易開口。

第四十七章

陳寧遠見陳寧信這般模樣，一時只覺得手癢得厲害，又狠狠地敲了弟弟的腦袋，冷笑道：「我多日沒有回家，好不容易有機會跟小弟相處，倒不如好好檢查一下小弟的功課。平日裡，父親未免太縱容他了。上次我聽手下說，小弟跟著同窗蹺課，去參加朝花節，可有此事？」

陳寧信聽了這話，頓時渾身一抖，再也不敢胡亂說話，當真如見了貓的小耗子一般，只能小聲說道：「此事不真，我們去朝花節是先生允許的。」

陳寧遠卻滿臉不信地冷哼了一聲。「反正我要先抽查你功課，看看退步了沒有。」

陳寧信頓時變成了苦瓜臉。陳寧寧見狀，忍不住偷偷笑了。

接下來的路程，也算一帆風順。

只可惜，船上實在太小，孤男寡女也沒法太過親近。陳寧寧跟厲琰聊了幾次，也需得謹守禮儀，只能送了些吃食給他。

而厲琰也會回送她一些信箋，或者其他小玩意。

陳寧寧便開始跟他暗中書信往來，倒也多了幾分浪漫。

就在陳寧信被長兄收拾得淚流滿面的時候，他們一行人總算到了上京。

原本這些義商進京之後，便有官府的人特別為他們在驛站安排了住處。

能給太上皇祝壽的，多半都是財大氣粗的富商，在上京也都有各自的產業。因而留在驛站住的人反而是極少數，大多數人直接搬到在上京城的宅院去了。

陳家也是如此，陳寧寧之前便置辦了宅院，九王也老早就吩咐下人過去清掃過。

陳家進京之後，立刻就有九王府裡的人，把他們送到了宅院裡。

那院子雖然沒有潞城三合莊那麼大，可也有三進，整體方方正正的，算不上多奢華，住起來卻絕對舒適，陳家人一行住在這裡已是足夠了。

此外還有一個好處，這宅子距離九王府很近，就在同一條街上。就算陳家遇見什麼為難的事，九王府裡的侍衛也能及時替他們解圍。

不得不說，這宅子無論是大小，還是距離都十分可心。

陳家安心住下之後，按照之前在潞城商量好的，陳寧寧不得不加倍小心，一時半會還不能去看外婆。至於兄長的婚事，父親也已經託了厲琰，去找個可靠的媒人。

陳寧寧此時也沒有別的事。便趁著難得的進京機會，把京城的那些鋪子通通走上一遍。

厲琰那邊大手一揮，派下兩位管事負責陪陳寧寧，把他所有京城店鋪都轉一轉。

兩位管事都是九王手下的老人，這些年也算兢兢業業。平日，做事也十分負責。只有一點，他們都比較老派，性格也有些古板，覺得女子就該安於內宅。

見九王那般對陳姑娘另眼相看，便把她當作是攀附九王的普通女子了。兩位管事也覺得陳姑娘容貌不俗，只是她未免也太大膽了，就連九王府上的產業都敢染指。依陳姑娘的身分，將來頂天也只是個側妃，說不準就是個妾。若是起了不該有的心思，他們便打算立刻上報給王爺。

當日，九王那邊另有籌劃，還要去宮裡面聖，也就沒有把話說得太清楚。於是，兩位老管事便帶著陳姑娘和她的丫鬟們，一起出門巡視鋪子了。

好在月兒、喜兒、鄧嬤嬤對上京十分熟悉，特別是喜兒總能對陳寧寧說出一些有用的訊息，多半都是些市井八卦。陳寧寧聽了，便牢牢記在心上。

兩位老管事先是到了番薯果鋪，他們只是令那掌櫃的把帳本拿出，遞給陳寧寧看，其他事物一概不說。

陳寧寧也是能沈得住氣的，況且她看帳的本領不差，再加上常年喝神仙泉的緣故，她的記性也出奇的好。她不假他人之手，自己取來帳本就翻閱開來。而且翻得很快，不一會兒便看完了。

那兩位老管事見狀，忍不住撇了撇嘴，心中暗道：這位姑娘也就是裝腔作勢罷了。

偏偏陳寧寧看完，開口便問道：「旱災時，咱們的番薯果脯、番薯乾停了一段時日，全靠上京幾個莊上的番薯供給。所製之番薯乾定然有些差距。銷量降低，倒也情有可原。可在疫情結束之後，我們隨即又開始送貨進京，而且還做了新品，這邊帳面卻顯示，仍比去年銷量少了一半，這又是什麼原因？」

兩個管事聽了這話，頓時便愣住了。他們這才明白過來，原來這陳姑娘正是在潞城幫王爺經營番薯買賣的。

這時，他們已經不敢再像剛剛那般看輕陳寧寧了，只是卻抱有幾分僥倖。說不定陳姑娘只會做番薯，這才得了王爺的青眼？

番薯鋪子的掌櫃抹去額頭上的冷汗，連忙上前解釋道：「是這樣，如今上京不只咱們鋪子賣番薯。不知什麼時候，多了一些小商販，也在賣番薯乾、番薯果脯，還有人賣烤番薯的。潞城那邊停止進貨之後，我們自己做的番薯食品就稍微差了一些。對比外面小商販賣的那些，優勢也就沒有那麼大了。咱們鋪子自然也就賣的少了。再後來，雖然拿了不少好貨，但那些客人吃慣了製作粗糙的番薯乾，反而不再來咱們店裡了。這事我也曾上報，上面卻吩咐下來，說咱們開這家店本就是為了讓農民種番薯，如今有其他人願意做這買賣，自然就有更多人種番薯，大可不必計較這些蠅頭小利。」

陳寧寧聽了這話，微微抿了抿嘴角，又說道：「這話只對了一半，若是不能做出一個真正頂尖的鋪子，徹底在上京城扎根。又如何能讓番薯口口相傳？不如這樣，喜兒，妳去教教這位彭掌櫃，如何做宣傳畫，先把這鋪面裝飾起來再說。怎麼也是御賜招牌的鋪子，若是不能真正做起來，豈不是辜負了上頭賜咱們的這塊匾？」

喜兒自然領命上前，又低聲跟彭掌櫃說了許多。

那彭掌櫃聽了，臉色一陣青一陣白的，連忙問道：「這麼辦，當真可行嗎？」

只見陳姑娘微微笑了笑，反問道：「若不讓別人知道咱們這是御賜店鋪，這招牌可要蒙塵了。」

大概是她實在太過自信了，根本就容不得別人不信。那彭掌櫃也被感染了，連忙點頭說道：「我按照陳姑娘的吩咐去做就是了。還請陳姑娘下次常來我們鋪子走走。」

陳寧寧點頭答應了。

到了這時，兩位老管事才明白過來，原來這陳姑娘做生意還真有幾分手段的。而且她這些招數，他們居然從未聽過。

等離開了番薯鋪子，兩人都變得客氣了許多。到了下一個鋪子，也不敢拿帳本就隨便打發陳寧寧了，反而叫那店鋪掌櫃親自來彙報。

陳寧寧坐在上位，喝著茶，看似滿臉漫不經心。可每每等到店鋪掌櫃彙報完了，她總能在細枝末節提出一些問題。

有時候，連掌櫃都說不清的事情，陳寧寧拿過帳簿，隨手翻翻，便能找出關鍵來。不只如此，她還生了一雙利眼，總能一針見血地指出這間店鋪的弱點，並提出相對的改良措施來。

幾家店轉下來，兩位老管事已經對陳姑娘心服口服，再也不敢隨便編排她。他們甚至覺得，九王身邊有了陳姑娘，定然會省下許多麻煩事。單單是陳姑娘這心算的好本事，別家姑娘便是拍馬都追不上。

還有一家客棧，掌櫃看上去忠厚又老實，也並沒有做出什麼出格之事。客棧也位於繁華大街之上，其他方面也都沒毛病。可這家客棧的生意，卻一直沒見起色。

因此再過兩年，兩位老管事便打算把這家客棧給收了。

然而只是踏進店，陳寧寧兩眼瞟了瞟，便發現了這家店買賣不好的緣由。

旁敲側擊再一問，這才知道，原來這家客棧的掌櫃，把他小妾一家安排在這裡，鋪裡的夥計都是小妾的親戚。

這群人已經把這客棧當成自己家。就算客人進門，也不好好招待。甚至熱水都沒有，說話也惡聲惡氣的。要是遇見那講理的客人，還群起而攻之。

陳寧寧直接指出了問題所在，讓那掌櫃當場就嚇傻，直接跪地求饒。

兩位老管事也急了，紛紛喝道：「許良，你做出這種事，可還有臉去見主子？」

那許良後來怎麼處理，自是與陳寧寧無關了。

事實上，巡視了幾家鋪子之後就到了飯點。原本陳寧寧是要回家吃飯的，可突然想起他們在上京開的那家熙春樓分店，也不知如何了？記得剛好就在這附近。

陳寧寧隨口便問了兩位老管事，可曾聽過熙春樓？

一個老管事連忙說道：「這熙春樓如今是上京最有名的館子了。他們是南方那邊的老字號大小，招牌菜便是芳香豬。那熙春樓裡的掌櫃倒是實在人，直說主店還在潞城，主人立下的規矩嚴格得很。他家那芳香豬都必須長足夠分量，肉質也得達標，才能端上桌入菜。若是哪日芳香豬不合標準，他們那裡就只能點一些芳香豬的火腿燻肉罐頭之類的菜，還可搭配些牛、羊肉的。」

另一個老管事連忙幫腔。「對呀！若是別人家的鋪子敢弄成這樣，早就有人跑去砸店了。偏生那芳香豬又是太上皇最愛的貢品，宮裡的芳香豬都沒有幾頭，食客們對這熙春樓也不好太過苛責。何況他們鋪子裡的大師傅，手藝也是極好的。日子一久，這上京的食客們，反倒學會了遷就他們，也懂按照他們的規矩來。也虧得這熙春樓當真是很會調教人，他家那小二整天都是笑模樣，跟人說話，總能說到人心裡去，讓人有種賓至如歸的感覺。」

陳寧寧聽了這話，忍不住點了點頭，又說道：「這麼說來，這家店倒是經營得不錯。」

兩位老管事聽了這話，忍不住有些懷疑，卻聽陳姑娘又繼續說道：「今日兩位辛苦了，不如我請你們到這熙春樓吃頓飯如何？」

兩位老管事連忙說道：「大可不必如此。這會兒過去，恐怕熙春樓也已經沒位置了。」

陳寧寧卻搖頭道：「不妨礙的，我去了自然有位置。」

兩位老管事暗自心驚，卻又不明白她這話中藏著的意思。

那個叫喜兒的丫頭，這時又笑咪咪地解釋道：「那熙春樓本就是我們小姐入股的鋪子，芳香豬也是咱們陳家養的。那些規矩都是我家小姐定下的，那些跑堂也是我家小姐練出來的。」

聽了這話，兩位老管事差點跌倒。

眾人最後一笑了之。

陳寧寧原本還想著，到了熙春樓要仔細看看，有沒有不周到的地方。只可惜，馬車剛到了那邊，陳寧寧還沒下車，便聽見店鋪前面一陣爭吵。

陳寧寧側耳一聽，熙春樓外面的客人不斷吵鬧，像是有潑皮無賴在。

熙春樓的店小二還算周到，一直在客客氣氣地解釋。「大爺，不是我們不肯放人進去，我們店裡實在沒有那麼多頂級芳香豬食材。很多客人都是十天、半月前便開始訂下雅間，這才能吃芳香豬席面。您若是要去吃些其他食材，不點名要芳香豬宴席，我們還能請您進去了，再想辦法安排一下。可您一開口就要芳香豬全席，包括頂級招牌的烤山豬，我們實在弄不出來。」

那小二賠著笑臉，一直給那客人作揖。圍觀人群只覺得，也不知那到底是誰家太爺，竟這般無禮。

兩位「大爺」聽了小二的客套話，非但沒有鬆口，反而一甩手，便把小二推到一邊去，嘴裡也罵得更凶了。「你知道大爺是誰嗎？就這麼跟我們說話？你那烤山豬給誰了？不管是誰，隨便趕出一個客人，讓我們進去吃就是。」

他實在好無禮，圍觀路人都忍不住直嘆氣。

小二被推得倒退好幾步，這才穩住身子，又連忙勸道：「大爺，實在不能如此。」

說著又要作揖，眼見那兩個蠻橫無禮之人要動手打人了，掌櫃連忙走出來，又開口勸道：「我熙春樓從一開始便定下如此規矩，但凡要想做芳香豬肉全席面，須是最好的食材。如今店裡實在沒有足夠食材，兩位大爺不如提前定下，改日再來。」

那兩個紈袴子弟，聽了這話，頓時又張狂起來，破口罵道：「什麼沒有食材？分明是你們這些下九流的買賣人看不起我們魏家。不妨告訴你，今日是六王妃點名要吃你們樓裡的芳香豬全席，你敢不給六王面子？」

陳寧寧坐在馬車內，聽外頭的聲響像是要闖進樓裡砸店了，眉頭頓時皺得死緊。來上京之前，她便想著不再與魏家有半點瓜葛，哪裡想到尚未見面，先聞其聲。聽其話音，這兩人應該是女主角魏婉柔的親人。

那魏婉柔其實要比原著中走運許多。很順利地嫁給六王當了正妃，而不是側妃。聽厲琰說，她還給六王產下了嫡長子。按理說，魏婉柔如今在六王府上，也該是極有體面的。

雖然太子沒死，而且已經登基。六王也並沒有像原著中那般出色，反而被皇上壓得有些黯淡無光。可再怎麼說，王爺就是王爺，若是沒做出什麼大逆不道之事，這個位置應該還是穩穩的。

比起魏婉柔在魏府中那有些名不正言不順的身分，按理說她如今也算翻身了。若是如原著中所描寫的，魏婉柔也該保持大家貴女的風範，處處大度文雅，高人一等才是。哪裡會允許魏家人這般壞她名聲？

想到這裡，陳寧寧忍不住直皺眉頭。

這時，又聽見樓上有人罵道：「我還以為是誰這般張狂無賴，原來是姓魏的破落戶。這熙春樓吃飯的規矩向來如此，一共十二個包間，烤全豬需要提前半個月預訂。大家都按照這個規矩走，哪輪得到你魏家在此地撒野了？」

聽了這話，魏氏兄弟面上便有些不耐煩，剛想抬頭反罵回去，卻見幾位年輕武官走了下來。他們可不是什麼平日裡惹是生非的二世子，雖說都是將門之後，也有國公府出身，也有侯門出身，卻都是些實打實立下過軍功的子弟。平日也沒少花心思在練武上。因而這些人生得人高馬大，站成一列，看著便十分嚇人。

魏家兄弟同他們相比，簡直低到了塵埃裡。可偏偏這兩兄弟不服輸，不敢跟幾個武將爭辯，便又連忙拉出六王妃做了擋箭牌。

「哪是我們兄弟嘴饞，非要吃熙春樓的席面？是六王妃想吃，她今日肯來熙春樓，算是給這樓子增光了。叫他們家再弄出一桌席面，分出點芳香豬肉，又有何難？要我說，這店家分明就是在裝孫子，看不起咱們家六王爺。」

那些青年武將，本來也都不是喜歡讀書的，性子也溫和不到哪裡去。說話間豪爽不拘小節，聽了魏家兄弟的這番話，有人便忍不住冷笑幾聲。

「上京城裡，誰還不知道你們魏家的底細？推出一個假嫡女來糊弄人，裝得像大長公主多喜歡她似的。實際上，公主根本沒見過她。那女子見事情敗露，不知使了什麼手段，叫六王娶了她。那六王爺從前也是個風光霽月的君子。娶了魏婉柔之後，名聲都壞成什麼樣了？自前兩年，太上皇罷了六王的職，讓他在家裡閉門思過。到如今也沒再安排實職。難不成，你們魏家人非要被五城兵馬司抓去，再給六王爺惹麻煩才甘心？」

如今新皇登基，六王都頹了。整日躲在家裡，不見外客，就是為了避嫌。

魏婉柔卻還敢打著他的名號，讓魏家人在外為非作歹。就是瞧著新皇寬容大度，顧念兄弟舊情，不願與他們計較。可上京城這些高門，哪個不在私底下暗罵「魏家女子當真是攪家精」。

偏偏這魏家人半點自知之明都沒有。那個年長的面紅耳赤地反駁道：「我們哪是給六王惹麻煩了？難得王妃生辰，讓她吃頓可心的飯菜都不成？小小商家怎敢這般無禮！」他們不敢罵這些權貴子弟，反而扯著掌櫃鬧個沒完沒了。

那掌櫃也是見過大陣仗的人，況且他本身就是大長公主的門下，與軍方子弟大多熟識。如今不只這些青年將官幫他說話，他自己也頗有幾分手段。方才只是為了順便幫著芳香豬做宣傳，說明自家店鋪更注重品質，這才與這魏家兄弟爭辯。實際上，他早就暗中使人去找了五城兵馬司的人。

當初六王最輝煌的時候，也不是新皇的對手。新皇登基後，六王就更沒指望了。之前他結下的那些姻親都不再支持他。就連五城兵馬司也得到暗示，不必給六王留下任何顏面，把此事鬧大。

於是官差來了之後，直接便把魏氏兄弟帶走了，罪名就是聚眾鬧事。

魏氏兄弟不服氣，嘴裡罵罵咧咧，直說要去找六王告狀。官差卻絲毫不為所動，一副鐵面無私的樣子。

來往行人見狀，紛紛罵道：「簡直就是活該！天子腳下，隨隨便便拉出一個便是大官。

哪有像他魏家這般荒唐的？」

旁人便說道：「你卻不知，那魏家一向荒唐，十多年前老子便做下了荒唐事。如今他家出的那位王妃，更是荒唐中的荒唐。」

這卻有些冤枉魏婉柔了。

六王終日醉生夢死，完全不理事，那些側妃良妾怨恨魏婉柔，便不斷折騰。魏婉柔雖說生下了嫡長子，可六王卻不待見她，只一心想扶張側妃上位。卻不想當初太上皇為了噁心他，特意下了一道密旨，嫡長子需在親生母親身邊撫養，若王妃有個好歹，六王便去看守皇陵吧。

如此，魏婉柔才苟活下來。她不明真相，卻也藉著嫡子的勢，拿回了掌家的權力。不過側妃們各個出身不凡，嫁妝厚重，根本就不用靠王府月錢過活，她們甚至還喜歡在明面上，故意奚落魏婉柔。

這次魏婉柔實在被氣壞了，這才想去熙春樓吃頓芳香豬宴席，也為自己長長臉。可恨娘家人不作為，非要搞仗勢欺人的這一套。如今反倒弄巧成拙，被五城兵馬司抓走了。魏婉柔也跟著鬧了個沒臉，甚至都沒掀轎簾子，直接便讓下人拉她回府裡去了。至於魏家如何，她是不想再管了。

等到那些人都被解決了，陳寧寧才下了馬車。

那熙春樓掌櫃姓馬，他一早便收到小主子要進京的消息了。大長公主那一派私底下早早就做好了相應的安排。馬掌櫃一直磨拳擦掌地等待著，卻都沒有消息。

不想今日剛解決麻煩事，一抬眼正好眼尖地看見月兒正把一位年輕美貌、氣度不凡的女子扶下馬車來。

馬掌櫃頓時嚇了一跳，揉了揉眼睛再看過去，果然一旁還站著喜兒，那鄧嬤嬤則是最後下馬車的。這還有什麼好猶豫的？那姑娘定是小主子了！

馬掌櫃也管不得那許多了，連忙迎上前去，就要給陳寧寧施禮，倒是鄧嬤嬤夠機警，直接伸手一攔，便把他制止住了。

鄧嬤嬤又說道：「咱們姑娘沒那麼講究，馬掌櫃不如到裡面說話吧。」

第四十八章

馬掌櫃連忙點頭稱是，忙把陳寧寧一行引進熙春樓裡來。

旁人見了，多少都有些好奇。

這馬掌櫃本就是上京人士，也不知怎麼就跟南方熙春樓的大掌櫃攀上了關係，這才有幸在上京也開了這家熙春樓。雖說，馬掌櫃只是個買賣人，可他背景卻十分深厚，為人也足夠靈活。據說哪怕到了那些王公貴族面前，馬掌櫃也能攀上一些關係。

自從這家熙春樓開了之後，馬掌櫃雖然待客夠客氣，態度也是不卑不亢，什麼時候見他這般殷勤的接待過客人？也不知道這姑娘到底是何出身？

一時間，酒樓裡的客人都有些好奇。就連方才那些年輕將官也忍不住在二層包廂張望。一見陳寧寧青春美貌，不免跟著多看了幾眼。

也有那些尚未成家的將官，不免動了幾分心思。於是，有人便上前打聽。「馬掌櫃，這位姑娘又是何人，怎麼得你親自招待？」

馬掌櫃一作揖，開口便說道：「這便是我們熙春樓的大東家，如今到這上京城來。她到我們鋪子，定然會有所提點。幾位不妨先去用餐，等我跟大東家小敘片刻，再來招待各位。」

那幾位將官聽了這話，大吃一驚，又忍不住向陳寧寧繼續看去。不想那兩個丫頭已然一前一後，把陳寧寧遮擋得密密實實，根本就不讓他們細看。

待這一行人離開之後，那些年輕將官紛紛說道：「好傢伙，你們可聽說了，方才那姑娘竟是這熙春樓的大東家？這話說出去誰信呀？」

「這熙春樓在南方可是很有名的，芳香火腿更是享譽全國的頂級食材，還是皇家貢品。莫非都是那位姑娘經營的？」

「或許咱們都聽差了，這姑娘應該是熙春樓大東家府上的姑娘才是。」

眾人聽了這話，也覺得就是這麼個道理。

這些人都不是家中的嫡長子，而是不能繼承爵位的嫡子或庶子。他們雖然出身尊貴，可若是能娶個頂級富商家裡的姑娘為妻，對日後前程也會是一大助力。

況且，方才那位姑娘生得極其貌美，氣質也夠沈穩，不帶半點輕浮之氣。這種女子若是能娶回去，管家定是把好手。若是性格再多幾分情趣，便越發完美了。

一時間，幾位年輕將官便打定主意，要好好打聽這位「大東家」到底是個什麼來路？只是這些人也怕節外生枝，自然不會把這些事往外說出去。

另一邊，馬掌櫃早已將陳寧寧一行人，請進了後院客室，又開口說道：「大東家此次前來，定要嚐嚐我們這上京分店芳香豬的席面火候如何？」

陳寧寧自然點頭答應了。

馬掌櫃又問道：「可要我去莊上，調來一隻乳豬，做成烤山豬？」

這便是方才魏家人打著六王爺的名號，非要點的熙春樓頂級招牌菜。從前，這也是曲老爺子的拿手絕活，用特殊土灶改良而成。

可一隻成豬實在太大，一桌子客人也未必能吃得完。後來，經過吳媽，也就是吳二娘的改良，研究出了特殊的烤爐。再加上陳寧寧說也不一定非要烤成豬，便改成了烤乳豬。

不過這種乳豬需要提前料理好，也加倍麻煩。卻也因為肉質細嫩，吃起來方便，深受顧客喜愛，因此此菜便成了熙春樓的頂級招牌大菜。

此時，陳寧寧卻搖頭道：「不必如此，按照店裡規矩來即可。不用節外生枝。」

馬掌櫃聽了這話，連忙又對著小二耳語了一番。

不一會兒工夫，店小二便把這兩年來的帳簿搬了過來，馬掌櫃便準備親自跟陳寧寧彙報經營狀況。

原本馬掌櫃站得筆直，陳寧寧自然安坐於正位。雖說舉手投足之間，偶爾會顯出些許凌厲。可實際上，陳寧寧面上卻極其平和的，嘴角甚至還帶著一抹溫和的笑意。

她一指面前的椅子，便說道：「馬掌櫃，不如先坐下，咱們再細談。不知馬掌櫃可有工夫，陪我吃這頓芳香豬席面？」

馬掌櫃頓時有些受寵若驚，連忙說道：「姑娘，這恐怕於禮不合。」她是主子，我是奴，哪有奴才陪主子吃飯的道理？

陳寧寧卻笑道：「有什麼不合情理的，我和劉掌櫃也經常如此。咱們熙春樓本來也沒有那麼多細碎的規矩。怎麼方便怎麼來。況且等會你會很忙的，站著恐怕就不行了。」

跟著陳寧寧一起來的兩位老管事，聽了這話，頓時便一臉震驚。

原本他們知道陳姑娘是熙春樓大東家，本就受到了很大的衝擊。卻沒想到，這熙春樓經營的方式，竟也與別處完全不同。

主子居然還能如此平和地同下人說話？這未免也太給馬掌櫃面子了？只是這樣當真能做好買賣嗎？陳姑娘也不怕馬掌櫃出賣了她。

一時間，兩位老管事便有些替陳寧寧揪心。

這時鄧嬤嬤也開口勸道：「姑娘既然都說了，馬掌櫃你便坐下回話吧。」

得了鄧嬤嬤這句話，馬掌櫃才坐了下來。只是他卻仍是顧忌著主僕之禮，只敢坐在凳子邊角。

陳寧寧又打開了那本帳簿。兩位老管事冷不丁看了一眼，不禁目瞪口呆。他們指著那帳簿，顫聲問道：「不知陳東家能不能挑本無關緊要的，借我們看上一看？」這下子，他們連陳姑娘都不敢叫了。

陳寧寧倒也不跟他們見外，隨便拿了一本帳簿遞給他們。

兩位老管事打開一看，越發覺得新奇。這帳簿不知用什麼筆寫下的，竟在紙張上畫出了格子線條，分出列表。頭頂一排，左邊一列，各自還寫著名目。字跡很小，卻又十分清晰。順著表格看，便能清楚地看到每日開銷流水花銷。

這本帳簿簡單通透，又一目了然，竟比他們那些鋪子的帳簿，強上百倍不只。

其中一位姓文的老管事，年輕時也曾管過帳。在草草翻完熙春樓的帳簿之後，便越發對陳寧寧佩服得五體投地，他連忙問道：「陳東家，不知您這帳簿是如何做出來的？」

陳寧寧抬頭看了他一眼，又給喜兒使了個眼色。

喜兒很快從貼身布包裡，拿出了一根炭筆和一本小冊子。對文管事說道：「我們莊主從前經營山莊的時候，需得畫些圖樣出來。偶然間，發現這柳木炭比毛筆方便許多。後來莊上有位能幹的木匠，直接便把柳木炭放進毛筆桿子裡，幾經加工，就做成了如今的炭筆。文管事若是喜歡，不如送你兩支吧！這次進京，我們姑娘帶了不少。」

文管事那邊自然感激不盡，而另一位武管事也藉機討了兩支炭筆回去。

陳寧寧見他們各自分好了，也就細細開始跟馬掌櫃說起這熙春樓的事物來。

照她看來，馬掌櫃是很可靠的，而且老實持重，也非常有能力。可以說，上京熙春樓之所以做得這麼好，全都是馬掌櫃的功勞。

正因如此，陳寧寧毫不吝嗇地將馬掌櫃狠狠誇了一通，直誇得馬掌櫃老臉都紅了。文武兩位老管事都聽傻了，心話說，這和陳東家方才巡店的做法，可完全不同。之前，她每次說話都很客氣，卻會直接挑刺。

正想著，果然陳寧寧話鋒一轉，雖然也沒說什麼重話，卻也一針見血地指出，馬掌櫃有點守舊了，對大客戶的維護有些不足。

既然上京熙春樓走的是頂級高端酒樓路線，那就應該對那些黃金等級的貴客，進一步加以維護。如今全靠那些跑堂小哥，也不是不可以。只是日子一久，貴客們也就只能靠情懷靠面子，來熙春樓貴價消費了。

為了能讓貴客們感到物有所值，必須要提供頂級的售後服務。

馬掌櫃此時已經聽傻了，文武兩位老管事也都目瞪口呆。

陳寧寧卻仍是一臉坦然，甚至還有心思端起茶杯，喝了一杯茶。

馬掌櫃一時心急，脫口問道：「大東家，我們該如何提供售後服務，讓黃金貴客們感到物有所值？」

陳寧寧放下茶杯，這才緩緩說道：「其實也跟跑堂做的事情差不多，把所有黃金貴客的資料收集好。但凡他們做壽，咱們便送上花籃芳香豬禮品到府上。逢年過節，都要送上一些貼心周到的芳香豬禮盒。請專門的人過去問候。除此之外，若是貴客來鋪子裡做壽，當日必須給個折扣，只收八成銀兩，還要送上頂級壽桃，務必讓貴客體貼又有面子。」

馬掌櫃連忙拿出他的炭筆，在小本子上瘋狂記錄，還時不時一臉欽佩地看向大東家。

陳寧寧卻始終穩如泰山，繼續說道：「不只如此，芳香豬宴席雖說是主菜，可也不能一成不變。咱們店裡需得不斷推陳出新，做出新鮮菜式來，這樣才能讓貴客們吃不膩。」

陳寧寧把所有注意事項都交代清楚了。芳香豬宴席也陸續擺上桌了。平日裡，文武兩位老管事早對這芳香豬宴席嚮往已久。可惜他們這般的身分，頂多單點些菜吃也就罷了。今日終於坐在芳香豬全席面前，本應該格外歡喜，可兩位老管事如今卻已無心吃飯。只是目瞪口呆地看向陳寧寧，滿腦子迷惑。

九王爺是從哪裡找了這個會做買賣的怪物來？這陳東家滿腹錦繡，怕是全都用在了做買賣上。偏偏她能力這般出眾，就算不依靠任何勢力，恐怕也能富甲一方。她又為何甘願給王爺做妾？這也太委屈這位陳東家了。

陳寧寧一路巡鋪下來，也算是頗有一些收穫。特別是文、武兩位老管事，經過幾日相處，早已對陳姑娘心服口服，巴不得她能早日進門呢！同時，也在九王爺面前，說了不少陳姑娘的好話。

厲琰聽了，只微微挑起嘴角。他當然也急著娶，不過此事還須從長計議。如今最緊要的還是配合兄長，先拿回皇權。

新皇繼位，一上來便在旱災中接連頒布幾項法令，不只控制住災情，也讓群臣心服口服。只可惜新皇身體不好，只能把大部分政務託付給太上皇處理。

正好太上皇如今也捨不得手中權力，整日裡忙得不可開交，心中卻是再滿意不過了。

若新皇稍微強勢點，父子二人之間，必定會大動干戈。

太上皇在位多年，一手扶持了許多心腹舊臣。若是新皇真要硬碰硬，是不是太上皇的對手還兩說。但一個處理不好，必定會傷及國之根本。

剛好新皇打得一手好太極。本來他還是太子的時候，便以仁孝著稱。如今更是處處以太上皇唯命是從，讓太上皇之前準備反制的後手都無用了。

等到九王進京給他祝壽，太上皇這才想起，其他幾個成年孩子都已經婚配，獨獨小九，因為異域血統，這些年被他忽略了。

偏偏小九那孩子心誠，這些年有了什麼好吃的，都不忘孝敬他這個遠方的老父親。對比其他孩子一直給他添堵。太上皇便覺得遠在潞城的小九這孩子還沒有歪心。

太上皇想著想著，便生出了許多愧疚來，就決定在其他方面對九王進行補償。再怎麼說，也要給九王找個合適的王妃。

若說九王年少時，在上京城就是個混世魔王，名聲也不大好，被人叫作「瘋狗」。但那時候，他還只是個不懂事的半大孩子。如今，九王已經長成了踏實穩重的青年將軍，那些舊事早該被上京城忘記了。按理說，九王不該再受到那些閨閣女兒嫌棄才是。

於是太上皇暗中操作一番，讓心腹太監把各家適齡女孩的畫像，一併送到他面前。又叫來新皇，一起遴選九王妃。

新皇對九王視若親子，自然對這事十分重視，於是也跟太上皇一起看美人圖。

太上皇一心想挑個模樣俊俏的，嘴裡卻說著——「找個好看的媳婦，至少能看得住小九。」

新皇搖了搖頭，卻說道：「小九那性子從小就倔，跟小毛驢似的。還需得溫柔婉約的女子才能安慰他。父皇看這位如何？」

說著，他便把一張美人圖，遞到太上皇面前。

太上皇看了兩眼，忍不住皺了皺眉道：「長相怕是差了些，還不如小九好看，這兩人站在一起，恐怕不大般配。」

新皇也不與他爭辯，只是把那張美人圖放了下來。

偏偏兩人選擇標準完全不同。

太上皇選的各路美人，新皇覺得眼神輕浮，或者性格不夠穩重。若是跟九王一起過日子，鐵定踏實不下來。新皇選那種賢良淑德，從容大器的小娘子，太上皇又覺得這長相未免差太多了，跟小九不適合。

這父子倆終於有了些許爭執，各自都有所堅持。

太上皇卻完全不氣，反而笑道：「要是你在政見上面，能多幾分堅持，我早該退休頤養天年了。哪還要這般為你操心？」他嘴上雖然抱怨著，心裡卻不免暗自得意。

新皇卻說：「父皇老當益壯，本就不該這麼早就退下去。」

父子二人，一個哄、一個聽，相處得十分自在。

最後，太上皇到底妥協了，折衷了一下。便想把殷國公府裡那位重點培養的大姑娘殷明姝，許配給九王爺算了。正好這位殷大姑娘也是新皇的表妹，新皇也算看著她長大的，對殷明姝的性格也有所瞭解。

原本太上皇也曾打過主意，要讓殷明姝給新皇做貴妃，可又怕殷氏一脈徹底坐大。新皇身體孱弱，將來若有一天他不在了。殷家趁著新皇虛弱，獨霸政權，再架空皇權，那可就不是什麼好事了。

如今他覺得，把殷明姝許配給九王，也不失為良策。

新皇想了想，也點頭說道：「明姝自幼學武，性格卻是極其穩重的。若是能跟小九走在一起，兩人也算般配。」

太上皇又問道：「只是殷明姝好像曾與陸稟家裡訂過親事，如今又如何了？我可聽說，明姝為了逃婚，打傷了陸稟的兒子，又逃離了上京。可有此事？」

新皇搖了搖頭，嘆道：「分明是陸家公子不想娶明姝，於是做下一個圈套來想害她。結果，陸公子自己一時糊塗，把腿摔斷了。陸家反過來，倒把這事賴在明姝身上。我已然做主，把這婚事斷乾淨了。陸家那邊似乎多有不服，難不成告到父皇這裡了？」

太上皇皺眉說道：「這陸家未免做得過了，他兒子腿都斷了，居然還想娶國公府上的嫡長女，未免有些自不量力了。」

新皇父子倆正商量著，該如何給九王賜婚，突然聽殿外有總管太監來報——九王和殷大人求見。

太上皇一聽這話，便對新皇笑道：「咱們還想給他們說親，如今他兩個卻自己來了，大概是想到一處去了。」

新皇也忍不住笑了，對總管太監說道：「快請他兩個進來。」

原來那殷大人殷防是殷國公殷戰的同母兄弟。只是他自幼身體就不太好，無法習武。倒是有幾分讀書的才能，便走了科舉的路子。殷防也曾考取秀才，原本也要繼續考舉人。可上任老國公早年曾出生入死，上陣殺敵，立下汗馬功勞。同時也落下一身沈疾舊傷，身體早早就不行了。

虧得他長子殷戰也是有出息的，接替父親職務，繼續領兵鎮守南疆。次子殷防卻不太顯眼。

老國公臨終前上奏太上皇，求太上皇看護他的幼子。

太上皇體恤老臣，便賜殷防在工部做官。

這些年看著殷防，實在不像很有才能的樣子。一直四平八穩，性格也拘謹古板，不太善於變通。虧得他孝順老娘，在外又有殷國公這位兄長看護，自然無人敢動他。

殷防官職不高。若不是九王帶著，他甚至沒機會面聖。因而一到御前，他就連忙規規矩矩行了大禮。這人性格很像悶葫蘆，但禮儀方面，卻半點不錯。

直到太上皇問起他的來意，殷防才中規中矩地回道：「日前，家兄給小女做媒，說了一門好親，我母親見了那後生中意得很。想到皇上是看著明姝長大的，母親便讓我來和皇上說說。」

話中含義便是，他本來沒想拜見太上皇。皇上在這裡，他才過來了。

太上皇聽了這話，頓時臉色一沈，心中暗罵：若不是這人父親、兄長都頗有才幹，早把他打發到犄角旮旯裡去了！

太上皇不願同他計較，便又問道：「你的女婿便是九王？」

殷防連連說道：「不敢不敢，九王是幫男方保媒的。」

太上皇聽到這話傻眼了。九王自己還沒媳婦，怎能幫別人保媒了？

太上皇急著想知道狀況，可殷防說話慢吞吞，不推他一下，甚至不會主動開口。好在九王還算伶俐，主動介紹了男方陳寧遠的情況。可他說話十分簡潔，半點廢話都沒有，其中大半都是太上皇自行拼湊出來的。

原來，這陳寧遠早年也是讀書人，在當地頗有幾分才子之名。卻因為得罪權貴，遭人陷害，誣陷他考場作弊，毀了他的官途。

後來，曹大人落馬，潞城那邊的人也連帶著被問罪。陳寧遠這才得到平反，重新拿回了秀才功名。可此時他早已心灰意冷，絕了考科舉的念頭，乾脆就投了殷家軍。

陳寧遠此人頭腦聰明，頗有才幹，幾次立下汗馬功勞，頗得殷國公看重。

此次殷明姝被陸家設計，殷國公心中大怒，同時也不想讓他家姑娘受委屈，這才把殷明姝說給了陳寧遠。而那殷防本就是讀書人，也曾考過科舉，見了陳寧遠斯文有理，又有才學，便也對這女婿十分滿意。

太上皇甚至還想到，陳寧遠那從四品的武將官職，定是殷國公為了打陸家的臉，特意運作出來的。事已至此，把殷明姝許給九王的事只得作罷了。又因為新皇看中舅舅一家，大手一揮，要下旨給殷明姝賜婚。

至於那位因為忠厚老實，而被太上皇選中的皇后娘娘，自然緊跟皇上步伐。給國公府賜下了一大批禮物，說是要給表妹添妝。

為免夜長夢多，殷家打算搶在太上皇大壽之前，速速成親。

陳家那邊想備下新宅子都來不及，好在之前陳寧寧買下的院子，也算像模像樣。

而且，為了給兄長做臉面，陳寧寧也沒少花心思。光是黃金就給了二百兩壓箱底，又加了一萬兩白銀，其他玉器、金器、如意，龍鳳呈祥的琺瑯盤更是數不勝數。

第四十九章

殷國公府原本還以為陳寧遠草根出身，老家又在貧苦鄉下，嫡女嫁過去，少不得是要受苦的，因而國公府上下沒少給她填嫁妝。

可等看到陳家送來的聘禮禮單，他們不禁目瞪口呆。這可比他們的嫁妝多了幾倍。

陳家不過是鄉紳人家，怎麼這般豪奢？叫來熟知內情的人一問，這才知道，陳寧遠在行軍打仗方面很有本事，而他妹子在做買賣上則極有才能，那潞城的芳香豬和番薯，都是那陳家大姑娘一手做起的。

真要說起來，陳家在南方一帶算是首富。

這哪裡是什麼普通的鄉紳人家？而且他家長子從軍，次子讀書，唯一的大姑娘還在做買賣。他家裡的孩子，各個有本領。根本就不像他們想的那般弱勢。

殷國公府的主子們頓時高看了陳寧遠一眼，心道國公爺果然幫自家姑娘安排了一門好親。就連下人們行事也謹慎了許多，再也不敢把陳家當成鄉下來的窮親戚看待，生怕得罪了自家大姑爺。

眾人在置辦婚事上，也越發上心起來。就算如今時間緊，也力求做到完美。

陳家那邊也是好手段，緊急招來了熙春樓最有名的大師傅，給陳寧遠置辦婚宴，主菜直接便訂了芳香豬。這般大手筆，讓殷國公府裡頓時面上增光不少。

陳家的名聲也逐漸在京城響亮起來。很多王公貴族都想藉著殷國公府大姑娘出嫁此事，來嚐嚐南方熙春樓頂級廚師做的頂級菜品。

當然也不免有些閒話傳出來，此次殷國公府大姑娘雖說因為陸家的緣故，婚事倉促了些，嫁入陳家也算是低嫁了。

可現實是，陳家本身實力並不弱。陳寧遠自身有實力不說，又有個南方首富身家陪襯。他們一個有錢、一個有勢，做了姻親，自然再也沒人敢小看他們。特別是陳寧遠，雖然目前只是從四品武將，可有了當今皇上表妹夫這個身分，將來前途不可限量。

而貴婦圈也關注起陳家來，特別是那位會做買賣的陳姑娘受到了眾多審視。

雖說陳寧寧的身分並不高，可最難得的卻是她那手點石成金的好本事。一提起熙春樓、芳香豬，哪個人家不眼紅？

或許這些高門大戶嫡長子娶妻選擇標準會相對嚴格，可對嫡次子來說，若能娶了陳寧寧，定然會對他們整個家族大有助益，所以許多高門人家都開始暗中打聽。

這一問才知道，陳寧寧如今已經十九了。早年間也曾定下婚事，卻在陳家式微時，慘遭退親。自那以後，陳寧寧便一門心思做起了買賣。好在全家人都願意支持她，這才一步步把買賣做大。

陳寧寧的經歷，簡直就是一部女子勵志書。

那些有身分有地位的夫人，有人覺得陳寧寧如今年歲大了不適合了，也有嫌棄她曾被退過親的，可更多有遠見的夫人卻對陳寧寧暗生佩服。她們知道陳寧寧白手起家，又高看她一眼。況且女大三抱金磚，比自己兒子大幾歲，也無所謂。等到將來，陳寧遠繼續升職，陳寧寧的身分還真差不到哪裡去。

因而，許多夫人便想趁著殷國公府大姑娘成婚，好好見見這位陳姑娘。

剛好六王爺那邊，也有收到請帖，魏婉柔也聽說國公府大姑娘成親時，要置辦芳香豬宴席的事情，頓時心裡便有些酸澀。

曾幾何時，魏婉柔風光的時候，殷明姝還是她的手下敗將。就連她未婚夫陸公子，也曾是魏婉柔的傾慕者。甚至當初也是為了娶魏婉柔，陸公子才打算對殷明姝下手，好讓她變成側室。

哪裡想到，十年河東，十年河西。如今殷明姝得了這樣一樁風光的婚事，而魏婉柔想吃頓芳香豬席面，為自己二十歲生辰祝壽，非但沒吃成，反而受到了侮辱。雖說這兩件事沒有任何關聯。可魏婉柔卻覺得殷明姝和陳家害她丟臉了。特別是若非陳家定下那狗屁規矩，給她留點薄面，事情怎會變得如此糟糕？

到如今，魏家那兩兄弟還在大理寺關著。魏家動不動就過來找魏婉柔哭，攪得她煩悶不已。

魏婉柔盤算著，這國公府的喜酒，她還是要吃的。不只要風風光光地去，還要探探那位傳言中的陳姑娘，到底是什麼來路？

只可惜，六王厲瑫如今沈迷於美酒之中，根本不理世事。

問起殷國公府的婚事，六王一擺手便說道：「不去。殷家的婚事與我何干？」當初，他也曾打過殷明姝的主意。只可惜殷明姝手段狠戾，沒少給他難堪。如今，他自然不願意去自取其辱。

另一邊，陸家知道殷明姝要嫁人，自然不服不忿。

陸大人仗著自己是太上皇的心腹舊臣，之前便幾次三番搬弄是非，試圖給新皇穿小鞋。卻都被新皇借力打力，直接順了過去，反倒是陸大人自己落下了不少罵名。

如今，太上皇對陸大人已經不像從前那般信任了。

陸大人雖想著要低調行事，不能繼續落下把柄，可國公府竟這般不給他家留顏面，還要風光大辦婚事。而他兒子卻得到終身殘疾，始終沒有娶妻。陸大人氣惱之下，拚著老臉不要，跑去找太上皇哭訴。

「殷家簡直欺人太甚，害我孩兒斷了腿不說，如今卻悔婚不肯嫁他。殷家分明是仗著與皇上是姻親，便不把太上皇的老臣看在眼裡啊！」

陸大人滿心委屈，直哭得老淚縱橫。卻不想新皇早就把他家貪贓枉法的證據，他兒子因為爭搶歌姬，鬧出人命的本子，放在太上皇的案前。

先前只因為陸大人是太上皇最寵信的舊臣，新皇才沒有親自動他。這都是為了給太上皇留面子。誰知陸稟這般不識好歹，竟然還有臉過來打小報告？

太上皇搖了搖頭，輕聲問道：「那依你之見，國公府的嫡長女就該嫁給你那個不學無術、胡作非為的瘸腿兒子，你才能嚥下這口氣？」

陸大人聽了這話，心頭一冷，連忙跪下說道：「我們兩家早年便訂親了，怎麼能容他家說反悔就反悔？皇上也是太慣著他母舅家了，老臣完全就是被迫退婚。」

太上皇卻冷笑道：「難道不是你兒子看不上殷家大姑娘，想退婚卻不直接說，反而設計地痞流氓去侮辱她。虧得殷明姝機警，避開一劫。分明是你兒子自找死路。他腿瘸了，到底該怪誰，你心裡當真不知嗎？誰給你家的狗膽子，敢對殷國公家的嫡女下此毒手？」

說罷，太上皇便狠狠地拍了案桌，把陸大人嚇得匍匐在地。

太上皇又說道：「你說殷國公府勢利眼？他家若真貪圖權勢，就該依了朕的心思，把嫡女嫁給九王才是。如今他家都被你逼得低嫁了，你這還沒完沒了、糾纏不清，又是何道理？」

陸大人連忙哭著求饒。

太上皇又說道：「罷了，你兒子做下那些醜事。皇上大度，念在你伺候我這麼多年，不打算再追究。倒是你，退了吧。把不該是你的東西留下來。皇上再心慈，也不能容你貪贓枉法，做了朝廷蛀蟲。」說罷，大手一揮，命左右把陸大人拖下去。

陸大人腳不沾地，一路被拖行，此時他脊背也早就被冷汗打濕了。直到這時，他才明白過來，陸家徹底完了。

原來新皇，並不像他表現出來的那般軟弱怕事，一味對太上皇唯命是從，他也不是那般仁善可欺。相反，現在的皇上就是一隻笑面虎，平日裡不動聲色，甚至不動一兵一卒，便把人置於死地。

想到這裡，陸大人突然發瘋似的，拚命喊著。「太上皇，小心皇上！」

只可惜還沒喊完，便被太監一腳踹在肚子上。「閉嘴！」

陸稟疼得腰都直不起來，再也說不出話來。

與此同時，他只覺得通體生寒。直到這時，他才想明白，太上皇看似大權在握，不過是皇上做出的假象。實際上，整個皇宮早就被皇上握在手中了。

而他卻一直狐假虎威，藉著太上皇的威勢，與皇上作對，這不是自尋死路嗎？

陳寧寧深知財不露白的道理。一旦炫富，若沒有一個強有力的後盾支撐，很容易就會變成別人嘴邊的餌食。可如今陳家情況十分特殊，若是沒有拿得出手的東西，便會被其他人小瞧了。

哥哥從四品的官職，全靠他這些年積攢的軍功。可到了別人口中，就成了陳寧遠攀附權貴，靠殷國公得來的從四品。這於他的名聲和官途極為不利。

將來陳寧遠留在上京，進入官場，也會有人不斷質疑他只靠國公府，根本沒人相信他自身的能力。如此一來，陳寧遠甚至無法融入上京官場。

陳寧寧也是跟厲琰商量過後，才決定不再顧慮那麼多，直接用錢砸出一條通天路來。

說實話，她也沒做什麼特別過分的炫富之事。只是先用那份聘禮，壓得殷國公府上上下下說不出話來。那高門大院，幾代豪奴，天生一雙富貴眼，見過陳家財勢，自然不敢看人下菜碟，小瞧了陳家。

況且長兄成親，於陳家本就是天大的事。她作為妹妹，自然要把這婚事做到儘量圓滿。

雖說暴發戶的名聲不好聽，可在金錢方面，陳家是底氣十足。再加上，與殷國公府聯姻，財勢兩方聯合在一起，互相仰仗。倒也無人再敢輕易小瞧了陳寧遠以及陳家。

就連陳寧寧外出給長兄選購婚禮用品，也備受矚目。她也乘機結交了一些閨閣好友。

陳寧寧素來善於與人交際，就算是面子上的情分，她也能做到滴水不漏，不著痕跡。再加上，她本就是進京給太上皇祝壽的，從來不曾掩飾過自己的身分。

因此，若那些朋友有想買卻找不到的新鮮東西，陳寧寧總能幫忙找到些合適的商路，甚至還能給個友情價。這樣一來，她在上京閨秀圈子裡，很快就打出了極好的名聲。

原本殷明姝還想著，等到出嫁後，要多帶帶小姑子融入那個圈子。卻沒想到，小姑子手腕了得，自己便闖出路來。

甚至好幾個閨中密友，都同殷明姝打聽陳寧寧的情況。

殷明姝也是個玲瓏人，專挑好話說。再加上，她本身也十分佩服陳寧寧的才能。有了她這位正統貴女作保，貴女的圈子自然很快接納了陳寧寧這個外鄉人。

只是這樣一來，陳寧寧便越發得了那些高門夫人的青眼。

總有夫人想要自己女兒下帖子，以邀請陳寧寧過去賞花作客為由，想幫自家兒子相看。

陳寧寧也是乖覺，關係普通的就以給長兄籌辦婚事為藉口，直接拒絕了。

只有一、兩位姑娘實在跟她相處得不錯，再則殷明姝也會去的，陳寧寧才會去赴約。

即便這樣，還是有幾位夫人看中了陳寧寧，想要跟陳家結親。之所以沒有馬上下手，也是怕陳家如今太忙，想著等陳府辦完喜事，再找媒人去說。

但有些人，顯然不那麼懂規矩。

陳寧寧備受看重這事，之所以能傳到六王府上，倒不是魏婉柔那邊消息有多靈通，而是側妃張玉芝先收到的消息。

自從張玉芝嫁給六王，他們張家多少也受到了波及。如今也是一日不如一日了。再加上，新皇顯然並不想抬舉張家。

眼看著張家日漸衰敗，那外來戶陳家不只有錢，還同殷國公府聯姻，也算與新皇做了親戚。而張家又打聽到，陳家雖然出身鄉紳，兒女卻都是極出眾的。於是，便想替張家嫡長子張萍，也就是張玉芝的親哥哥求娶陳寧寧。

那張萍妻子亡故，留有一子一女，卻皆不是嫡出。陳寧寧嫁過去，能直接做張家宗婦。

張玉芝的母親特意來信問她，能否透過昔日姊妹，打聽到一下消息。這陳家姑娘到底如何？

張玉芝收到母親的信，這才又跟昔日那些姊妹書信往來。卻不想魏婉柔早已收買了一些人。一來二去，便把張家那點心思都摸清楚了。

陳寧寧這鄉下女人，在上京貴女圈名聲居然這麼好？

魏婉柔心中驚愕。

這幾年，她跟張玉芝鬥得厲害。張玉芝仗著王爺寵愛，便不把魏婉柔這個王妃看在眼裡，且張玉芝總仗著嫁妝厚重，沒少在她面前炫耀。當日，若不是張玉芝吃完芳香豬全席，又在王府女眷面前，把熙春樓誇得天上有地下無。魏婉柔也不會賭氣，非要在熙春樓做壽，自然也就不會鬧出那麼大的笑話來。

魏家因為折進去兩個嫡子，整日裡來煩擾她，魏婉柔耗費很大力氣，才把那些人敷衍過去。如今若是讓魏家選出幾名族中子弟，把那陳姑娘勾搭過去，不只能把人放出來，魏家以後也有了金山銀山可以花銷，這豈不是兩全其美？

與此同時，魏府上下如今早已恨死魏婉柔了。要不是當日她非要吃豬肉，二房、三房也不會折進去兩個嫡子。偏偏鎮遠侯府早已沒落，已然沒有關係可走。

大長公主雖然出家不問世事，也沒在明面上打壓過他們鎮遠侯府。可霍家那一派北疆武將，卻恨不得治死他們。這些年，明裡暗裡沒少給魏家小鞋穿。就連魏家的產業都敗落了。如今能拿得出手的，也就魏婉柔這個王妃了。

可他們萬萬沒想到，魏婉柔就是隻沒良心的白眼狼。

需要用到魏家的時候，就變著方法籠絡他們，許下各種無法實現的諾言。把魏家利用個徹底。等到魏家有求於她，魏婉柔便巧舌如簧，百般推託，一點實事都不做。

如今，魏家兩兄弟還被關著，二房、三房都要氣死了，甚至找上了許久不問世事、躲在別莊的家主魏曦那裡。

只可惜，魏曦腦子不太清楚了，人也變得瘋瘋癲癲。見到他兩個親兄弟，便搖頭晃腦地說道：「假的便是假的，到底成不了真。當日，你們抱她回來，養了她這麼多年，到頭來還不是一場空？誰叫你們當初豬油蒙心，利用她騙人，如今自討苦吃了吧？若是你們多用點心思，查查我女兒的去向。而不是各懷鬼胎，故意耽擱，又怎麼會有今日之下場？報應，這都是報應，不是不報，時候未到！你們且回去，認了吧！」

魏二叔、魏三叔聽了這話，頓時便急了眼，紛紛說道：「大哥，你怎麼能這樣說？我們所做所為，也都是為了魏家考量。」

魏曦冷笑道：「既然為了魏家，那犧牲兩個兒子又如何？」

說著，他便揮了揮袖子，歪歪斜斜地離開了。

到了院裡，魏曦斜歪在一塊大石頭上，一陣哭一陣笑，竟像個瘋子一般。

魏二叔、魏三叔實在奈何不了他，只得匆匆回到府裡。他們正在氣頭上，已經打算繼續變賣家產，找門路救人了。卻不想，魏婉柔那邊託人及時送信過來。

信中細細寫明，此次堂兄之事，不是她不想幫，而是幫不了。又把熙春樓大東家陳寧寧的底細都說得一清二楚。同時也說道：「若想救堂兄，為今之計，恐怕也只能從陳寧寧下手了。」

魏家那邊，看了這封信還有什麼不明白的？

反正他們家也不是第一次做這種事了。如今魏家日漸沒落，名聲早就壞了。年輕這一輩的男孩都不太好找媳婦；女孩年紀老大了，也無人上門說親。

如今那陳家在上京城，根基淺薄，又家資豐厚，且不知魏家底細。若能把陳寧寧娶進門，魏家所有難題全部都能迎刃而解。

因而陳寧寧就這樣，被魏家當成獵物了。

魏二叔和魏三叔在書房裡商量了一下午。最終決定廣撒網，撈大魚，也不管嫡子、庶子，但凡魏家子弟，通通都派出去，各憑本領行事。只要能拐到陳寧寧，魏家便會舉全族之力，扶持他們。

卻不想，魏家這邊前腳商量出結果，後腳就有人把消息送了出去。

靈隱寺後山別院裡，大長公主吃著外孫女送來的廚子做的養生菜，心情正好，還盤算著到底何時才能與小外孫女見面。

卻見劉嬤嬤匆匆來報。「殿下，那魏家當真吃了熊心豹子膽，如今竟把歪腦筋打到了咱們小主子身上。著實是該死！」

大長公主聽了這話，手中一雙筷子，硬生生被一折兩段。她面無表情地看向劉嬤嬤，挑眉問道：「到底怎麼回事？」

劉嬤嬤便把魏家暗線送來的消息，一一說給大長公主聽。

原來這些年，大長公主雖然不願理會魏家，可當初她為明珠郡主安排的那些暗線卻保留下來。初時，是為了打聽小外孫女的消息，查明當初事情的真相。

這兩年，則是為了防止魏家對外孫女不利。

此時，聽說魏家居然要故技重施，大長公主狠狠拍了兩下桌子，又恨恨說道：「魏家那邊也該收網了。」

一時間，她周身殺氣四起，眼神也變得越來越狠戾。

劉嬤嬤連忙上前說道：「殿下且放心，奴才立刻就吩咐下面的人對魏家下手。」

大長公主抿了抿嘴，半晌才又說道：「大可不必，妳讓人先把此事轉告九王。就說，不必拘泥原計劃，不如趁這機會先下手。不是說，那陸稟已經除了嗎？其他的老頑固，也都差不多了吧！讓皇上那邊趕快收網吧。」

劉嬤嬤連忙領命而去。

雖然筷子換上了新的，大長公主獨坐在原處，卻再也無心吃飯。

只是不斷撥動著腕上的那串佛珠，試圖讓自己平靜下來。只可惜，她心浮氣躁，整張面皮也越繃越緊，最終沒能耐住，到底眼圈一紅，落下幾滴淚。

「如今，妳也該看清了。妳那魏郎從來不是值得託付終身的良人。妳以為的一見鍾情、緣定終身，不過是他魏家有預謀地做下的一場戲。當初，妳也糊塗，男人忠心得用，就留下來伺候妳一生。若他不好不忠，妳對我說，為娘給妳換個男人便罷。妳真以為，為娘會不管妳了不成？妳若有妳女兒一半的心性，又何苦落得如此下場？」

大長公主心緒波動，身子不禁晃了晃，她深吸幾口氣，穩住情緒不讓自己失態。抬眼一看，面前正擺著一盆黃豆豬腳湯，又稱蹄花湯。

當日，吳二娘上京來端上的第一道菜，就是這道豬腳湯。

吳二娘跪在她面前，戰戰兢兢地說道：「殿下，我家主子說，這豬蹄燉得軟爛，吞嚥不麻煩，又有滋補之功效，冬日吃最好。如今熙春樓很快便要開到上京城來，主子要我每日給您燉這道蹄花湯。還說，不管別人有沒有得吃，咱們這邊豬腳管夠。」

第五十章

大長公主一早就知道，芳香豬是極難養殖的。

為了養這豬，嚶嚶這些年可沒少花心思。前幾年，只有潞城本地養，嚶嚶也只能打發商隊的人，隔三差五送來幾口豬，以及一些滋補身體的罐頭。

說來也怪，那罐頭吃久了，她身子也好似變得越發硬朗了。

劉嬤嬤她們常說，定是因為姑娘的一片孝心。

原本熙春樓不該這時來上京城開分店。嚶嚶費盡周折，把這酒樓開起來，也是為了她。

嚶嚶還來信叮嚀道——日日喝些湯水，能滋補身體，延年益壽。

最近甚至讓吳二娘每日都弄些湯給她喝。

就連皇上都吃不上的東西，她這裡卻日日都有。那孩子費盡心思，只一心為她好。

大長公主從前只覺得日復一日，度日如年，總想著哪一日時候到了，她便追隨明珠走。可如今她卻想長長久久活著。親眼看著嚶嚶成家，看她婚後幸福，看她兒女雙全。

這次對魏家的恨意，她忍下了。倘若厲琰那邊安排得好，她很快就能和嚶嚶見面了。

一時間，大長公主感慨萬千，激動之餘，她又生出許多害怕來。

上次在潞城，她草草看了嚶嚶一眼，便頭也不回的走了。留下那孩子在人群裡哭。下次見面，嚶嚶可會責怪她這外婆冷酷？

那孩子年幼時，明明那般喜愛她、信任她。以至於許多年未見，她都忘了自己的出身，也忘了姓氏，卻獨獨沒忘了她這張臉。這般看來，或許，嚶嚶還是會像她小時候那般，依賴地抱著她，靠在她懷裡撒嬌也說不定。

這樣想著，大長公主一顆心終於安穩一些。

很快，厲琰便知道魏家人的打算。他早就知道魏家無恥至極。不然當年也不會做出那般下作之事。可他到底還是低估了魏家的底線。

那家豬狗不如，竟把主意打到他的寧寧身上，還是魏婉柔親自出的陰招！

想到這些，厲琰心裡突然生起了一股火氣，想要抽出大刀，直接砍死這一家。

來安見他臉色怒白，生怕他被氣得犯病，連忙上前勸道：「爺，大長公主的意思是讓咱們把這事利用起來，也好加快進程。」

厲琰雙目發紅，兩太陽穴旁的青筋直跳。過了一會兒，他才咬牙問道：「利用起來，若是弄不好，壞了寧寧名聲，又該如何？」

他根本不想讓寧寧與魏家有半點關聯，甚至也不想讓寧寧知道，魏家人如此不堪！

可來安卻說道：「陳姑娘並沒有主子想像中那般脆弱。更何況，當日大長公主親自去魏家帶走明珠郡主棺木後，太上皇也是下過旨意的，讓明珠郡主同魏曦合離。如今若找到嫡女，也與魏家再無關聯。此次大長公主願意把這事交給主子處理，主子可千萬不要辜負了。若是能藉此機會，給殿下出出氣，又能把此事辦妥了，這才算上策。」

厲琰聽了這話，沈著臉，半晌沒有言語。又過了好一會兒，他才下令道：「安排人手，盯著魏家人一舉一動。」

來安領命而去，厲琰坐在房中，久久沒有言語。

他早就知道，這人世間其實並不美好。總有些人明明身處膏粱錦繡之中，卻活得如豬狗一般，沒有廉恥，也沒有道德，只看自己眼前利益，便不顧他人死活。這類人，在厲琰眼中並不算是人，說是畜生還抬舉了他。

厲琰斬殺畜生的時候，從未手軟過，也對別人生不出任何憐憫之心。

若這世間沒有他的兄長，若沒有遇見陳寧寧，厲琰也不知道自己會變成什麼樣。或許會親手拿起屠刀，屠盡一切豬狗之輩，還這世界一片清靜也說不定。

這時，有人顫顫巍巍地走到門口，進也不是、離開也不是，站在那裡像傻子一般。

厲琰滿臉戾氣地問道：「什麼事？」

那人顫聲回道：「陳姑娘讓小的送來一個食盒，說是家裡做了包子、點心，都是王爺喜歡的口味。」

厲琰頓時面色一軟，又道：「拿進來吧！」

那人把食盒送進房裡，放在桌上，打開蓋子。

厲琰仔細瞧，那食盒裡裝的不只是包子，下面還有一碟年糕。

那還是他第一次去半山莊，寧寧端來招待他的黍米年糕。那時候，寧寧對他並沒有太過親近，只當普通客人看待。他吃了這黍米年糕，不知怎麼的就喜愛上了。

回到府裡後，他讓彭廚想辦法做一些，偏偏彭廚雖說將黍米點心做得精緻細膩，但就是做不出這個味道來，弄得厲琰很不高興。

後來，他跟寧寧相處久了，寧寧也不知道怎麼的，就明白了他的心思，經常做些年糕給他。

除了這黍米做的黃糕，還做了糯米的白糕。除了大棗，也有紅豆做餡料的。如今，這些年糕倒成了他最喜歡的點心。這次也是，小盤中黃、白年糕各占一半。黃糕是帶金絲小棗的；白糕是裹著豆沙餡料的。

而且她又學會了一些上京城的手段，往那糕上加了些紅絲、青絲，這些糕餅就變得精緻好看許多。也不知味道是否變了？

厲琰胡亂想著，便拿起一塊來吃。

這時，那送糕的人並沒有離開，反而說道：「陳姑娘那邊說，如今也不方便時常與爺見面，她倒是想念得很。也不知爺有沒有好好吃飯？若是不怕麻煩，她每日備些吃食，叫小的送過來可好？」

厲琰咬了一口年糕，只覺得滿嘴香甜，依舊是他最喜歡的那種味道。

他嘴角微揚，語氣淡淡地說道：「叫零九每日過去拿，你不必再過來，守在她身邊。若她有個好歹，我拿你們填命。另外，再傳信給她，等不了許久，我們就能光明正大見面了。叫她莫要心急。」

「是。」那人很快領命而去。

直到走出大院，來安才上前問道：「零五，那邊如何了？」

那人這才擦去一頭冷汗，又說道：「進去之前，可把我嚇死了，生怕爺一不高興，一刀斬了我。好在如大管家您所言，王爺見了陳姑娘的食盒，心情忽然好轉了。也把新亭侯寶刀放到一旁了。還是大管家機敏通透，咱們的性命，如今可就靠您了。」

來安皮笑肉不笑地盯著他，忍不住罵道：「說得好像王爺有多暴戾似的，殿下何時虧待過咱們？只不過，他今日心情不好罷了。」

那零五又小聲嘀咕了一聲。

「那你怎麼不敢自己去送食盒呢？非要小的過去送死？」

他們本來就是同一批進王府，也是十分相熟的。只不過個人緣法不同，如今在王爺身邊各司其職罷了。私底下卻如兄弟一般，隨口開個玩笑，倒也不妨礙。

果然，來安聽了零五的話，一時氣憤，便忍不住抬腳踢他。偏偏零五身形靈活，幾個轉身便走遠了，嘴裡還不忘說道：「不管了，我要回陳府去保護陳姑娘。她好了，主子才能心情好，咱們才能跟著好。」

來安忍不住罵道：「算你小子還知道自己身分，讓那些人往後多注意點。要出事了。」

零五擺了擺手，又說道：「知道了。」

魏家如今雖然落魄了，可瘦死的駱駝比馬大，子嗣眾多。不過，能參與到這次事情中，卻都是魏家的嫡系。

魏曦雖然是名義上的鎮遠侯，可他那一支早已斷了。只餘魏婉柔一個人，還勉強保有足夠的體面。

至於魏二叔、魏三叔，雖然都是魏曦親兄弟，可早些年他們眼紅魏曦迎娶了明珠郡主，很是風光了許多年。若不是當初嫡女走失，魏曦還能繼續輝煌下去，把他們壓得完全透不過氣來。

正是嘗過當日之痛，他們今日難免各懷些小心思。

如今這陳寧寧，雖然不是明珠郡主那種出身，卻也是名副其實的南方首富，手裡握著大把銀錢。這對於日漸空虛的鎮遠侯府來說，實在太重要了。

魏二叔和魏三叔都是會算計的人，也知道只有他們的兒子能勾搭上陳寧寧，往後才能更好控制鎮遠侯府。

因此，這兄弟倆表面上雖然一團和氣，私底下卻爭得很凶，誰也不願意落了下風。他們背後沒少對孩兒耳提面命，只求他們把所有手段都使出來，定要將陳寧寧握在手裡。

魏家這些孫子輩，可以說是生逢魏家輝煌時，長在魏家落魄時。讀書習武，好的本領都沒學，一個個都學了些兩面三刀、算計人的潑皮無賴伎倆。現下，他們比任何人都渴望財富，又不喜歡同姓兄弟踩著自己上位。因而，還沒行動起來，魏家這些子弟便明爭暗鬥不休。

加上正逢陳寧寧遠娶妻，陳寧寧不常出門。而魏家又不是頂峰時期的權貴人家。就算陳寧寧出門，也有大批練過武的下人隨行。若是想要碰瓷，或者使些不入流的手段，直接就被護衛踢飛了，根本沒辦法接近陳寧寧。

一時間，魏家這些子弟想盡辦法，卻都沒能得手。反而被他們父親大罵是廢物，這點事情都做不好。

終於，魏家覬覦已久，總算等到了機會。

程國公府上的小姐與殷明姝是密友，便想在殷明姝出嫁前夕，邀請她再坐一次花船，共同遊玩一番。正好程小姐與陳寧寧也十分投緣，就一併邀請了她。因為嫂子也去，陳寧寧便沒有拒絕，這才有了這次行程。

魏家那邊打聽到這事，便認定這是下手的良機。

況且到時還有幾位其他高門小姐，也都會在花船上。就算沒能成功拐到陳寧寧，找到機會對隨便一個人下手，於他們也是百利而無一害。因此，魏家子弟有默契地盡釋前嫌，決定一起行動。

到了遊玩當日，幾位小姐都來到河邊，登上程家的花船，俱皆十分盡興。

這也算殷明姝出嫁前，最後一次出行。姑嫂倆站在一處，與那些小姐們談笑風生，大家都極其暢快。

程小姐忍不住說：「都說明姝婚事不順，哪曾想到她如今嫁得這樣的好郎君。婆家和善，姑嫂之間的感情也好。」

眾位小姐聽了這話，頓時笑成一團，紛紛都說「明姝是轉運了」。

如今陸家因為貪污落馬，再也沒有辦法招惹殷家。那位陸公子一瘸一拐地回老家去了。離開前，還大哭一場，說是今生到底與他心愛的女子無緣了。

於是又有人傳出，陸公子曾經與魏婉柔有一段情。這件事成了眾人茶餘飯後的笑談，也讓六王如今更不喜歡出門，不然又平白得了一頂綠帽子。

此時一位姑娘上前，對陳寧寧說道：「還要感謝陳姑娘為我牽線搭橋，不然我可買不到這麼合適的玻璃製品。」

陳寧寧便笑道：「往後鹿姑娘再想要什麼，直接去那間鋪子就行，我已經同他們打過招呼了。」

又有人問道：「聽聞陳姑娘跟那陳記商號也熟？敢問可是遠親？」

陳寧寧便笑道：「非也，但我與他家女掌櫃陳嬌是好友，還曾一起合作做了買賣。」

「原來是這樣，難怪陳姑娘知道這麼多管道。」

眾位姑娘年紀相當，都已經開始管家了。只不過她們都是把鋪子交到管事手裡打理，自己便看個帳、收些利錢。哪像陳寧寧正經八百地在商場混了個風生水起。

這時，大家也都知道陳寧寧運氣不佳，沒有遇見良人，也曾被人退過婚事，被迫無奈才走上了這條商路。而她不肯認命，這才改變命運，把買賣做到如此地步。

有她的例子在前，一時間，眾人也分不清到底怎樣的人生才是好的。

不過，在陳寧寧看來，便是人生處處留有一線生機。自己若不放棄，總能尋出一條出路來。

又有人安慰道：「寧寧，妳且放心，妳這般出色，老天定然會給妳一份良緣。」

陳寧寧笑而不語，整個人都顯得十分豁達。她這般氣度，越發招這些貴女喜愛了。

於是，有人便說道：「別說這些喪氣事，今日可是出來玩的！」

眾人皆是笑著附和。就在眾人想找那女先兒進來艙裡說書時，也不知怎的，船頭突然與一物相撞，整個船身搖擺起來。幾個姑娘頓時東倒西歪，得要靠殷明姝這個會武的，才能勉強攙扶下來。

女孩紛紛問道：「該不會是撞上什麼東西了吧？」

殷明姝仗著自己會拳腳功夫，便想出去看看。倒是陳寧寧先一步把她攔了下來，又給喜兒遞了個眼色。

喜兒連忙說道：「殷姑娘，倒不如奴婢先出去看看。」說著，她抬腳便走出船艙，而月兒和鄧嬤嬤連忙護到陳寧寧和殷明姝身邊。

其他姑娘也有沈不住氣的，很快便忍不住慌亂起來，尤其是那位鹿小姐。

還是陳寧寧先一步安撫道：「沒什麼妨礙，光天化日之下，恐怕只是出現了小事故。鹿小姐，妳不如來我身邊吧。」

眾女一看，陳寧寧眼神堅定，當真一點都不懼怕。不禁心中讚嘆：難怪她這般年輕，就能做出這份事業來！

於是，她們都往陳寧寧這邊走來。

這時，一小丫頭慌忙衝進船艙，顫聲說道：「不好了，小姐，兩船撞在一處，這花船已經被撞壞了。對面那船上皆是一些年輕男子，舉止輕浮，行為怪異，似是要到咱們這船上來。小姐，如今咱們停在水上，跑都沒地方跑，這要如何是好？」

陳寧寧見狀，皺眉呵斥。「住口！喜兒呢？」

那丫頭哭著說道：「方才喜兒姊姊見有男子要上船來，便一腳把他踢下船去。」

說罷，那丫頭連忙又對她主子說道：「小姐，奴婢方才偷看一下，也認出來了，那船上都是魏家子弟。他家向來荒唐無恥，什麼醜事都做得出來，如今咱們要如何逃脫？」

她若不說這句話，其他貴女尚能保持三分理智，此話一出口，那些貴女頓時就慌了神。

這幾年，託了六王的福，上京貴女可謂聞魏家色變，與魏家姑娘也都斷了往來。生怕魏家那破落戶算計她們，再行不軌之事，壞了她們的清白。

大家族原本最重名聲，若不是如此，當初張玉芝何苦嫁給六王作側妃。

想到這些，膽小的女孩頓時就如同無頭蒼蠅一般，胡亂跑了出去。殷明姝那邊，想攔都攔不住。這些都是她處得比較好的朋友，自然不能見死不救，一跺腳只能出去尋人。

陳寧寧一看她嫂子出去了，只得放下話來。「妳們都在船艙裡待著。我倒要看看光天化日之下，那些歹人能做出什麼事情來？」

說罷，她也跟了出去，月兒自然也跟在她身後，小心保護。而鄧嬤嬤如今已經上了年紀，便讓她留在艙裡，看著那些女孩。

到了外面，那因慌亂跑出去的鹿小姐迎面就碰見一男子，又驚又怕，當場便叫了出來。那一刻，她覺得自己這輩子要完，大概只能嫁給破落戶家裡的紈袴了。

然而下一刻，殷明姝卻直接飛起一腳，便把那人踹到船下。

鹿小姐大難不死，正要對著殷明姝哭。但殷明姝卻已經顧不得那麼許多，又連忙轉身去解救別的姊妹。

就在這時，又有一條船趕上來。

這邊的女孩還以為魏家賊心不死，另外又設下詭計，居然還有第二波。一時間，她們越發在這船上胡亂逃竄起來。

這時，正好有個魏家紈袴，抓著一位姑娘，便往水裡跳。

殷明姝這邊剛逼退一人，連忙伸手去拉那位姑娘，不想她身後有人抬手便是一推。

這都是魏家的老手段了，當初魏婉柔就是靠著這招成功嫁給了六王。

後來落水這事，便被眾家閨秀大罵不已。再後來，六王有樣學樣，也用這個辦法，娶了別家貴女做了側妃，眾人更對這無賴事情暗恨不已。都說六王是被魏婉柔給帶壞了。這根源，便是壞在魏家！

如今，殷明姝已經訂婚，馬上就要成親了。若是此時她掉到水裡，這門大好婚事，豈不是要完蛋了？

眼看著殷明姝就要落水了。剎那間，所有船上閨秀都忍不住落下淚來。

這魏家簡直就是瘋了！居然任由他家男丁做出如此惡劣的事情來。難不成，他們就不怕報應嗎？

正想著，忽見陳寧寧幾步衝過去，捨身便把殷明姝推到一邊，自己反而翻身掉落在水中。

方才還在為殷明姝落淚的閨秀，頓時嚇得面色蒼白。陳寧寧選擇捨身護住了她嫂子，她將來要怎麼辦？難不成她還要嫁入魏家？

這時，卻見旁邊船上有一道人影，飛快潛入水中。在有人觸碰到陳寧寧之前，便把那些人都給打開了。他扶著陳寧寧浮出水面，怒吼一聲。

「都是吃閒飯的？還不把那些畜生都給抓起來，死活不論！」

話音一落，船上的士兵也紛紛跳下水來，見到魏家男子便強行抓住，遇見抵抗的，也不會再手下留情。

眾閨秀這才有機會去看那救下陳寧寧之人。

這一看不打緊，有人一眼便認出來了，驚聲叫道：「是九王。他怎麼在這裡？」

叫出來之後，她又連忙捂住了嘴巴。

對於這個年齡的貴女來說，九王便是她們的童年噩夢。幾年前，她們還是小女孩，便聽說過九王就是活閻王，曾經活剮了毒害太子的太子妃，後來還削了貴女的腦殼。

如今，女孩們一時都弄不清楚，陳寧寧到底是嫁到魏家更慘，還是嫁給九王更慘些。

甚至有個姑娘哭了出來，邊哭邊道：「他怎麼來了？九王一向不重禮儀，他能負起責任，娶寧寧為妻嗎？」

旁邊人便罵道：「這是他願意不願意娶的事嗎？寧寧要是嫁給活閻王，以後的日子還能過嗎？」

殷明姝自然瞭解一些內情。明眼一看，九王那邊早已做好安排。這種時候，她也不好表態，只得沈著臉，不再說話。

不管怎麼說，小姑子這次也是捨命救她。將來，她定會如同親生妹子那般照顧寧寧。

眾人再一看，九王果然帶著陳寧寧爬上了船，又給她披了一件寬大的斗篷。

此時陳寧寧站在他身邊，瘦小又可憐，頭髮都打濕了，整個人狼狽又無辜，怎麼看都怪慘的。一時間，眾人再次忍不住同情起她來。

再看九王，與幾年前卻有些不同了。不只人長高了，長相也越發出眾。他是當今一手養大的王子，與皇上親如父子，如今已經是朝堂上最有權勢的王爺。

只可惜，此人做事實在太過暴戾。

就像此時，他居然命令手下人，把魏家嫡子拖到甲板上亂棍打死，以儆效尤。

貴女們聽了這話，頓時被嚇得半死。哪裡還敢再對九王抱有任何期待？

於是，紛紛躲進艙內，當起了鵪鶉。

第五十一章

另一邊，陳寧寧很快就被喜兒和月兒接了回來。

雖說如今只是夏日，突然落水，被冷水一激，陳寧寧仍然臉色發白。鄧嬤嬤早已讓人煮了一鍋薑湯，給她喝下。

眾貴女看著陳寧寧這副可憐模樣，想到多虧了她們姑嫂，自己才能免於一劫。卻害得陳寧寧落得如此下場，頓時便又羞又愧，實在不知該怎麼安慰她才好。

鹿小姐尤其愧疚，紅著眼睛，便說道：「陳姑娘，妳且放心。今日之事，我們一定不會往外說。」

其他姑娘聽了這話，也紛紛點頭說道：「就是，我們不會亂傳的！」

陳寧寧一碗薑湯下肚，臉色終於恢復了一些，又連忙對貴女們說道：「沒什麼妨礙，我家本來就是過來給太上皇祝壽的。等祝壽完了，還是要回潞城去的。只是我哥哥嫂子往後說不定會留在上京，還煩勞眾姊妹多照應才是。今日我嫂子的事情，千萬不要外傳。」

聽了這話，眾人越發佩服起她來。又連連保證，一定會照顧殷明姝。今日所發生的事情，她們都不會說。只可惜，這些姑娘想得倒是挺美。

她們不想說，九王爺那邊已經氣壞了，根本就控制不住自己情緒。直接便命人把魏氏子弟打得非死即殘。等回到魏家，能喘氣的都沒剩幾個了。這簡直就是要絕了魏家子孫。

魏二叔、魏三叔一向懦弱，可如今嫡子都死光了，他們也不禁惱羞成怒起來，不管不顧，便跑去報官鳴冤。

九王爺那邊得知此事，便乾脆帶著一隊親兵，打算火燒魏府。嘴上直罵魏家藏污納垢，做盡下三濫的事，他要替天行道。

太上皇那邊原本還想著，小九果然長大了，回京這段時日，一直在跟禁衛軍切磋、探討練兵之事，很是安分。

太上皇便又拿出那些美人圖，準備挑出幾個身分長相都不錯的貴女，再下旨給九王賜婚。卻沒想到，還沒來得及拍板定下哪家貴女作正妃，九王就闖禍了。

忽有太監來報。「太上皇，九王爺把魏家弟子打得死的死、殘的殘，如今還要火燒鎮遠侯府，說是要替天行道。皇上如今已經被氣得昏死過去。」

太上皇聽了這話，頓時便把手裡的美人圖丟下，站起身來，顫聲問道：「你說什麼？九王殺了誰家嫡子？」

太監連忙回道：「鎮遠侯魏家的，所有嫡子都被亂棍打死，庶子也都打得半殘，這輩子都別想娶親了。魏家人原本還想去報官，九王那邊卻帶著一隊人馬，把鎮遠侯圍了起來，要將他們活活燒死！」

太上皇聽了這話，癱坐在位子上，只覺得從前被小九支配的恐懼，好像又回來了。

改邪歸正是不存在的。叫那小子不要這般魯莽，隨便打打殺殺，也是不可能的。只不過這些時日，為了給老爹做壽，那小子一直努力在裝大尾巴狼。如今也不知道魏家到底哪裡招惹了他，他便齜牙咧嘴的，又原形畢露了。

其實，魏家那種破落戶，太上皇才不理會他們的死活。

他腦子裡只想著，賜婚大概是不可能了。上京貴女又要聞九王色變。就算他下了聖旨，那些老臣也只會跑來跟他哭。逼急了，那些貴女寧願草草出嫁，也不會嫁給九王。

按照過去，這種時候，皇上怕是又該從病床上爬起來，跑到他這裡給小九求情了。

太上皇剛想到這裡，果然聽見外面有人報。「皇上來了。」

一時間，太上皇彷彿又回到了許多年以前。

果然，皇上還沒進門，已經開始訴苦了。「父皇，這次當真不怪小九，魏家此番實在做得太過分了。正趕上小九約了徐大人到河邊探討水戰，又親眼看見魏家對貴女們無禮。小九也實在太生氣，才控制不住對魏家下了死手。父皇，您快幫小九想個辦法吧！」

皇上果然如年少時那般，一旦碰上九王的事情便會亂了陣腳，束手無策。甚至會掉眼淚求他，根本就連皇位繼承人的自尊都不顧了。偏偏每次他看著都會心軟，每次都為他們兄弟擦屁股，收拾殘局。

現如今，他都已是皇上了啊……果然，一切都沒有改變。

想到這裡，太上皇便忍不住笑了起來。

等太上皇聽完事情真相，倒覺得這事真怪不得九王，就連他聽了都被氣了個半死。多年前，他也曾經利用過魏家。可那時候，他也是精心挑選過的，魏家雖然落魄，魏曦卻還算端得出來。個性確實有些孤傲，但也算知書達禮。誰承想，才過了十幾年，魏家已經變成了下三濫的破落戶。

原本六王使用卑劣手段，拐貴女給他做側妃，太上皇便覺得丟人現眼。明裡暗裡，沒少給六王穿小鞋。甚至為了懲罰六王，硬把魏婉柔保下來，仍是讓她作王妃。這無非也就是為了噁心六王。

誰承想，魏家那邊還以為沒人能治他們了？膽大包天，居然敢對那些貴女下手？

太上皇連忙安撫了新皇幾句，又對他說道：「你大可放心，定會保住小九。不過話說回來，魏家雖然該死，小九也不該如此衝動。他的手段這般狠戾，定是要被朝臣詬病的啊……」

兩人正說著，忽然又有幾位大臣特意前來拜見太上皇。太上皇當場便把他們招進來，原來竟都是幫九王說情的。

甚至還有太上皇的心腹舊臣，當場老淚縱橫，哭訴道：「太上皇，您當初體恤舊臣，看在他們祖上有功，便不忍跟魏家計較。可魏家人實在不知好歹，這樣公開亂來，與盜賊無異。九王就算當場斬殺他們，也算是活該。居然還有臉去告狀。求太上皇還九王一個公正，也為臣下們做主。」

其他苦主也紛紛說道：「求太上皇主持公道，嚴懲魏家，赦免了九王。」

太上皇聽了這話，乾脆借坡下驢，大手一揮，當堂下了御旨。直接削了鎮遠侯府的爵位，順便抄了家。凡犯事者，死了就算了，活著的一律發配從軍，永遠不許再回上京城。

新皇也藉機修補了法令，凡男子公開調戲女子者，被其家人打死，算無罪。凡女子因反抗侵犯，將侵犯之人殺害者，也算無罪。

不得不說，新法律一經頒布，整個上京城的風氣都開始變了。

以往那些恨毒了魏家，卻也只能避開的人家，如今算是有了反擊登徒子的手段。一時間，很多閨秀身邊都配備了厲害的女侍衛。

至於那些市井潑皮、登徒子都躲了起來。再不敢隨便上街尋花問柳，招惹姑娘。一旦他們犯下了事，人家把他們打死也是無罪。

很多朝臣都忍不住感慨，新皇雖然注重孝道，為太上皇馬首是瞻。可在關鍵時候，他卻雷厲風行，眼裡容不下半點沙子。除此以外，在處理正事上，新皇也是極其強悍的。

於是，舊臣們的心也開始慢慢轉向新皇。

卻說太上皇那裡，可愁壞了。九王雖然並未問罪，甚至得到了朝臣的支持。可他的手段實在太過狠戾，又在上京城裡傳開了。

再加上，幾年前留下的瘋狗惡名，如今哪家貴女都不願意嫁給九王為妻。

太上皇甚至把他心腹老臣叫來，試探著問了問。可那些一向還算忠心的老臣，一聽這試探立即匍匐在地，渾身顫抖，只說願意把嫡女送進宮，伺候皇上。

太上皇被這些老狐狸給氣壞了。他心道：九王再怎麼說也是他兒子，總不能正妃之位一直懸空吧？這些舊臣未免太不給他面子了！

也就在這時，新皇過來看望太上皇，又與他說起了一件為難的事情。

原來，當日魏家行凶，陳家姑娘跟著她嫂子殷明姝一起赴約了。後來，船上亂作一團，眼看著殷明姝差點被歹人拖下水。殷明姝本就快跟陳寧遠完婚了，若這種時候發生醜聞，這樁婚事只能作罷。萬般緊急之下，那陳姑娘便把殷明姝推開，自己反被拉下了水。

太上皇聽了這話，也不免一臉惋惜。「如此忠義的姑娘，難道就此毀了前途？這豈不是很可惜？今兒你過來找我，難道是要把魏家的男丁放一個回去，同陳姑娘成親？」

新皇連忙搖頭道：「倒也並非如此。當日，小九一看見陳家姑娘落水，便跳下去相救，把魏家那些無賴都踢開了。只是小九和那陳姑娘一同落水，倒被全船上的人都看見了。原本陳家是打算隱瞞過去的，而那些貴女佩服陳姑娘為人，也並未往外張揚。可恨魏家被抄家以後，竟像瘋子一般見人就說，九王不只暴虐成性，殺人辱罵，還曾經壞了良家女子的清白。若按我新改的法令，九王也該被當街打死才是。」

太上皇聽了這話，原本緊皺的眉頭，很快便舒展開來，又開口說道：「陳寧遠如今是從四品武職，又是殷國公府上的女婿，倒不如讓他妹子給小九當個側妃，倒也還算合適。這樣一來，至少小九身邊也算有人了。」

新皇聽了這話，連忙又說道：「恐怕有些不妥，父皇可知，陳姑娘並不是為了她兄長訂親才來到上京的。她是南方捐糧捐款最多的義商，如今在南方很有名望。」

太上皇聽了這話，一臉震驚，又問道：「她一個小女子竟有這麼大的胸襟？」

新皇又說道：「不只如此，當初那番薯藤，其實也是陳姑娘一手栽培出來的。她那邊種出番薯，發現比稻米更好，直接就把番薯上交給了當地衙門。後來，朝廷下令讓當地縣官推廣。他們卻做得不太好，也是陳姑娘一直在自己花錢，堅持做番薯推廣。甚至於那芳香豬，也是陳姑娘莊上養出來的。當日，我之所以想讓您把芳香火腿定為貢品，也是不想看她一直賠本為朝廷做事。」

太上皇聽了這話，越發震驚。

他來不及往別處想，又聽新皇繼續說道：「當地知府早早就上表來，要給陳姑娘請功。更何況陳寧寧出身雖然低了些，卻極其擅長經商。如今上京好些人家一早就看中她，想找人說親，把陳寧寧娶回去做宗婦。誰承想，魏家生出這般是非來，反倒拖累了她。當然，這事原本也怪不得小九……」

太上皇又問道：「這陳姑娘長相如何？」

新皇垂頭說道：「我不曾見過，只聽底下人說，長相倒是不錯，頗有一身大婦氣度。況且陳姑娘很擅長人際往來。來上京沒多久，便與那些貴女成了朋友。」

太上皇點頭嘆道：「罷了，乾脆……讓那陳姑娘給小九做正妃吧。身分雖然差了些，根底也不夠。可小九如今那名聲，大家嫡女也不願意嫁給他。他都這麼個年齡了，再拖下去，何時才能成家？我都這把年紀，還要為那臭小子擔心！」

說著說著，他突然又想起一件重要的事情來，連忙又說道：「就小九那破脾氣，你還是把他招進宮裡，先好好敲打一番。別等下了旨，他又翻臉去削人家姑娘的頭皮，到時這事可就不好收場了。」

新皇連忙點頭答應了，又提出想讓陳寧寧跟厲琰身分更相襯些。

太上皇沒多做猶豫，便以陳寧寧在賑災中做了特別貢獻為由，做主封了陳寧寧為鄉君。

商量好了之後，新皇招九王進宮商量此事，自是不必多說。

陳寧寧身為受害者，如今已經變成了眾人關注的焦點。

原本魏家落馬之後，眾人皆是拍手稱快。卻不想魏家人不死心，為了要報復九王，居然拖陳姑娘下水，把她與魏王同時落水的事情，說得有模有樣。

那些看中陳寧寧的夫人們，如今心都快碎了。這陳姑娘不只長相好，善於賺錢，心也好。可恨魏家這殺千刀，幹出這種缺德事，怎麼就拖她下水了？如今九王若是不肯娶她，這陳姑娘恐怕也不好再說人家了。

偏生陳姑娘那日落水後，病了一場，自此便留在家中，閉門不出。也不與其他人往來。不少人暗中惋惜，她定是面子上掛不住。怪可憐的，她是招誰惹誰了？竟遭了這麼大的罪。

那殷夫人也特意來到陳家拜訪，送給陳寧寧不少禮物，還陪著陳夫人大哭了一場。好在陳家都是明理的人，並沒有因為女兒的事就遷怒殷家。相反兩家商量好了，如今為了避免更多是非，倒不如提前把婚事辦了。

等到陳家父女參加了太上皇的壽宴，陳家便打算早早收拾行囊，趕緊回潞城去了。

對此，殷夫人也能理解，若是繼續留在上京，陳寧寧這顏面的確不好看。她閨女也是虧得她，才逃過這一劫，也因此殷夫人越發厭惡魏家人，也越發憐愛陳寧寧。

往後，她與親友相會，話裡話外，沒少嫌棄魏家。這種時候，大部分人家都同情陳寧寧的艱難處境。卻沒有人想過，九王會娶陳寧寧為妻。

說到底，九王曾經做出的事情都太過嚇人，眾人早已沒辦法以常理看待他。

與此同時，六王府上是雞飛狗跳，全因殷國公府把給六王府上的請帖取消了。

掌權的六王側妃張玉芝原本還想讓陳寧寧做她嫂子，卻沒想到事情會變成這樣。如今連殷國公對他們王府也記恨上了，這往後還能好得了？

魏家毀了，魏婉柔的靠山也倒了，她大病一場，在王府裡越發低調了。

張玉芝卻還是打聽出，魏婉柔當初是為了截她張家的胡，才唆使魏家做下如此下流荒唐之事。可惜，這種事情當真不好往外說。

張玉芝氣得半死，便在六王爺面前挑撥了幾句。「王妃如此行事，簡直就是丟咱們王府的臉。如今殷國公府上，連請帖都不給王爺了，可見他們是記了王妃的仇。殷國公府再怎麼說也是當今的母舅家。這樣下去，當今恐怕也會記下這麼一筆。王爺本就處境艱難，王妃不肯體諒便罷了，還要牽連王爺受苦。難不成，非要我們六王府也招了皇上和太上皇徹底厭棄，她才甘心？」

六王早就恨毒了魏婉柔，被這麼一挑撥，倒像打了雞血一般，很快來到王妃的住處。

魏婉柔本來還想拖著病體，出去迎接他。卻被六王抓住手臂，狠狠甩了兩個耳光，就連牙齒都打飛了一顆，滿嘴都是血。

魏婉柔委屈地哭喊道：「王爺，妾身實在不知道做了什麼事，惹得您這般不悅。」

六王指著她鼻子，破口罵道：「少跟我裝可憐，這些年，妳哪次不是用這麼一張無辜的臉，把我往死裡坑？」

說著，六王便掐住她脖子說道：「妳說，妳是不是見不得我好？」

魏婉柔快被他掐死了，這才意識到，六王對她並無半點情誼，最後的求生意識讓她忍不住掙扎著說道：「王爺若想破局，不如求娶陳寧寧。」

張玉芝料定，這次魏婉柔再也難以翻身，定會被王爺徹底厭棄。

這些年，她一直在調理身子，又請來婦科聖手給她診治。前陣子婦科聖手說，她身體已經恢復如初，只需好好給王爺調理身子，定能早早生下一兒半女。到時候，王府正妃之位，還不是她的囊中之物？

只可惜，張玉芝都想好要如何奚落魏婉柔，以解心頭之恨了，卻不想六王一回來，便對她說道：「張側妃，妳不是還有一些閨中好友嗎？不如通過她們想些辦法，去陳府替王妃賠禮道歉才是正理。這樣也能幫咱們王府解圍。況且魏家子弟行事荒唐，卻與王妃無關。」

張玉芝聽了這話，半晌說不出話來。

她如今早已不是養在閨閣的天真貴女了，自然也知道六王並非是她少女時代期待的那個良人。說白了，六王之所以獨寵她，只是因為她娘家勢力強大。

六王此人，空有野心，卻沒有足夠的擔當和實力。從前他學太子的做派，由於會做戲，便得了朝中士大夫的推崇。只可惜，魏婉柔就像他宿世的冤家。自從兩人糾纏到一起，六王那張君子皮囊，便破了一個又一個的大窟窿，也一步步顯現出真實面目來。

六王厲瑫，不過是個小肚雞腸、眼光淺薄的偽君子罷了。

這麼多年下來，張玉芝早就對六王的性情瞭若指掌，自然會揣摩他的心思。

因此，她面上雖然為難，嘴裡卻仍是埋怨道：「王爺怎的又想起抬舉她來？魏婉柔在京中的名聲早就壞透了。我那些友人一處相聚，不提她倒是還好，一說起她來，各個心裡都直犯噁心呢！王爺這不是為難我嗎？」說著，她還哀怨地看了六王一眼。

六王早知張玉芝對他情根深種。就算他落魄了，這女子仍是癡心不改。因此，他對張玉芝還有幾分憐愛之心，少不得又甜言蜜語哄騙。

張玉芝只得說道：「王爺交代的事情，妾自當盡力而為。只有一點，妾身想求王爺一個孩子，男孩、女孩都行。妾身無意去跟世子爭什麼，只是要個王爺的骨肉。」

說罷，她眼圈一紅，便哭了起來。

六王聽了，心裡卻好生尷尬。當初魏婉柔給王府女眷都下了藥，可憐張玉芝落了胎。事後，六王也曾悄悄找大夫來診看。他也中了魏婉柔下的烈性虎狼藥，身子被掏空了大半。事後，六王也沒少吃補藥。

但是孩子並不是說有便能有的。魏婉柔生的孩子，至今還是王府唯一的孩子。

如今，張側妃這般苦求他，六王也沒法給她一個保證，只能儘量敷衍，當晚便留宿在側妃院子裡。

這邊兩人濃情密意，宛如新婚男女，那邊魏婉柔卻躲在房裡垂淚。

說什麼讓她去遊說壞了名聲的陳寧寧嫁進六王府。實際上，還不是逼著她用些下作手段，迫使陳寧寧就範？

若魏婉柔僥倖成功，六王或許還能給她留條生路。若是失敗了，全怪在魏家根子不好上，與六王府全然無關，獨讓魏婉柔一人受罰，也就罷了。

魏婉柔越想越心寒，甚至對六王產生了恨意。

要是厲瑫活著，她只能繼續吃苦受罪，挨打挨罵。可若是厲瑫死了，她兒子便能繼承這六王府的一切了。

想到這裡，魏婉柔雙目發直，看向窗外的黑夜。

另一邊，張玉芝果然頻繁拜訪那些舊相識，也經常往娘家走動。

就算她留府小住，六王也並未說些什麼，反而一心慰勞她辛苦，就連張玉芝讓他吃下那些難吃的藥膳，六王也硬著頭皮吃了。

而張玉芝竟然還如少女一般癡纏，一心一意愛戀著他。這段時日，六王愛極了張玉芝，兩人沒少同房。就算六王隱隱覺得身體虧空，也儘量讓張玉芝滿意。

在張玉芝的賣力周轉之下，果然很快得到好消息。陳家收了張玉芝的重禮，已經答應原諒王妃了。

陳家那邊也是明理之人，回覆道：「魏家做下的惡事，本就與王妃無關。王妃早就是王府之人，不要對此事太過掛懷才好。至於王妃說想設宴，向陳寧寧親自賠禮道歉，此事還是免了吧，陳寧遠成親在即，陳寧寧還要幫忙張羅長兄婚事，實在無暇赴約。」

只是，張玉芝到底是下了血本。陳家那邊也說通了殷家，又給六王府下了一張請帖。

這事雖然沒有達到預期，可結果也算讓所有人都滿意了。

六王把請柬拿到魏婉柔面前，又說道：「如今這便是最後的機會了，王妃妳可要拿出些真本事才好。」

魏婉柔迅速看了看那張請帖，又抬起眼看向六王，開口說道：「不如他們成婚之日，王爺隨我一起去吃喜酒可好？」

六王自然答應了。「王妃誠心邀約，本王自當同行。」

說罷，六王便轉身離開了，沒做任何停留。

他要利用魏婉柔，可也痛恨她、噁心她，甚至不願意在她身邊多待一時半刻。就連唯一的嫡子，也連帶著被他厭惡了。

六王真心覺得，魏家算是爛在根子上了。有這樣一個心腸惡毒的母親，他這嫡子又能好到哪裡去？與其指望這個孩子，倒不如想辦法讓張玉芝再給他生個孩子才好。

第五十二章

一切都如魏婉柔安排的那般順利。到了陳寧遠和殷明姝成親當日，陳寧寧果然隨著家人過來接親。難免又跟著那些女眷一起應酬，說些吉祥話。

大多數貴女都是好心，憐惜陳寧寧的處境，有人還忍不住為她抱屈。陳寧寧卻豁達灑脫得很，並不把這事放在心上。

陳寧寧甚至當眾說道：「當初我被退親，也曾猶豫過、慌亂無措過，想著無論如何都要嫁到他家去。可後來，見那婆子登門來辱罵我母親，我突然特別生氣。又想著與其嫁到他家，讓我陳家一輩子背負罵名，害我娘總是這般受氣，倒不如絞了頭髮，去廟裡做姑子，反倒落得個自在。後來退婚了，我膽子越發大了起來，做了許多從前不敢做的事情。我倒覺得婚事還是其次，女子找個適合自己的活法，才是最要緊的。」

有的貴女聽了陳寧寧的話，不禁心有所感。有人想著，就算結親，丈夫也可能不如意。若是能如陳寧寧這般，做出自己的事業來，那便是另一番光景了。至少在夫家也能有些底氣。

因此，雖然有些貴女仍是對陳寧寧抱持同情，卻有另一些貴女多了一些新想法。

也就在這個時候，陳寧寧突然發現有人正透過人群注視著她。

陳寧寧本就不是那種怕事的性子，乾脆就迎著那人視線看過去。卻見那人作婦人妝扮，通身氣度，穿著華麗，頭上還簪著昂貴沈重的釵子。可她那臉頰小小，面皮蒼白，纖細的腰肢，瘦弱如拂柳，身體倒像是要被這一身沈重的裝飾壓倒了。

再看向她那雙眼，眼珠往上吊著，留下大部分眼白看人。本來也是一雙嫵媚的眼，此時卻充滿了濃濃的惡意。不過那絲惡意很快就淡了，倒像是陳寧寧的錯覺。

那人幾步走上前來，臉上還帶著虛弱又歉疚的笑意，嘴裡卻說道：「陳姑娘吧？我這些日子一直想登門拜訪，沒想到竟在這裡遇見妳。我倒要替魏家向妳賠個不是。若不是那些子弟做下如此惡事，也不至於連累妳至此。」

這話聽起來似乎很有誠意，可她眼底卻深藏著幾分愚弄。

原來這就是原著中的女主魏婉柔，看似溫柔大度，實則心機重重。

陳寧寧看著她，心裡有些難以置信，臉上卻沒帶出半分，只是淡淡地說道：「原來您就是六王妃，大可不必這般。那事本來便與您無關，王妃也不用跟我道歉。」

原著中，從一開始，她就處處打壓原主，把原主死死踩在腳下，不斷打壓她的自信心。同時，也不斷挑釁刺激，直到原主徹底崩潰瘋癲，做出無數錯事、惡事，最終被鎮遠侯府唾棄，趕到莊上淒慘死去。

魏婉柔這個「受害者」，幾乎可以算是不費吹灰之力便鳩占鵲巢，取代了原主，成了鎮遠侯府上的真嫡女。偏偏，所有人都對魏婉柔誇讚不已，就算後來六王登基，也是豪寵她一人。

可惜，陳寧寧穿過來以後，便無意去摻合魏家那灘渾水。從一開始，她便沒打算如原著中描寫的那般進京認親，也沒有去搶奪魏婉柔的位置。

魏婉柔可以說是順風順水地嫁給六王，做了正妃。

六王雖然無緣皇位，可兩人那般真心相愛，深情不悔。按理說，魏婉柔的日子應該過得不錯。

可面相卻是騙不了人的，魏婉柔竟是如此落魄。那幾絲氣勢，不過是靠著華服珠寶虛張聲勢，甚至還有些撐不起來，都快被壓倒了。

陳寧寧實在想不明白，魏婉柔不知道她的身分，兩人甚至都沒有見過面。她又何苦一而再、再而三的陷害她？不過，她既然有心作惡害人，那就莫怪別人選擇還擊了。

想到這裡，陳寧寧對魏婉柔笑得越發客氣了，嘴上也如同抹了蜜般，說了許多互相寬慰之語。

一旁的鹿小姐有些看不下去了，一點顏面都沒給魏婉柔留，直接拉著陳寧寧便走，又不加掩飾地說道：「妳搭理她做什麼？妳才來上京沒多久，恐怕還不知道，這人根本就是存心不良。但凡沾到她，總沒有個好，還會被連累。」

陳寧寧便說道：「不至於吧？妳未免說得太嚴重了。」

鹿小姐之前被殷明姝所救，而陳寧寧又為了殷明姝壞了名聲。經過那麼一番波折，鹿小姐已經把她當成可以交心的好友，自然也就不忍她被魏婉柔蒙蔽，於是又說道：「妳呀！什麼都好，就是太沒有戒心了。」

這時，又有幾位貴女圍了上來，也紛紛說道：「就是，行事光明磊落之人，哪裡又知道那些陰險小人的手段？寧寧還是多提防她些才好。」

魏婉柔站在不遠處，聽著這群貴女指桑罵槐。陳寧寧卻一直都是好聲好氣地說話，還忍不住為她辯解幾句。明面上看著，她是出於好心，可魏婉柔卻恨得咬牙切齒。

這分明是她小時候慣用的手段，陳寧寧根本是拿她作筏子，踩著她營造好名聲！

想到這裡，魏婉柔越發決定，要拉陳寧寧下水。

就算六王必須死，也得讓他在死之前，把陳寧寧娶回王府裡去。這樣，他們母子才有金山銀山可花用。

想到這裡，魏婉柔垂下眼瞼，強行掩飾眼神中的貪婪。

偏偏這時，陳寧寧冷不丁在人群裡，又看了她一眼。

兩人四目相對，剎那間，魏婉柔頭腦裡變成了一片空白。她忽然覺得陳寧寧長得像一個人，可到底像誰，魏婉柔卻又說不清楚，只是那雙眼睛，實在讓她覺得太過熟悉。

單單只看陳寧寧眼底的那片清明磊落，便壓得魏婉柔有些透不過氣來。就好像魏婉柔所有陰私想法，都在一瞬間被她看穿了。

魏婉柔生怕自己的安排會出問題，嚇得連忙轉身離開，再也不敢隨便看向陳寧寧。

陳寧寧見狀撇撇嘴，並沒有搭理她。與朋友們小聚片刻後，便覺得時間差不多了。

這時，又有個殷國公府的丫鬟上前來，對陳寧寧說道：「我家姑娘還有一些要事，想對陳姑娘說，還請陳姑娘隨我去後院走一趟。」

早已知道會有這種事情發生，陳寧寧表現得十分淡定，她又作勢想去找自己的丫頭和身邊人，那小丫鬟卻慌慌忙忙地說道：「我們姑娘就快上花轎了，實在耽擱不得，還請陳姑娘速速隨我趕過去。」

聽了這話，陳寧寧也顧不得那麼許多，便隨她一起去了。

小丫鬟帶著她越走越偏，好半天都沒到後院，也沒見到殷明姝，反而到了一處無人之所。

這時，前面突然走來一個油頭粉面的男子，身穿錦袍，作書生打扮，手裡還拿著一把扇子。這人長相倒也說得過去，可惜眼下虛浮，一臉縱慾過度的模樣。再加上，他身上那股香粉味，實在讓人反胃。

陳寧寧轉身便想離開，那男子卻追上來，嘴裡喊道：「莫要走，小生對陳姑娘傾慕已久，這次特意請那丫鬟把妳請過來，就是為了表明心跡。」

陳寧寧根本不理會他。

那人見她不識抬舉，這裡又是四下無人之所，於是惡向膽邊生，當場便要做出無禮之事。

陳寧寧若是叫了，便是毀了她的清白；若是不叫，事後也得嫁給他。

就在男子露出凶相，打算抓住陳寧寧為非作歹的時候，陳寧寧的丫鬟正巧尋了過來。

若是尋常丫鬟，遇見這事，早已被嚇得魂飛魄散。偏偏那丫頭看著年紀尚小，身量也不高，卻是個會武之人。

她上前便飛起一腳，直接蹬在男子的肚子上，直把他踹得向後仰倒。

男子被這一踹根本來不及辯解，便被丫鬟揮舞著拳頭打倒在地，那拳頭如雨點般砸在他身上，力道十足，一下一下，像是要把他全身的骨頭都給砸斷一般。

這時，又有一個年紀大的丫鬟跑上前來，一邊檢查陳寧寧的情況，一邊惡聲惡氣地罵道：「哪裡來的登徒子，也敢對我家姑娘動手？月兒往死裡打他，如今皇上已經修改了法令，把登徒子活活打死也是無罪，咱們不用償命！」

聽了這話，男子頓時一口血吐了出來。

他倒是想喊叫，他是六王厲瑫，不是登徒子。可卻被月兒一拳砸歪臉，牙都被打斷了。

他昏沈間隱約聽見後來的丫鬟叫喜兒，她跳著腳，喊來了不少國公府的丫頭，讓大家一起來打登徒子。那些丫頭大多是外院的粗使丫頭，下手本就沒有個輕重，又受了煽動，恨極了登徒子，甚至都想直接要了他的性命。

不大會的工夫，六王已經被打得沒個人形了。

到這時，六王手下才趕過來，勸住那些丫頭。又不好意思明說，只能以送他見官為由，把六王強行帶走了。

至於陳寧寧主僕三人，早就趁亂離開了。

殷國公府前面還在忙著辦喜事，很多人甚至都不知道後院發生了這種事情。

只是可憐六王，傷勢極為嚴重。就算回府後，請來擅長治療跌打損傷的太醫，也只是搖頭說道：「王爺到底是如何傷成這般模樣？皮外傷倒是好醫，可他手骨腿骨都碎裂了，接都不好接，連肋骨也都折了。」

張側妃坐在一旁，哀哀悽悽地哀求道：「王太醫，您就救救我家王爺吧！他不過是跟王妃去參加婚禮，怎麼就變成這樣了？」

她顯然氣壞了，又狠狠對著下人罵道：「這事咱們沒完，立刻打發人去報官，定要叫五城兵馬司，捉拿傷害王爺的罪魁禍首！」

眼見著她氣昏了頭，當真要打發人去報官，只剩下一口氣的六王，掙扎著拉住了張玉芝的手，咬牙說道：「不許去，把此事隱瞞下來！」

當真坐實了登徒子的罪名，只會讓皇上直接拿他開刀。所以事到如今，他也只能吃下這暗虧，將此事徹底隱埋下來。

可張玉芝根本一心愛慕他，見他傷成這樣，傷心得不行。嘴裡不依不饒地說道：「王爺都傷成這樣，怎麼能就此甘休？對了，王妃也一同去，她應該知道到底發生了什麼事？王爺都傷成這般嚴重，王妃怎麼還不回來？」

說罷，她便暴躁地在房中走了一大圈。

六王聞言忍不住破口大罵。「什麼狗屁王妃！魏婉柔就是個成事不足、敗事有餘的毒婦。她根本是故意害我！妳以後莫要再提起她。」

說完，他怒急攻心，又吐了一口血，昏倒在床上。

張玉芝見狀，立刻慌亂地哭求太醫救治。

另一邊，魏婉柔其實早就聽到了風聲。她知道六王沒得手，甚至還偷偷跑去看了，六王被打得血肉模糊、只剩下一口氣的模樣。

魏婉柔頓時心中竊喜。她恨不得六王就這樣斷了氣，也省得再髒了她的手。

後來，魏婉柔便故意裝作不知情的樣子，躲在人群裡，旁觀了殷國公府辦完婚事，甚至還坐在角落裡，吃完了喜酒。

雖然沒有人願意搭理她，可魏婉柔卻感受到前所未有的輕鬆自在。

她有預感，這次或許她就要轉運了，馬上就能從爛泥潭裡抽身出來了。

她才不管什麼魏家，還是六王，只要他們母子能好過些，那就夠了！

這其間，她幾次三番看向陳寧寧。總覺得她那雙眼睛實在熟悉，卻又叫不出名字來。

陳寧寧也絲毫不忌諱她的注視，時而自在，時而開懷，走在那些難對付的名門貴婦面前，她竟也能應退自如。陳寧寧說起話來，得體大方，不卑不亢，態度也十分從容。即便身分不高，可她的臉上從未出現獻媚的表情。

那些貴婦人也因此越發看重她，那些貴女們也都十分崇拜她，還有些貴婦面上帶著懊惱之色，不斷地握著陳寧寧的手，甚至還把自己戴的玉鐲褪下來送給她，只恨陳寧寧沒法給她們做兒媳婦了。

鹿國公夫人覺得實在與陳寧寧投緣，恨不得收她做乾女兒，還讓她在離開上京前，一定要到鹿國公府上小住幾日。

那位向來對魏婉柔不假辭色的鹿小姐，此時也連忙說道：「我對陳姊姊喜歡得緊，就盼著妳來我家呢。」

陳寧寧自然一口答應下來，還說要辦茶會，招待眾位姊妹一番。

另一邊，明明桌上擺滿了魏婉柔盼了許久的芳香豬肉。可事到如今，她卻早已沒胃口吃了，反而辛酸得厲害。

她想不明白，陳寧寧這樣的出身，又壞了名聲，憑什麼得到這些權貴夫人的另眼相看？魏婉柔比陳寧寧出身好，身分貴重，如今還是六王正妃。同陳寧寧相比，樣樣強上百倍。那些夫人、小姐又憑什麼看不起她、鄙視她？

她和陳寧寧分明都是做了一樣的事情，都是與男子同時落水，毀了名聲。陳寧寧分明比她處境更加糟糕，九王根本不會娶她。憑什麼，只有她一人被冷嘲熱諷看不起？憑什麼？

魏婉柔越想心中越是氣悶。

偏偏這時，宮裡的太監特意來到陳家傳旨。所有賓客很快跪下接旨。

只聽那太監扯著嗓子念道：「奉天承運，皇帝詔曰。潞城秀才陳漢卿之女陳寧寧，淑慎性成，勤勉柔順，雍和粹純，淑德含章，在推廣良種和賑災中，功不可沒。即冊封為鄉君，賜婚與九王厲琰作正妃，擇吉日成婚。欽賜——」

魏婉柔聽了這話，整個人如同被雷劈了一般，徹底傻了。

她又忍不住抬眼看向陳寧寧，卻見她仍是雙目清明，臉上並無半分失態，仍是從容有禮地接下了聖旨。似乎整件事情，對她並無太大影響，又好像她早已猜到了一般，反倒有種塵埃落定的感覺。

在魏婉柔眼中，此時的陳寧寧像極了廟中的泥胎塑像。

一時間，魏婉柔腦海中突然劃過了一道不祥。她終於想起那雙眼睛，到底像誰了。

那個可怕的想法使得魏婉柔眼前一黑，只覺得一陣天旋地轉，差點昏倒過去。

好在小嬋很忠心，及時扶住了她，又小聲勸道：「主子，這種時候，可千萬別作出一些事來。」

魏婉柔面色蒼白地看向小嬋，無聲地說道：「她回來了，別人拿了她的東西，她總要搶回去的。就算她嫌棄、看不上眼，也會親手毀掉它。只因為那本來就該是她的東西！她容不得別人鳩占鵲巢。」

「什麼？」小嬋聽了這話只是滿臉迷惑，沒搞清楚魏婉柔的意思。

魏婉柔卻搖了搖頭，也沒再言語。

只是此時，她心中卻突然惡念叢生。既然她和陳寧寧是命中注定的死敵，那就免不了一場正面對決。她總要好好盤算盤算，如今陳寧寧怕什麼，噁心什麼？她該如何利用好手中的籌碼。

反正光腳的不怕穿鞋的。魏家都那樣了，六王也倒下了。魏婉柔像是掙開束縛一般，當真是什麼都不怕了。

她倒想看看，若是陳寧寧也被拉下水，全身都被染上污泥。也不知那些貴女、夫人還會不會繼續追捧推崇陳寧寧。到那時候，陳寧寧還能不能笑得這般猖狂？

待到太監離開，看著屋裡的賞賜，眾人皆是目瞪口呆。原本大家都以為，以九王從前的行事作風，定然不會對陳寧寧負責。

陳寧寧也實在倒楣，如今壞了名聲，算是不可能有什麼好姻緣了。哪裡想到，突然峰迴路轉，九王那邊鬆口了。陳寧寧不僅封了鄉君，還直接成為九王正妃。

一時間，和陳寧寧相熟的貴女忍不住抱住她痛哭流涕。

一旁的夫人也欣慰地說道：「妳這也算苦盡甘來，不用急著回潞城去了。」

陳寧寧聽著眾人的話，點了點頭。

事情發展早已與當初計劃的完全兩樣。陳寧寧也不知道下一步又會如何發展。只是殊途同歸，她終究要嫁給厲琰的，也是要同外婆相認的。這始終都是她的最終目標。

這時，又有人實在畏懼九王性格，一臉擔心地問道：「九王行事向來暴戾，不能按照常理推測。他不會突然反悔，又跑來找寧寧麻煩吧？之前，他對魏家可不曾手下留情。若不是皇上的聖旨送來得及時，九王當真便要火燒魏府了。」

想到這裡，那些姑娘便忍不住瑟瑟發抖。沒辦法，從小到大她們聽說過九王所做的那些事情，都是尋常人難以接受的，與那種理想中溫柔體貼的夫婿相差十萬八千里。

一時間，眾人看著陳寧寧瘦弱的身形，便又忍不住為她擔心起來。

陳寧寧自然不希望眾人這般看待厲琰，便忍不住解釋道：「我觀九王爺儀表堂堂，當日急於為我們討回公道，才做得有些過火了。想必他不會做出違法亂紀的事。」

此話剛一出口，旁邊的小姑娘卻忍不住說道：「那是因為寧寧妳不是在上京城裡長大的，自然沒見過九王年少時喊打喊殺的凶殘模樣。寧寧，我們倒要提醒妳，還是莫要對九王抱有太大期待才好。」

陳寧寧一想，這會兒兄長正在成親，再往下說下去會越扯越遠，也不合適，於是連忙轉移話題說道：「今日我兄長成親，眾位都是過來吃喜酒的。倒不如先痛飲幾杯，日後我再擺下幾桌酒席，請眾姊妹來我家作客可好。」

姑娘們聽了這話，這才想起正事來。於是也跟著轉移了話題，為殷明姝送上了祝福。

坐在角落裡的魏婉柔，聽著眾人的話語，忍不住垂著頭，無聲地冷笑起來。

想起當日六王對她做的那些噁心的事情。陳寧寧再怎麼高她一頭，也不過是再走她的老路罷了。況且，九王的性格更加暴戾，行事更加張狂無禮，當真就如同野人一般。等到陳寧寧嫁到九王府上，說不定三天一小打，五天一大打，會被打得渾身是傷。

想到這些，魏婉柔心中又是一陣暢快。等她抬頭看向陳寧寧，卻發現陳寧寧仍是一臉從容，面上還帶著幾分喜氣。

可笑這蠢姑娘，還在為自己的婚事得意呢！

剛好這時，陳寧寧也看了過來。魏婉柔仗著兩人相隔很遠，便故意與她對視，甚至還大膽地露出了一個充滿惡意的笑臉，又小聲地說道：「往後可有妳好受的呢！」

陳寧寧大概沒聽到，也沒有把她的挑釁當作一回事。反而轉過身去，打發丫鬟換些熱菜、熱湯上來招待客人。

第五十三章

很快，便有丫頭端上了熙春樓的頂級招牌烤山豬。聞著那股竄鼻的肉香味，看著特製的托盤裡，烤成金紅色的乳豬，整個宴會也被推到了頂峰。

這時，魏婉柔的心情已經好了，也覺得有些餓了。於是，低下頭挾了塊芳香豬烤肉，吃了起來。果然，是她從未吃過的美味，就連舌尖上也變成一種享受。

出嫁前，魏婉柔為了討好大長公主，經常挨餓，甚至都不敢吃肉。出嫁後，丈夫不尊重她，魏婉柔在王府裡也沒有什麼地位。若不是靠著她自己運籌帷幄，恐怕就連吃穿，都要被下人剋扣光了。

魏婉柔熬了這麼多年，如今就只等著六王趕緊死了。

魏婉柔又忍不住一而再、再而三地挾起烤山豬，惹得同桌人忍不住不斷瞪眼看她。

可魏婉柔卻像沒有感覺一般，仍是拚命地吃。她這一生中，還是第一次如此恣意。

小嬋站在後面，看著魏婉柔的無禮，忍不住直搖頭。她覺得，主子是越來越瘋了。

等到酒足飯飽，魏婉柔才隨著大流，坐上馬車，回到了六王府裡。

然而等待著她的，卻是張玉芝的指桑罵槐。

「王妃怎麼這時候才回來？妳難道不知道王爺出事了？」

魏婉柔卻在裝糊塗。「王爺能出什麼事？我什麼風聲都沒有聽到。莫非張側妃知道發生了什麼，還不快些告訴我？」

她便是賭六王不敢說出真相，也不敢把事情鬧大。

果然，張玉芝啞口無言，魏婉柔這才拿起一杯茶，喝進肚裡。

張玉芝氣得要命，卻也只能說道：「妳——魏婉柔妳哪裡還有王妃的樣子？王爺如今身受重傷，妳還只顧著吃喝？」

魏婉柔卻直接反駁道：「我是出門應酬剛回來。也沒收到府裡的消息，難不成妳還要我中途離席？這樣實在是有失體統。張側妃，妳有這閒心對我橫加指責，倒不如讓我趕緊去見見王爺。按理說，妳也是大家族出身，怎麼都二十多歲了還像十幾歲的孩子那般莽撞無禮？做起事情，簡直就像沒頭蒼蠅一般毫無章法。」

張玉芝被罵得滿臉通紅，偏偏論起口才來，她的確不是魏婉柔的對手。

這時候，魏婉柔也不再理她。叫了管家過來，詳細詢問了王爺的具體情況。

管家也不知道王爺和王妃的計劃，更加不敢說王爺被當成登徒子打傷了。最後，只得簡單說道，王爺出門遇見歹人，被誤傷了。如今已經請太醫過來看過了。

魏婉柔揉了揉臉，故作難過地問道：「太醫診治過後，又說了些什麼？王爺的傷勢什麼時候才能好？」

說罷，她便帶著管家，去後院看六王了。

到了無人之處，管家才壓低聲音，說道：「王爺怕是再也站不起來了，太醫說傷得十分嚴重。如今府內上下，全賴王妃做主。」

魏婉柔看了他一眼，明白他已經有了投誠之意，於是便說道：「等會兒，我去照顧王爺，你攔著別人，別讓她們進來。往後，咱們世子可就靠管家照顧了。」

管家連忙點了點頭，把幾個丫頭都打發走了。

魏婉柔這才明目張膽地，走進了六王的臥房。

六王厲瑫此時正在半昏迷中，整個人都昏昏沈沈的。但大概是魏婉柔的眼神實在太過銳利，他還是受到了驚擾，一睜眼便看見魏婉柔正安然端坐在床前，拿著一杯水並不是為了伺候他喝，而是自己喝了。

六王一生氣，便忍不住破口罵道：「妳這喪門星，來我房中做什麼？若不是妳挑事壞我，我又怎會落得如此下場？」

魏婉柔聽了這話，便傷心地哭了起來。「王爺，冤枉呀！妾都是按照王爺的吩咐做了。明明都給您安排妥當了，哪裡想到……你這麼不中用，竟會變成這般模樣呢？」

一邊說著，她一邊故意捧起了六王的手臂，粗手粗腳地一掰，便聽他慘叫著罵道：「魏婉柔，妳滾出去！」

魏婉柔卻趴到他枕邊，如同毒蛇一般，冷笑道：「到嘴邊的肥羊，你都吞不下去，這要怪誰呀？王爺恐怕還不知道，方才在陳寧遠的婚宴上，皇上特意下旨，把陳寧寧賜婚給九王作了正妃。陳寧寧又不是傻子，放著九王的正妃不要，給你這個失勢的王爺做妾，她其實就是故意害你，這你都看不出來？」

六王聽了這話，當場便吐了一大口血出來。他也顧不得痛罵魏婉柔了，連忙質問。

「這怎麼可能？父皇最看不上九王的西域血統，一直忽略他，哪裡會把這麼好的事情，讓給那頭小畜生！」

魏婉柔見他這麼痛苦，心裡越發得意起來。又故作溫柔地用帕子拭去了六王臉上的血跡，接著說道：「王爺這麼看不起九王，偏偏他可是深得皇上和太上皇的寵愛呢。為了讓陳寧寧配得上他，皇上特意下旨，封了陳寧寧作了鄉君。往後陳寧寧的萬貫家財，那份做生意的好本事，全都歸九王所有了。王爺你從小便看不起九王，總覺得自己比他高了一等。誰承想，如今你混得連西域血統的九王都不如。婉柔聽說，王爺小時候曾經因為說一句，九王吃飯好像小狗，曾被當今罰跪，是也不是？到了如今，你還是在九王面前跪了。陳寧寧其實不只那般美貌，也不只那般會賺錢。婉柔還有一個驚天秘密，不能對外人說，如今卻非得告訴王爺才行。」

六王瞪圓了眼睛，狠狠地瞪著她，眼神隱含驚恐，彷彿在看一隻妖怪一般。

魏婉柔卻絲毫不以為意，又趴在六王耳邊低語道：「方才在宴會上，我終於認出來了。王爺，你可知陳寧寧到底是誰？她其實就是你尋了許多年，卻始終沒能找到的大長公主的親外孫女。若是今日你得手了，不只錢是你的、美人是你的，就連大長公主的權力，恐怕將來也都是你的囊中之物。到那時，王爺若不滿皇上，自然可以憑藉霍家軍的力量把皇位奪過來。怪就怪你太沒用、太廢物了。一個七尺男兒，卻連一位弱女子都對付不了。厲瑫，你就是個廢物！皇位都擺在你面前了，你都坐不上去。對了……太醫說，你往後不只廢了，恐怕也活不過今晚了！」

六王聽了這話，終於忍不住，不斷往外噴血。他瞪圓了眼睛，狠狠地瞪著魏婉柔。直到這一刻，他才明白過來。原來這些年，不只他怨恨著魏婉柔，魏婉柔也痛恨他，恨不得讓他立刻死去，一刻都不想再等了。

很快，魏婉柔便拿了東西，遮住了他的口鼻，流著眼淚說道：「我不過是想好好活下去，何錯之有？為何你們就偏偏不答應呢？當初分明是你厲瑫，先去招惹我的。我可曾主動過？可恨男人多薄倖，一旦知道我沒用了，你便不願意再憐惜我了。厲瑫，這些年，我為你沾染鮮血，做了多少壞事。我只求活下去，哪怕像狗一樣，可你給我機會了嗎？沒有。你覺得我丟人，覺得我害你。如今，我便當真如了你的願。厲瑫，你也想不到，你會有這麼一天吧？」

六王滿臉驚恐，他想求饒，卻已然沒法發出聲音，又四肢俱傷，根本無力反抗。最終，只能在魏婉柔深情款款的凝視下，斷了氣。

陳寧遠成婚後，與妻子琴瑟和鳴，感情自是十分融洽。不過，他還要準備述職，便不常在家。

陳寧寧生怕殷明姝到了新家會不自在，便在兄長外出時，拉著嫂子料理家中。同時，也把一些產業，慢慢交到了殷明姝手中。

殷明姝忍不住感嘆，這小姑子未免也太體貼周到了些。

陳寧遠早就跟她說起過，家中產業大半都是由陳寧寧白手起家，經營出來的。父母的意思便是，等小姑子出嫁，便把那些產業也讓她帶走。

可小姑子顯然並沒有那般想過。

相反，她覺得自己的便是陳家的，甚至還想扶持殷明姝，跟她一同做買賣。

殷明姝忍不住暗中感嘆道：小姑子的眼界和氣度，果然並非尋常閨秀可比。

若不是如此，九王那樣的心性，怕是也不會看上她。

事實上，自從上次陳寧寧在花船上救下殷明姝。殷明姝便暗下決心，這輩子要把陳寧寧當成親妹子照顧。

陳寧寧有意教導，態度也不是高高在上的那種，反而隨和又溫柔。而殷明姝這邊也是發自內心想要學。

姑嫂兩人在一起，倒是相處得十分融洽，大有一種相見恨晚的知己感。

再加上殷明姝自幼便聰慧、有膽識，也有主見，她甚至開始憧憬陳寧寧那種生活方式。

更難得的是，陳寧遠也支持妻子跟著妹妹一起做買賣。並沒有非要把殷明姝拘在家中，相夫教子的念頭。

相反，陳寧遠深受妹子的影響，便覺得女子也該綻放出自己的光芒來。不必一味依靠自己的丈夫。這樣的女子才更有魅力，這讓殷明姝受到了極大的鼓舞。

再加上，陳父雖然讀了一輩子書，有些老學究，可他正直明理，又不迂腐。對於兒媳掌家，經營鋪面，陳父並沒覺得有什麼不妥。

至於陳母，寬厚溫柔，最是隨和不過。待殷明姝也如同對親生女兒一般，並沒有把她和陳寧寧差別對待。

小叔子整個人都有些憨氣，卻也對殷明姝畢恭畢敬，最是尊敬守禮不過。

等殷明姝回到娘家，便忍不住同她母親說起了陳家這些事情。

「我當真是積了幾輩子的功德，才能嫁到陳家這般的人家去。婚後生活也如同蜜罐一般，公婆慈愛，弟妹和善，丈夫也是難得的開明，竟然允許我做些自己的事情。」

殷母聽了不禁說道：「太好了、太好了！當初，陸公子受傷，妳設法逃離上京，娘在家裡實在好生擔憂。後來，妳被妳大伯送了回來，妳表兄也熬出來了，咱們家這才有了幾分底氣。那會兒，妳跟娘說，妳看上了陳寧遠，娘真擔心妳是一時糊塗，看走了眼。後來，妳大伯來信也說陳寧遠是個好的，值得託付終身，娘這才放下心來。那時我便想著，管他多大官職，能力如何，只要我閨女能脫離陸家，嫁到好人家便知足了。我終日燒香拜佛，只求妳婚事順遂。如今聽妳這麼說，我總算放下心來。菩薩保佑，我閨女總算否極泰來。往後，也會順利的。」

說著，她便抱著殷明姝哭了起來。

殷父進到內院，看著她們母女這般哭，忍不住搖頭勸道：「如今女兒已經好了，妳又哭天抹淚的做什麼？既然覺得親家好，倒不如等他家姑娘辦婚事時，咱們多出些力氣。」

殷母便說道：「這還用你說？明姝能順順利利嫁到陳家，能過上這樣的日子，還不多虧了寧寧。也就是天公疼好人，九王願意娶她，也是個開眼的。只盼他婚後多收收性子，千萬別把氣出在內宅。若寧寧受委屈，我們豁出去老臉不要，也要去皇上面前討個說法。」

殷明姝垂著眼，並沒有解釋什麼。

殷父卻皺著眉頭說道：「這倒不至於。我觀九王如今面相，眉目開闊，目光明澈，早已不像過去那般滿腹怨氣、暴躁易怒。相反，也不知他這幾年經歷了什麼，竟變得沈穩又豁達。身上的殺戮之氣，反而少了些。如今的九王早已今非昔比，有魄力有度量，就像一把含而不露的寶劍。按理說，他不會因為小事而動怒。大概是魏家所為，實在觸及了他的底線，九王又有把握皇上能保住他，這才對魏家下了死手。」

殷夫人聽了這話，還有些不信，又說道：「可如今九王名聲又壞了，你這話就算說與別人，別人也未必願意相信。」

殷父卻又道：「如此重要之事，又怎能輕易說給別人聽？妳實在糊塗。」

殷明姝並沒有插話，只是心中暗想，父親果然善於藏拙。

上京這麼多人，怕是只有父親看清了九王的真面目，其他人多半還蒙在鼓裡呢。

至於九王這幾年為何有如此大的變化，還不是受了小姑子的影響？

殷明姝在潞城雖然沒待多久，可也從堂兄殷向文那裡聽到了一些趣聞。

什麼當街攔馬告狀，九王替陳姑娘做主，斥鉅資買下她的寶玉。一回頭，就暗中處理了曹大人，也使得欺壓陳家的王老爺落了馬，又想辦法挽回了陳家的清譽。

那時候，殷明姝本來是為了打聽陳寧遠的消息，才千方百計的從堂兄嘴裡挖消息。

哪裡想到，竟聽到了這麼多九王和陳寧寧的故事。

聽得越多，殷明姝便覺得這可比話本唱的戲好聽多了。

她一早便猜測，九王大概鍾情於小姑子，也是衷心希望這兩人能夠有個結果。魏家搞出那些事情，讓小姑子差點遭了毒手，九王自然不能忍了。好在最後也算皆大歡喜，如今被賜婚，給九王做了正妃。這其中九王出了多少力、皇上又是如何謀劃，就不得而知了。

殷明姝自然也為小姑子感到高興，只是這其中牽扯的內情，她是不會對別人說的。否則會不利於小姑子的名聲。就讓眾人都以為九王還是那般暴躁，又如何？只要小姑子往後的日子過得好，便好了。

正想著，果然又聽她父親囑咐道：「此事妳們切莫在外人面前說起。九王如何、寧寧如何，隨外人說便是。需得我們府上幫襯時，我自會出手。」

母女倆聽了殷父的囑咐，自然點頭應了下來。

殷明姝吃了午飯，便又坐著馬車，回府去了。她在陳家，也過得自在又舒心，整個人氣色都好看許多。

另一邊，陳寧寧也挑了個不錯的日子，如之前許諾的那般，備下了一些新鮮的點心果蔬，甚至還弄了些罐頭果酒，又下了帖子，邀那幾位相熟的閨中密友，來家中作客。

殷明姝自然也出來作陪。

實際上，來赴約的還是那幾個與她們姑嫂，在花船上同生共死的。

特別是那位鹿小姐，吃著點心，喝著果酒，卻滿臉都是愁緒，她直問陳寧寧。「妳可要有所準備，九王如今都沒來妳家下聘，或許當真對這樁婚事不滿。」

旁邊的沈小姐卻安慰道：「皇上突然下旨賜婚，說不定九王來不及準備也是有可能。他大概也是為了讓寧寧體面些，聘禮是不會少的。好了，今日難得聚會，妳就不要說那些喪氣話了。」

鹿小姐卻不滿地說道：「哪裡是什麼喪氣話？我也是在為寧寧擔心。九王什麼名聲，妳們又不是不清楚。」

其他人也知道她並沒有壞心，只是米已成炊，皇上都下旨賜婚，又不可能收回成命。就算寧寧不想嫁，也得嫁，與其說那些掃興話，還不如多多寬慰她。

眾人正想引開話題，卻見陳寧寧笑著說道：「妳們想太多了，九王當真不是如妳們想的那般。那日掉下水裡，他也不曾對我無禮，反而先一步把披風給了我。可見，他是個體貼的君子。」

鹿小姐聽了這話，頓時便有些哭笑不得，又說道：「寧寧這怕是看戲看多了，還真是被人救了一命，便想以身相許了。」

沈小姐聽不得她繼續胡說下去，連忙引開話題道：「對了，上京城裡倒是出了一件事，妳們可聽說了嗎？」

「什麼事？」

沈小姐看了看，四下無人，這才壓低聲音說道：「六王薨了。」

「什麼?!」眾閨秀皆是一驚。

鹿小姐果然被轉移了注意力，又連忙問道：「眼看著便是太上皇壽辰，他怎麼這會兒突然薨了？這不是找晦氣嗎？太上皇怕是要震怒的。」

沈小姐點頭說道：「太上皇生了很大的氣，讓人把六王爺送到太廟去了，等他壽辰之後，再給他草草置辦個喪儀。」

鹿小姐又問：「可六王如今還不到三十，到底是怎麼薨的？」

那沈小姐消息十分靈通，自然知道些內情。

若是在別處，她也不敢隨便亂說，只是在坐的都是知根知底又信得過的朋友。她這才說道：「聽說是想調戲姑娘，卻被人家當成登徒子給打了。回家後，也曾請了御醫。可當天晚上，一口氣沒上來，便沒能熬過去。皇上剛頒布了法令，登徒子被打死也是白打，他卻頂風作案。太上皇得知他的死因之後，當場便掀翻了案桌，氣得暈了過去。後來，也就沒有細究他的死因，就連六王府也被厭棄了。」

眾貴女聽了此事，不禁大吃一驚。

陳寧寧也十分震驚，當日魏婉柔算計她，六王欲對她無禮。喜兒的確引來一群僕婦，把六王痛揍一頓。

想到六王以往的所作所為，以及他曾經對那些姑娘造成的傷害。陳寧寧便覺得，打死他都不冤。可依照當日的情況看，傷筋動骨，養上半年也是有可能。但按理說，不至於這麼快就死了。

可他偏偏就死了，這事有些蹊蹺。若是要細究起來，說不定還會把她牽連其中。思及此，陳寧寧不禁有些擔心。

這時，有婆子進來通報。「小姐，九王府送聘禮來了，老爺和二爺已經到門口去了。夫人叫您過去。」

其他眾位姑娘聽了這話，也忍不住高興起來，連忙對陳寧寧說道：「總算來了。妳趕緊過去看看吧。」

「九王，看來也並非對這婚事不滿。只是不知道這聘禮如何？」鹿小姐連忙說道。

眾女紛紛看了她一眼，又說道：「妳也莫要太過胡亂操心。以寧寧的品格，九王若是個明白人，自然會喜愛她的。」

在眾人的說笑聲中，陳寧寧連忙起身，往前院去了。

那鹿小姐實在怕極了九王，對他半點好印象也無。這會兒，反倒覺得他配不起自己的好姊妹了，因而才會這般擔憂。

那沈小姐便打趣她。「妳快別再想了，嘴上都能拴毛驢了。知道的說妳關心寧寧，不知道的，還會以為妳是嫉妒寧寧要作王妃了。」

鹿小姐還口道：「我哪是嫉妒？寧寧那麼好，嫁天下最好的男子也不為過。怎麼就是九王呢？」

其他姑娘也紛紛打趣道：「她哪裡是嫉妒寧寧，倒像是嫉妒九王，恨不得自己是男兒身，好娶了寧寧呢！」

眾人聽了，笑成一團。

正說笑著，鹿小姐的丫鬟上前來，對她家姑娘說道：「姑娘還是莫要操心太過，奴婢方才聽說，那送聘禮的，從王府正門排到陳府大門口。九王像是要把他府裡的東西掏空，統統送進陳家來似的。那陳府的管事方才還在發愁，生怕他們宅子裡放不下聘禮。好在陳姑娘有先見之明，把隔壁的宅子也買下了。」

第五十四章

鹿小姐當場有些失態，連忙拉住她丫鬟的手，說道：「妳這話可當真？」

丫鬟連忙說道：「自然當真。好像九王府的管家帶著管事們也來了，似乎還想把田契地契、鋪面都交到陳姑娘手中。」

眾人紛紛笑道：「這回，妳總該放心了吧。九王對寧寧這般看重，定然不會虧待她的。」

「這鹿姑娘年齡最小，如今竟如此婆媽。」又紛紛打趣她。

鹿小姐自然不服氣，幾人很快鬧成一團，也終於對陳寧寧的婚事放下心來。

當日，她們都是花船上魏家的受害者。若不是陳寧寧叫鄧嬤嬤看住她們，殷明姝又仗義相救，說不定，她們便要含恨嫁入魏家了。

那時所有人都得救了，唯獨陳寧寧受害。這幾乎成了幾個姑娘心中的陰影了。

如今，見九王如此重視這門婚事，大家心中大石總算落地了。

而陳寧寧又是會客，又是收聘禮。就算嫂子、兄弟都在幫她，她也是最忙的。

一直到晚飯時候，她這才空閒出來，坐在房中。原本寧寧也沒想讓別人照顧，只想靜下心來吃一頓晚飯，也好好釐清白日裡聽說的那些事。

可等丫頭們擺好桌子，陳寧寧也洗好了手，坐在桌邊，正準備吃番薯粥配小菜，卻見厲琰推門走了進來。

自從回到上京，兩人就不敢明目張膽地會面了。只能像這般，暗中相會。陳寧寧早已習慣厲琰會突然出現了。

好在這人守禮得很，絕對不會夜半三更出現，也不會走進她的閨房之內。

陳寧寧見他過來，連忙招呼道：「不如先跟我一起吃飯，我讓喜兒再拿些肉菜過來。」

厲琰就算回到了上京，也仍待在軍中，活動量很大，不吃些肉食，怕是不會飽的。

厲琰卻抬手說道：「不必去叫喜兒了，零九那邊已過去拿飯菜了。」

說罷，他便就著陳寧寧的水盆，也淨了手，這才與她一同坐到桌邊來。

陳寧寧盛了一碗番薯粥給他，又笑道：「你送的聘禮未免太誇張了些，也不怕太上皇懷疑。」

厲琰眉毛也沒抬，喝了一口番薯粥，只覺得滿口香甜，心情變好了許多，才開口說道：「如今他可沒心思想這些，六王把他氣得暈了過去，如今已經有了中風之兆。皇兄很是擔心他，便在他床前守著當孝子。我實在看不下去，去替他守了幾晚。結果，昨夜他一直跟我嘮叨，說我如今年歲也大了，也該成家了。等娶了媳婦，千萬要壓著性子，別對媳婦動粗，不然太難看了，說不定還會像六王那般丟人現眼。」
厲琰是模仿太上皇那種老氣橫秋的語氣說的，陳寧寧聽了差點笑出來。
偏偏，厲琰的眉毛皺得死緊，顯然一點都不高興。如今得到了父親的重視，竟讓他覺得心煩。
陳寧寧見狀，便把幾碟爽口的小菜，推到了他面前，又說道：「這醬瓜可是上京的老字號，還是武管事特意給我送來的食譜，我便嘗試學著做了一些。」
厲琰便罵道：「他倒是乖覺，不敢在我面前說什麼，便來討好妳。自從妳上次帶著他們巡了一趟鋪子，那兩個老傢伙在私底下可把妳誇上了天。如今皇上下旨，最高興的便是他們了。」
他說起文武兩位老管事的語氣，都比說起太上皇要好些。
厲琰自幼受到太上皇的冷淡，幾乎快要活不下去了，因而感情淡薄。也虧得皇上從小耐心教導他，這才沒有完全走偏。只是現如今，要讓他生出幾分父子親情來，那是不可能的。就算如今太上皇想對他好，厲琰也沒有半分感覺，反而十分反感。
陳寧寧顯然也瞭解厲琰的心情，便忍不住悄悄地握住了他的手。卻不想，被厲琰反握住了她的手，又與她五指交纏。
厲琰說道：「寧寧，總算能把妳娶進門了，掏空九王府又算什麼。這些日子，見面都要如此艱難，實在熬人。前兩日，我去欽天監催了催他們，儘快挑個良辰吉日，可惜最遲也得等到太上皇的壽辰過後了。」

陳寧寧見他如此急切，便忍不住笑道：「總歸還是要按照皇上的布局走，心急吃不上熱豆腐。」

厲琰聽了這話，便垂著眼睛，嘆道：「皇兄到底還是心軟了，並不打算對他下狠手。但願他也識相些才好。這天下、這朝廷，早已不再圍著他轉了。」

說這話時，厲琰試圖藏起眼中的一片暗芒。

陳寧寧又忍不住勸道：「也不要太過著急，如果想我了，便過來吃晚飯消夜就是，我讓人提前備下。平日我送過去的菜，你有好好吃嗎？」

厲琰卻說道：「離了妳，那些飯菜都變得沒滋沒味了。」竟然還帶上了幾分委屈。

陳寧寧便忍不住捏了捏他的臉，又道：「你是越發會說甜言蜜語了，我也巴不得馬上嫁你呢！」

厲琰也不再說話，只是把她抱進懷裡，就如同抱著一條小棉被似的，拚命地感受著她身上那股暖意。

昨夜，他再次體會到太上皇的虛偽，被噁心得都快吐了，心情也惡劣到了極點，卻只得強忍著。白日滿心都是火氣，始終揮之不去。好在，他只要一見寧寧，心頭那股火氣就滅了。

在寧寧面前，他的心似乎也會變得很軟柔。若是，日日都能與寧寧相見。或許，他也不會那般暴躁易怒了。

這時，零九端來了一些肉菜，以及一張新烤的肉餅。

陳寧寧便拉著厲琰，吃完了一頓安生的晚飯。

飯後，陳寧寧才問道：「六王之事，可是我們這邊下手重了？」

厲琰抬眼看向她，正色說道：「厲瑫之死，與妳無關，較像是魏婉柔做下的。如今六王府雖然受到了太上皇的責罵，厲瑫也無法入土。可魏婉柔非但沒有半點悲傷，反而仗著她兒子是世子，把六王府上上下下都給把持住了。如今的六王府，算是徹底變天了。」

陳寧寧想到那日宴席上，魏婉柔看著她那充滿恨意的眼神，頓時便有些不自在。她也不想隱瞞厲琰，又說道：「如今魏婉柔得勢了，恐怕一騰出手來，便會對付我。也不知，她是不是猜出來我的身分了，兄長成婚那日，她看著我的眼神實在古怪，像是死敵一般，顯然不會善罷甘休。」

厲琰卻道：「不必擔心，厲瑫那些妾氏也不是好對付的，有魏婉柔忙的呢。況且，咱們也不怕她出招，她越是出招，露出的把柄越多。」

原本，他一早就和兄長定下了謀略，只是每每都因魏婉柔的詭計加快進程，也因為有她插了一手，太上皇從來不曾懷疑過，反而讓事情變得越發順利起來。

事實上，張玉芝也算被魏婉柔打了個措手不及。

她實在沒想到，魏婉柔竟然恨六王到如此地步。一日都不願意再等，連事先準備好的慢性毒藥都放棄了，竟改成親自向六王下殺手，直接把他給捂死了。

張玉芝摸著自己的小腹，她自覺已經成功懷上了，不過得再拖過一個月，大夫方能驗出來，如今少不得要盡全力拖上一拖了。

只是依魏婉柔的毒辣做派，恐怕是容不下她們這些人了。更何況，她如今殺性一起，往後只會越發肆無忌憚。為今之計，只能先找機會出府避開才是上上策。

張玉芝沒辦法了，便唱了一齣大戲。在六王棺木被抬走前，死死抱著棺木，痛哭一場，眼看著她好像就要追隨六王去了。而她先前本有一片真心，而後為了留下子嗣，與六王的癡纏即便是作戲，也沒人懷疑。如今就連下旨太監都心有不忍，只道是六王那般荒唐胡鬧，偏偏卻有這麼一位癡心側妃，倒是真心真意愛慕著他。

當初，張側妃本就是被六王騙來的。如今這女子卻仍是執迷不悔，只念王爺一人，這未免也太可憐了些。

張玉芝幾乎暈倒過去，又跪下哀求太監，她要去太廟陪伴六王最後一程，終日念經，為六王求個來生圓滿，子孫滿堂。太監感動於張玉芝的癡情，以及塞到懷裡的大筆銀錢，便把此事報告給皇上。

當今皇上向來寬厚仁慈，聽聞張側妃的事情，也心有所感，便說道：「她倒是個癡情的。既然她願意，便讓她一起隨著六王去太廟吧。只是路上多安排一些侍衛人手，太醫也帶上，務必保證張側妃的安全。」

太監自然領命準備下去，只是不經意間一抬頭，卻發現皇上正在撫摸著那枚黃玉鎮紙，滿臉若有所思。

皇上一向寬容大度，所有人都說他是當世明君，唯一的錯處就是太過孝順了，不肯對太上皇的舊勢力趕盡殺絕。

可實際上，當皇上垂下嘴角時，那張臉上卻再無半點和氣，反而如同尚未出鞘的寶劍一般，冷靜內斂，卻又冰冷無比。

正好這時，又有太監來報。「皇上，九王進宮了。」

皇上的臉色頓時舒展開來，眼角眉梢滿是顯見的喜氣，他對那太監說道：「他來做什麼？不是叫他好好準備聘禮送到陳家去了，該不會又在胡鬧吧？快快把他帶進來，看我不罵他！」

皇上嘴裡說著苛責話語，眼睛裡卻帶著一種不加掩飾的笑意。與看待別人時，當真就是兩副模樣。

那傳旨太監不敢再看下去，連忙下去傳旨了。

所有九五之尊，注定會是孤家寡人，怎麼可能軟弱溫和？或許，皇上理智遠遠大於情感，而他身上僅存的情感，怕是全都給了九王殿下。也難怪有人說，九王是被皇上當兒子養大的。如今皇上無子，也不知道將來有了子嗣會變成什麼樣。

這些，都不是他一個小小太監所能猜測的。

傳旨太監連忙出宮，又去六王府上傳達了聖上口諭。

張玉芝草草收拾了行李，便帶著貼身僕婦，乘著一輛馬車，跟著六王的靈車一起走了。

事後，魏婉柔坐在主座上，一邊嗑瓜子，一邊垂著狹長的眼睛，恥笑道：「她倒是傻人有傻福，既然走了暫且饒她一馬。等她回來，再同她算帳便是了。」

小嬋在一旁戰戰兢兢地提醒道：「側妃若是發現蛛絲馬跡，那該如何是好？」

魏婉柔挑眉瞥了她一眼，冷笑道：「哪裡會有什麼蛛絲馬跡？小嬋妳給我記住了，六王是一口氣上不來噎死的。妳若是再亂說話，這條舌頭便別要了。」

「是，主子。」小嬋嚇得像小動物似的，連忙匍匐在她面前，畏懼中帶著恭敬。

魏婉柔見狀，非但不生氣，反而放肆大笑起來，又說道：「罷了，妳先下去。我又不會對妳怎麼樣。說到底，我也只有妳這一個心腹了，我們主僕是連在一條繩子上的，誰也跑不了，都得下地獄！」

小嬋聽了這話，渾身顫抖，嚇破膽似的連忙蹬蹬往外跑，生怕有鬼來追她。

魏婉柔見她這醜態，笑得越發大聲起來。她也知道，該早些找機會先把小嬋除掉。只有小嬋死了，她所有秘密才能徹底塵封起來。將來，她的日子才能安生。

可小嬋從小便照顧魏婉柔，同她一起長大。在大長公主去魏府之前，魏婉柔幾乎快要被餓死了。還是小嬋偷跑去廚房，拿了饅頭給她吃。為此還招了廚房下人的責罵。

「如今明珠夫人都死了，都是這小野種給害的。誰還要給她預備飯吃？不如餓死贖罪吧！侯爺如今也在贖罪，幾日沒有吃喝。小嬋妳這死丫頭，莫要多此一舉。」

小嬋被打得滿臉是血，卻仍是藏了個饅頭給她。

那時候，魏婉柔一邊落淚，一邊吃了半個饅頭，另外半個就給了小嬋。也不是不餓，只是她不能讓小嬋死，她們兩個是綁在一起的。小嬋便是她最後一個會心軟的人。

如今，魏婉柔的心緒早就失控了。殺了六王後，便像推開了地獄之門。魏婉柔整日在王府裡折騰厲瑫生前寵愛的側妃和小妾。沒幾日，趙側妃就上吊，追隨王爺去了。

王府上下，人心惶惶。魏婉柔又招來了牙婆，打算把那些被王爺曾經收用過、寵愛過的丫鬟打發掉。

那些丫鬟這些年就是王府裡的副主子，個個金尊玉貴，也是錦衣玉食精心調養出來的。氣度比一般人家的小姐更好些。若是放出去，也能配給清白人家，甚至做個秀才娘子，將來當個官夫人，也都是有可能的。

可魏婉柔卻笑咪咪對那牙婆說：「把她們往最下賤的地方賣，若是給我知道，她們到了什麼好去處，我六王府上，定然有的是辦法收拾妳。」

牙婆雖然見過世面，卻從沒見過這般心黑手狠的主母。

偏偏魏婉柔那笑咪咪的樣子實在嚇人。就連心狠的牙婆也沒頂住，於是連忙保證道：「王妃且放心，我定然把她們都往風月場裡帶。」

魏婉柔這才滿意地點了點頭，又賞了牙婆一些銀子。

也因為這些副主子，平日裡沒少耀武揚威，藉著王爺的勢力，每每對王妃無禮。如今把她們賣了，王妃反而讓人把她們的首飾匣子都留了下來。衣服棉被通通不許帶走，只穿一身粗布衣服，便被打發了。

看著丫鬟侍妾房裡的東西，比她屋裡還要厚重些，魏婉柔一時也沒什麼表情了。她把戰戰兢兢的小嬋，帶在她身邊，沈聲說道：「但凡是拿了我的，都得給我吐出來，有負我的恩情，總要讓他償還。若是還不起那就把性命賠給我。小嬋，妳覺得我這話可有錯處？」

小嬋只是把頭磕在地上，不敢言語。

魏婉柔卻走到她面前，低聲道：「妳這又是如何？我最信任的人便是妳了，這府中上下，妳也可以為所欲為，是我給妳的權力。去，把之前欺負咱們的人都給收拾了！」

小嬋卻哭著說道：「奴婢、奴婢不敢！」

魏婉柔一腳踹在她肩膀上，又破口大罵。「妳果然還是這般沒用。就算給妳機會，妳也抓不住。」

可也唯獨是小嬋，就算六王想拿她作筏子，敲打羞辱魏婉柔，小嬋也忠心耿耿地沒去做，反而受到六王的責罰。也正因如此，她只是個沒過明路，又見不得人的屋裡人。

想到這裡，魏婉柔便說道：「罷了，妳就是這麼個性子，還是我自己來動手吧。」

小嬋卻像是突然驚醒一般，抓住了魏婉柔的裙襬哭求道：「小姐，小嬋有錯，願意以死謝罪。只求您別再繼續錯下去了。造這麼多殺孽，難道您就能變得快樂嗎？您怎麼也不為小主子想想。如今趙側妃死了，那些侍妾也都發賣了，小姐妳就算有萬般火氣，如今也該解了心結才是。小姐，咱們就關起門來，好好把小主子撫養長大不好嗎？只要好好帶他，將來一定會好起來的。」

魏婉柔卻不管不顧地，狠狠踢了她一腳，又罵道：「怎麼可能會好起來？我一出生就掉在這地獄裡了。有人問過我，願意不願意冒充嫡女，去給明珠郡主作女兒嗎？他們沒問，只會張嘴說，是我氣死了明珠郡主。有人問過我，願意不願意去討好大長公主，給她賠罪嗎？

分明是魏家把我送過去，教我如何說話、如何賠罪、如何給大長公主做東西孝敬的。到頭來，卻全都變成了我自己造的謠，就為了提高自己的身分。」

她粗喘著氣，接著怒斥。「若是六王對我稍微有些惻隱之心，我也能安分下來，好好過日子。偏偏他心比天高，命比紙薄，只要沒滿足他的野心，他便把滿腔怒氣發洩到我身上。這麼多年，我熬得有多辛苦，妳不是不知道，如今又如何叫我收手？」

小嬋吐了一口血，匍匐在地上，便不再言語。

魏婉柔冷冷地看著她，罵了一句「沒用的廢物」，便轉頭離開了。

卻不想，小嬋當天夜裡便放了一把火，把自己燒死了。

魏婉柔只說：「把小嬋的屍體厚葬了吧。到底跟了我一場，也算是個忠心的。」

小嬋死了，也算了結了她的一樁心事。從此，再也無人知曉她那些秘密了。

婆子們很快領命而去。

魏婉柔則是挺直脊背，緩緩地離開了那個被燒焦的小院，向著自己的大院走去。

只是，每走一步路，她心裡便空了一分。好像小嬋死了，把她心底最後一點善良溫存也都帶走了，再也沒有什麼能夠阻止她了。

六王府上如同被詛咒了一般，半月間，接連鬧出人命來。

坊間慢慢便有了傳聞，六王沒能入土為安，陰魂還留在他的府裡徘徊，要把他生前喜愛的小妾，全都給帶走了。

這件事很快就變成了坊間傳聞，皇上自然也收到了消息。可如今正值太上皇大壽前夕，他也只得先派人將事情壓下。於是，便招了許多僧人在六王府上日夜念經。

由於王府來了許多官兵鎮守，魏婉柔自然不敢在他們眼皮底下再生事。可她如今卻是個耐不住性子的，若不生出一些事端來，她便心癢難耐。

在府中無法攪個天翻地覆，她便忍不住到外面來生事了。

魏婉柔坐在書房裡，隨意翻著書，聽著老管家向她彙報著外面的新鮮事。然後，便聽聞九王給陳寧寧下聘，而且聘禮驚人。看得出來，九王是真心看重陳寧寧這個王妃，願意把家底都掏給她。

整個上京城的風向也完全改變了。大概是從前陳寧寧的好人緣幫了忙。如今貴婦圈子裡都在傳，陳寧寧是個有福之人，說不定連九王的戾氣都能被她壓住。

還有人有鼻子有眼地亂傳，九王曾多次去陳府拜會。也有人說，那日雖然是英雄救美，可九王到底被陳寧寧捨己救人的壯舉打動了，這才對她心生愛慕。

更有人說，其實九王從潞城回京的路上，有幸見過陳寧寧，一早便對她一見鍾情。只是他性格執拗孤傲，不曾想過去提親。如今皇上從下人口中得知了弟弟的心事，這才有了賜婚一說。

翻過來，倒過去，所有人無非都在說九王和陳寧寧是金玉良緣。

也有人感嘆，陳寧寧雖然生在田間，卻天生金玉之質，理當被封為鄉君。

慢慢的，坊間竟然還有人為陳寧寧寫書立傳。

老管家說完這些消息，滿頭都是冷汗。如今他也是打心裡畏懼著魏婉柔。偏偏魏婉柔捏拿著他一家老小的賣身契，老管家想逃都沒處逃。

魏婉柔聽了這些故事，卻只是一臉不在意地捧著手中的茶杯，喝著平日裡六王才能享用的好茶，又漫不經心地說道：「噢，原來全上京的人都對陳寧寧推崇備至。我讓你查的那些事情，你可都打聽出來了？」

老管事連忙說道：「通過陳家門房，倒也打聽出一二來。這陳姑娘果然不是陳家的親生女兒，是老爺和太太抱養的。陳家過去曾落難，陳姑娘便把她貼身帶著的一塊寶玉給賣了，助陳家渡過難關。因而，陳姑娘也是潞城出了名的孝女，名聲也是極好的。後來，她也是用賣玉的錢發的家。這些事情但凡潞城人都知道。」

「果真是這樣，那就更有趣了。對了，我父親書房裡那幅畫像可拿來了嗎？」魏婉柔又挑眉問道。

老管事垂頭說道：「魏老爺把那幅畫終日看著，咱們的人根本就找不到機會下手。」

魏婉柔冷笑道：「人活著時，他不懂珍惜，非要搞出一些風流事來，噁心人。人死了，他對著一幅畫空相思，又做給誰看？不過是噁心自己罷了。真要贖罪，便去地獄贖罪才真心。算了，拿不到那幅畫便拿不到吧。反正也無所謂，並不需要確實的證據。」

說罷，她便攤開紙，拿起毛筆，當著管家的面寫了一封信。然後讓他給自己父親送過去。

第五十五章

管家領命離開後，魏婉柔又繼續享用著那壺茶，臉上露出一抹似是而非的神情。

她倒要看看，那名滿京城的陳寧寧若是跟萬人唾罵的魏家聯繫到一起。別人又會如何說她？什麼金玉之質，陳寧寧身上也流淌著最骯髒渾濁的血液。

若九王知道，陳寧寧身上也是讓他憎恨的魏家人，還會不會娶她？

或許，陳寧寧也會變得像她這般淒慘，也說不定。

魏婉柔沒有離開書房，逕自幻想著陳寧寧的淒慘未來，一時連杯中的茶都變得美味了。

一直等到管家回來，魏婉柔追問起她父親看完信的表現。

管家一臉不忍，卻又不得不說了。

原來，就算魏家倒了，魏曦被削了爵位，變成平民，對他也沒有太大影響。

魏曦自從明珠郡主離世後，便獨自一人住在農莊小別院。就算魏家被抄家，皇上賞罰分明，看在他沒做壞事，便也沒讓人去動那處小別院，因此魏曦仍是老樣子。

這次，管家送了書信過去。

魏曦沒看那封信時，是一臉死寂，但一看那封信，竟然變得滿臉猙獰，無比激動，嘴裡狠狠罵道：「畜生，當真都是畜生，怎麼如此行事？魏家！這便是魏家，果然藏污納垢，沒了人倫！」

然後魏曦便抄起棍子，把王府管家趕了出來，再也不許他們登門。

管家坐馬車離開前，忍不住回頭看了一眼。

曾經的魏侯，此時的魏老爺，早已鼻涕眼淚糊了滿臉，整個人狼狽無比。哪裡還有當年上京城第一美男子的樣子？

也不知王妃在信中說了什麼，竟把她親生父親逼迫至此。

聽了管家的話，魏婉柔臉上卻一點表情都沒有，反而意興闌珊地說道：「只是這樣？」

說罷，便拿出帕子，漫不經心地擦著自己的纖纖玉指，一邊擦一邊又對管家說道：「罷了，你下去吧。」

說話間，魏婉柔的臉色又微微變了幾變，似乎又生出了幾個邪惡念頭來。

管家生怕她又要繼續造孽，交代他去做什麼喪盡天良的事，連忙飛也似的向外跑去。

隔天，魏曦小別院的老管事便匆匆來報，說魏老爺昨夜去了。

魏婉柔聽了這話，心底一片冷漠，臉上卻表現得震驚。當著那些皇宮巡衛的面，她也不好做得太過明顯，於是便故作傷心地追問道：「如何就突然去了？你倒是詳細說與我聽。」

那老管事便淚流滿面地說道：「昨夜，老爺又要了許多酒，一邊喝一邊落淚，說他對不起郡主，也愧對魏家老祖宗。還說魏家當初造了大孽，才生下這麼多畜生來。如今算是遭報應了。老天若是當真開了眼，就該讓魏家徹底斷絕血脈才是。」

魏婉柔一臉傷心地問：「你們怎麼也不去勸慰父親，讓他如此想不開？」

那老管事便搖頭說道：「勸不住，也勸不得。自從明珠郡主去了以後，老爺便養成了酗酒的習慣。每次都把我們關在房外，連酒菜也不讓送進去。只是以往他喝醉了，不是寫字，便是畫畫，倒也沒生出事端來。我們本以為昨日老爺也與從前相同，並未多想。今早一推開房門，就發現老爺把自己吊死在房梁上，身體都僵硬了。」

說罷，老管事已經哭得泣不成聲。

魏婉柔連忙喊來王府管家，吩咐道：「如今我娘家沒落了，你速速安排府上的人手，快去幫我父親收殮了。如今也不方便辦後事，先送出城去吧，待日後再置辦大喪。」

昨日送信的管家已經快被嚇死了，一句話也不敢多說。連忙帶著那位老管事離開了。那些不小心見證此事的巡衛，則互相交換了驚愕的眼神，心道：原來不只這王府上，就連王府外的親戚也都逃不過這一大劫嗎？

倒是魏婉柔，一轉身回到自己房中，忍不住冷笑道：「這麼輕易便死了，父親你還真是脆弱。還是說，你以為你死了，就可以守住這個秘密，保住你女兒的清白了？不可能的，無論如何，我都要拉陳寧寧一起下地獄！你說得對，魏家養出來的都是畜生，畜生就該所有血脈盡斷才是。這當然也包括你的嫡女。既然你這般不中用，就別怪我去找我那好二叔、好三叔。他們雖然蠢，可若是好好利用，也是很有趣的棋子呢。」

魏曦臨死之前，給大長公主寫了一封信，派人送到別院劉嬤嬤的手中。

劉嬤嬤想著這十多年來，魏曦都沒敢跟公主聯絡。如今給公主殿下寫了這封信，其中必有些蹊蹺。因而也不敢耽擱，直接便將那封信交到了大長公主手中。

只可惜，大長公主早已對魏家厭惡至極，更加不齒魏曦，並沒有直接拆信，反而是隨手放在一旁，便開始吃吳二娘準備的養生美食了。

當日，九王已經用最恰當的方式幫她出氣。事到如今，她只想好好保養身子，將來多陪外孫女幾年。至於其他事情，早已被她拋在腦後了。

直到第二日，劉嬤嬤又急急來報。「殿下，魏曦去了。那邊的人說，昨日魏婉柔給他送了一封信。魏曦看完後，罵了許久，也哭了許久。還喝了許多酒，不讓下人近身。昨夜便把自己吊死在橫梁上，大清早才被人發現。」

大長公主坐在蒲團之上紋絲不動，臉上一點表情也沒有，嘴裡只淡淡說道：「喔，他終於下去贖罪，可惜太晚了。」說著，便把那封信取了過來。

劉嬤嬤問道：「您打算看這封信了？」

大長公主掀掀眼皮，說道：「總要看看他有什麼遺言吧？」

說罷，便將信紙展開，只見上面寫著魏婉柔查到，陳寧寧並非陳家親生女。還說，她看見陳姑娘之後，只覺得她的眼睛像極了當日的明珠郡主。故而心生懷疑，想讓父親去看看陳寧寧，是不是她的親妹妹？

魏曦之前便知魏家之禍始於魏婉柔，是她攛掇魏家人對陳寧寧下手。這些事情，魏曦雖然並未參與，可卻羞恥於家族所為，更加憎恨魏婉柔的無恥。

如今又得知陳寧寧或許是他的女兒，他心裡又羞又愧，當場便有些支撐不住。到頭來，魏家子孫果然都是畜生，差點就行了那禽獸之事。虧得九王爺制止了魏家惡行，也願意娶陳寧寧為妻。這才沒有鑄出大錯。

一時間，魏曦心態已經徹底崩毀。同時，他也覺得這一切都是上天給魏家的報應，而他便是原罪，這才選擇以死謝罪。只是臨死前，他有一件事實在放心不下。

魏曦懇求大長公主調查清楚。若陳寧寧當真是明珠郡主的骨肉，求公主看在明珠郡主的面上，及時認回陳寧寧並加以看護。

同時，他也十分擔心魏婉柔會再對陳寧寧下毒手。以魏婉柔的心機和手段，他這邊若是不肯去認陳寧寧。魏婉柔定然不會善罷甘休，肯定還要去尋魏二、魏三到陳家找麻煩。到那時候，不管陳姑娘到底是不是嫡女，對她的名聲都有妨礙。

魏曦懇求大長公主提前做好防範，不要讓無辜人被牽扯進來。同時，還在信紙下方附上了一封聲明書。

他早已與明珠郡主和離，為了完成明珠郡主生前心願，就算有幸尋回嫡女，嫡女也與魏家無關。下面還有魏曦簽字畫押，甚至還留下一個血手印。

大長公主看完這封信，眼皮都沒有抬，嘴裡只淡淡說道：「他這輩子，也就做了這麼一件有擔當的事。」

劉嬤嬤瞭解信中內容之後，又問道：「如今可要先拿下魏婉柔？」

「不急，這麼多年都等了，不差這幾日。」

「若魏婉柔狗急跳牆，又生出什麼餿主意，這要如何是好？」劉嬤嬤又問道。

大長公主卻挑眉道：「這就要看九王的能耐了。若他連這麼點小事都做不好，也不配娶我外孫女。自從上次魏家鬧事，他便起了殺心，一直強忍著沒對魏婉柔下手，不就是等著她主動露出破綻嗎？妳先打發人把這封信送到九王那裡。他看了，自然也就知道該做如何安排了。」

劉嬤嬤領令離開了。獨留下大長公主一人，仍是坐在蒲團之中，撥弄著手裡的念珠。

厲琰收到了大長公主那邊的信，看完之後，眉頭微微一皺，便從懷裡掏出了那塊刻著

「寧」字的半圓形龍戲珠的玉珮，交給了送信之人，又說道：「把這塊玉珮交到殿下手中，便可以收網了。」

那人收好了東西，領命而去。

厲琰也迅速叫來了來安，叮囑其他安排。

另一邊，自從六王死了之後，魏婉柔就變得狂妄又瘋癲。

在得知父親死後，她非但沒有任何懺悔之意，甚至在當晚便寫信給魏二叔，說出陳寧寧便是魏家嫡女之事。又花言巧語地亂出主意，讓魏二叔速速帶人去陳家大鬧，騙取錢財，以此來供給他們一家人花銷，也好度過難關。

魏婉柔對此事十拿九穩，她就是想讓魏二叔鬧大，壞了陳寧寧的名聲。

可事實上，管家還沒打發人把這份信送出去，便被人捉住了。

這一夜，魏婉柔睡得十分香甜，根本就沒有作噩夢，也沒有為她爹守喪的念頭，仍是如同從前一般暢快。

她自然不知道，她的信已經被截走，送到了厲琰的手中。不只如此，管家還跪在地上，連哭帶求，把魏婉柔害死六王，又以他全家賣身契作為威脅，逼他處理後事。以及魏婉柔逼死趙側妃，對後院那些妾氏趕盡殺絕的事情，一五一十全都交代了，甚至還簽字畫押，表示自己全無虛言。

等魏婉柔睡醒後，想起詢問事情辦得如何了，才得知魏二、魏三被抄家後，也曾來王府求助過，魏婉柔卻讓管家把他們轟走，根本就絲毫不念舊情。

因此魏二一家，後來實在走投無路，便做起了一些雞鳴狗盜的買賣，早早便被官府抓去了，剩下魏二太太則被她娘家接回去了。

至於魏三一家，魏三老爺本來就是個渾人，終日拈花惹草，對太太也不上心，太太從沒少受氣。魏家被抄家後，再加上嫡子被打死，三太太心灰意冷，便求娘家出力，幫她和離。三太太娘家只是商戶，從前多少還有些忌諱落魄的鎮遠侯府，如今不怕了，便幫三太太帶著女兒去了外地。剩下魏三老爺一人，重病在身，躺在一處破屋裡，身邊只餘一名老僕人照顧，爬都爬不起來了。

魏婉柔見二叔、三叔都已經廢了，便打算親自動手。於是吩咐下人備車，帶上了兩名婆子，便匆匆趕到魏曦居住的莊子，想要找出明珠郡主的畫像。

到了地方，魏婉柔吩咐婆子在外面等她，便獨自進了魏曦書房。看了看那面空空的牆壁，又問老管事。「我記得那裡掛了一副畫像，如今收到哪裡去了？」

老管事便垂著頭說道：「王妃問的可是明珠郡主的畫像？」

魏婉柔點了點頭。

老管事又說道：「被老爺取下來燒掉了。不只是那副畫像，就連其他畫像和老爺從前寫的詩書也都燒掉了。」

魏婉柔聽了這話，便是一驚，又問道：「什麼也沒留下？」

老管事又說道：「若王妃不信，隨意翻找便是了。」

魏婉柔果然翻找起來。她本就滿心殺意，什麼都不怕。她打開書櫃，便把那些書隨便扔在地上，自從她不勉強餓肚子後，身體康健，一番動作下來都不用下人幫忙。

只是，不知什麼時候，窗子被打開了。一陣冷風吹過，吹得她後脖頸的汗毛根根倒立。

像是有人在背後，朝著她吹了一口寒氣一般。

魏婉柔連忙回頭一看，只覺得頭頂上有什麼一晃，嚇得她倒退幾步，被書本給絆倒。再定睛一看，卻什麼也沒有。

到了此時，魏婉柔才第一次感到恐懼。

她再也顧不得找畫像，連忙喊老管事的名字，可老管事早就離開了。

魏婉柔快步跑出書房，就像有人一直追著她似的。

一直跑到外面，看著天上掛著的太陽，馬車上坐著那些婆子，她才慢慢恢復平靜。

鬼神說本就是假的，她才不怕報應！

她心想，可嘴裡卻說道：「罷了，先回去吧，也請大師幫我父親多念幾遍經文吧。」

又過幾日，皇上照常上朝。出人意料的是，有太監傳報，大長公主求見聖上。

滿朝文武聽了這話，皆是大吃一驚。

眾所周知，自從明珠郡主去世後，大長公主便在靈隱寺隱居多年，久已不問俗事，一心念佛。就連太上皇想見她，都被拒絕了。如今，怎麼自己上朝了？難不成是有什麼大事？

皇上連忙下令，快快請大長公主上殿。不大會兒的工夫，大長公主便來到殿上。

眾人再一看，此時的大長公主已然褪去僧衣，換回常服，也沾染了幾分煙火氣。

皇上為表示尊重，特意命人搬椅子過來，給公主賜坐。

大長公主卻擺手道：「皇上，大可不必如此，臣有事啟奏。」

皇上這才連忙說道：「公主，請奏。」

大長公主便把魏曦臨死前寄給她一封書信，信中提到了對陳寧寧身分的懷疑。

她得知此事後，便暗中命人查訪，最終找到了雙龍珮，當著滿朝文武的面全都說了一遍。

眾人聽後，皆是大吃一驚。

就連皇上也一臉難以置信地道：「這麼說來，九王妃便是明珠郡主之女？公主已經確認過了嗎？」

大長公主聽了這話，眼圈一紅，又說道：「我已看過了陳寧寧的畫像，的確就是那個孩子。」

說完，又把信件和玉珮交給太監，送過去給皇上查看。

皇上先是看了那封信，閱讀了上面的內容，把魏曦的聲明細細看了。接著，又把那二龍戲珠的玉珮拿起來仔細察看一番。原本是兩塊玉珮，合起來卻變成了一個完整的圓形。每個牙口都扣在一起，如同上了鎖一般。

這是已故玉雕大師所做，自然是無法仿製的。

朝臣在下面看著，有人忍不住開口。「事情竟然這般巧合，九王妃如今竟成了明珠郡主的親女兒？」

大長公主聽了這話，抬起眼淡淡看了那人一眼，頓時殺氣隱現。她到底是武將出身，雖然久未上戰場，又禮佛多年，但骨子裡那股凶煞之氣卻還在。

那人嚇得差點跪下去，再也不敢胡亂開口。

一時間，眾人啞口無言，只等皇上打算如何處理此事。

皇上雖然一向頗有才幹，在大事上殺伐決斷，該下旨時，從來不含糊。只是一旦涉及太上皇，他便有些愚孝，行事又猶豫不決。不過，這回涉及到他從小便當成親兒子養大的九王，若皇上有所偏袒也在情理中。

然而，此事可不單單只是一門婚事，而是南疆殷家軍和北疆霍家軍，一南一北兩支軍隊結合的事情。太上皇一向對兩支軍隊頗為顧忌，恨不得用盡手段，挑撥分化兩邊關係。激起雙方矛盾，卻又要保證各自都有足夠力量鎮守邊境安穩。

太上皇在位這些年，一直把制衡的手段玩得極其精妙。

在上京城裡，姓霍的人家基本上都不跟姓殷的人家打招呼，甚至碰到了還會發生鬥毆。

兩家自然也不聯姻，頂多把女兒送進宮做皇妃。

可到了宮裡，兩位妃子也是極其看不上對方，還會鬥得你死我活。

對此，太上皇也只會冷眼旁觀，甚至在一旁煽風點火。

如今倒好，繞了一大圈，皇上扶持起來的南疆軍的王爺，竟要和北疆軍的嫡女聯姻了。

太上皇若知道此事，必定氣得跳起來。說不定，還會想方設法，攪了九王的婚事。

臣子們心思百轉千迴，卻見皇上坐於大殿之上，面上並沒有多大困擾，反而開口道：

「大長公主為大慶鎮守邊疆數十載，保我大慶子民免受戰亂之苦。如今老天開眼，使得公主重新找回外孫，實在是一件難得的幸事。只是，如今陳姑娘已經被賜婚給九王作正妃。九王也已經下了聘禮。不知公主對這樁婚事怎麼看？」

朝臣們便想，莫非皇上是想讓公主自己退婚？九王那般名聲，公主看不上也是應當的。

誰知，大長公主竟答道：「既然是陛下賜下的婚事，自然是一樁好事。我會備下嫁妝。」

居然沒有悔婚的打算？皇上又該如何下臺？

若是按照以往，皇上必定會打太極，把此事推給太上皇處理。可這一次皇上卻直接金口玉言，把陳寧寧從鄉君又向上提成了郡主，讓她享受她母親的爵位。甚至還跟公主直接確定了九王的婚儀，唯獨不提南疆北疆兩軍之事。

朝臣看得一頭霧水。

太上皇那邊自然也聽到了此事，好不容易等到下朝，便連忙打發太監把皇上請過去。

皇上剛一走進寧壽宮，太上皇便忍不住拍桌子大罵。「厲瑭，你好生糊塗。怎麼可以當眾答應大長公主這門婚事？此事，若是動了國之根本，你便是大慶的罪人！」

皇上聽了這話，皺了皺眉頭，反問道：「大長公主為大慶鎮守邊關數十載，沒有功勞也有苦勞。況且，當初明珠郡主慘死，已經寒了公主的心。可憐她就這麼一個外孫女，她又是個行將就木的老人。朕又怎麼忍心，再看她們骨肉分離？況且，如今那陳姑娘已經跟小九訂婚，馬上就要成親了。難道還要親手拆了這樁婚事不成？小九如今二十三了，父皇就算再輕視他，也不能在這種時候毀了他吧？」

太上皇非但沒有被他說服，反而氣得破口罵道：「我說讓公主骨肉分離了嗎？認親自然是要認的。可成親之事卻可以拖上一拖。那陳家姑娘，如今已經不再是商戶之女了，她代表著北疆軍。小九又不是非她不可，大不了另行為他挑選一戶名門嫡女便是，你怎麼能這麼輕易便答應此事？」

皇上便又說道：「金口玉言，怎可當成兒戲？小九前兩日進宮，還說起他如今對那陳姑娘中意得很。父皇在他年少時，便沒正眼看過他。那時候他才幾歲，便被宮裡的太監、宮女作踐。我第一次見到他，他就像隻小狗一般。如今我好不容易把他養大成人。父皇，就成全小九這一次吧。」

第五十六章

太上皇伸出手指頭，狠狠地指著皇上，聲嘶力竭地罵道：「厲瑭，你好糊塗！你也不想想，這皇位是你的，又不是厲琰的。你怎麼可以把一柄懸於你脖頸的利劍交到厲琰手中？難道，你就不怕厲琰將來大兵壓境，逼你退位？」

太上皇還是皇子的時候，便要提防兄弟陷害他，還要抵抗來自父親的惡意。好不容易登上皇位，逐漸沈迷於皇權之中，早已沒有父子親情。

直到退位後，他才把自己所有的父愛傾注在厲瑭身上。他自然希望厲瑭的皇位能坐得更穩，希望厲瑭能千秋萬代，而非因為一點婦人之仁，便葬送了江山。

只可惜厲瑭聽了這話，一臉似笑非笑地看著他，眼神也變得非常古怪。直到把太上皇看得心裡發毛，他才緩緩開口說道：「父皇，您到現在還不明白嗎？若小九真要這皇位，我直接讓給他便是了。可小九想要的，從來便不是這皇位。」

太上皇卻固執地說道：「現在不要，將來總有一天，他會想要的。」

厲瑭卻搖頭，紅著眼圈說道：「只要我還活著一天，他便不會想要。」

說著，他又垂頭嘆道：「年少時，我還曾想過，父皇為何對我忽冷忽熱，一時忌憚仇恨，一時又做出疼愛我的樣子。父子之間，竟是這樣相處嗎？後來，我養了小九，我才知道，若是真心待一個人，把他視為至親骨肉。絕不會忍心把他當作擋箭牌，眼睜睜看著他被下毒。原來，父皇從來不在意我的死活。或許我死了，你也只會在朝臣面前，大哭一場罷了。」

「你這是在怪我？怨我？厲瑭，你恨我？」太上皇難以置信地問。

厲瑭沒有回答，逕自道：「若不是我身邊有小九在，我不是死了，就已經徹底瘋了。」

說話間，厲瑭第一次在太上皇面前，摘下了那副儒雅君子的面具。他臉上的表情一點點的褪去，眼神也慢慢陰沈下來，最後變得冷酷又空洞。

太上皇被他的模樣嚇了一跳。

厲瑭垂頭說道：「其實我本就無意皇權，我死不足惜，只會覺得解脫。只我若不爭，往後任何人上位，不只我得死，小九怕是都活不成了。我死就死了，小九死了我卻不甘心。我就是不要他死。抱著這樣的念頭，我苦苦熬過每一個毒發的夜晚。就算吊著性命，我也要活下去。我既然能忍受惡毒腐蝕骨髓之痛，又有什麼事情，我還不能忍呢？」

「你！原來，你竟是為他謀劃至此。那皇位於你又算什麼？坐上那個位置，你也應該嘗到了皇權的味道，你也該體會到掌控天下的美好了。如今，厲瑭你可曾改變想法？」太上皇顫聲問道。

「在其位謀其政，皇權於我，不過是枷鎖。在這位置上每一天，並不是來享福的，而是要盡職盡責，為整個大慶子民謀劃生活，讓他們吃飽了、穿暖了。這明明擔負萬千人的性命，又有何美好可言？難不成，當了皇帝，就能為所欲為嗎？那又與昏君有何區別？」皇上反問。

一時間，反倒讓太上皇啞口無言了。

直到這一刻，他才體會到，為何名士大儒一口咬定，厲瑭是明君。他卻只能勉強做個守成皇帝，還是靠著好運氣上位。

他曾經嫉妒過厲瑭，認為那些名士大儒滿口胡言。

如今才知道，原來他不只能力不足，氣度、心胸、眼界也都不夠。

自從太上皇登基以來，逐漸把持朝政，便將朝堂弄得也跟後宅亂鬥一般。

他看似高高在上，把所有人都當成了棋子。實際上，不過是為了一己私利，為所欲為。不只傷了忠臣的心，也傷了親人的心。就連他那些兒子，多半也隨了他。滿心都是權力慾望，哪裡還有血脈親情？

唯獨還保有親情的，同時也是被他看中的這一個兒子，如今卻也是憎恨著他。

太上皇此時已經老了，頭髮俱皆花白，早已沒了以往的雄心壯志和意氣風發，如今他也只能皺著眉問道：「你當真就一點都不怕嗎？坐在那位置上，你不會感到惶恐不安嗎？一群人在下面虎視眈眈盯著你，都恨不得把你拉下去。」

皇上冷笑了一聲。「那我便盡職盡責，儘量把事情做到最好。若全天下的老百姓，都能吃飽肚子，穿暖了衣服，便沒人想反了，也反不起來。」

「你……」太上皇一時間竟不知道該說他什麼好。

皇上卻又說道：「若有朝一日，我當真被拉下馬來，定然是我哪裡做得不夠好。」

說罷，便看向太上皇，他們父子倆其實性格一樣的固執強勢。只是，以往皇上把這強硬的一面隱藏了起來。如今他不再藏了，在氣場上，竟與太上皇不相上下，甚至還可以強壓他一頭。

最後，反而是太上皇先一步移開了雙眼，又說道：「罷了，如今你才是天下之主，此事便由你做主吧。」

皇上聽了這話，便向他施了一禮，向寧壽宮外面走去。

太上皇其實還想問他——厲瑭，你可還恨我？

然而他始終說不出口，只能看著那抹偏瘦卻又挺拔的身影，一步一步向外面走去。

厲瑭的脊背始終都是筆直，氣場也十分強橫。哪裡還有半分病弱的樣子？

霎時，太上皇腦海裡卻不斷地閃過，厲瑭從小到大的模樣。

厲瑭是他最看重的孩子。曾經他是那樣欣喜，把小小的厲瑭抱在懷裡，聽著他大聲嚎哭。那時候，他捧著的不只是自己生命的延續，更是最珍貴的寶物。

只是這份珍愛的心情隨著時間流逝，不知不覺，便被權力腐蝕，變得面目全非。如今，他再想從厲瑭身上，尋回曾經的父子親情，卻已經完了。再也尋不回了。

太上皇孤單地坐在寧壽宮裡，就像一個行將入土的老人。

他知道，厲瑭如今既然在他面前露出了本來面目，便再也不會陪他演戲了。就連朝政，也不會再任由他胡亂插手。

以後，便真正是厲瑭的大慶了。

這時，突然有太監上前說道：「太上皇，皇上方才特意吩咐御膳房，給您燉了芳香豬腦花湯。可要端上來？」

太上皇如同受了驚嚇一般愣了許久，半晌才說道：「端上來吧。我是個老人家了，吃點好的，過得舒心點。本來就該這樣吧？」

說這話時，他臉上仍是有些寂寞。

很快，皇上的聖旨便送到了陳府，肯定了陳寧寧是明珠郡主之女的身分，同時又加封她為郡主。

陳家人對此事早已心知肚明，接到聖旨後，少不得還要作出一臉震驚的樣子。

唯獨陳寧信當真不知道此事，接到聖旨之後，便目瞪口呆地對全家人說道：「怎麼可能？我姊就是我姊，怎麼突然變成明珠郡主的女兒了？」

那時他年幼，這麼多年下來，他早已忘記了姊姊的出身，一心把她當作親姊姊看待。

陳父摸了摸陳寧信的小腦袋說道：「你姊總要去尋她的根的。」

陳寧信便又問道：「那尋到根之後，我姊還回來嗎？」

陳父並沒有開口，陳寧寧卻說道：「哪有什麼回來不回來的？我本來就是陳家的女兒，只是如今多了一位親人。」

這時，陳母連忙說道：「對，寧信這傻孩子，又在說傻話了。倒是寧寧，趕緊準備一下，去見妳的外祖母吧。外面的人還在等著妳呢。」

陳寧寧聽了這話，才後知後覺慌亂起來。她終於要和外婆見面了。一時間，竟不知道該準備些什麼。於是，連忙轉頭問道：「娘，我可要帶些禮物過去嗎？」

陳母便捋順了她額角散亂的頭髮，又說道：「這傻孩子，不用帶禮物，妳趕快過去就行，公主殿下怕是也等急了。」

說著，一家人便跟在陳寧寧身後，把她送了出去。

直走到大門外面，卻見厲琰也來了，陳寧寧忍不住問道：「怎麼是你送我過去？」

厲琰微微笑道：「我這外孫女婿也該去見見外婆吧？」

就這樣，厲琰騎著高頭大馬在前面開道，後面跟著載著陳寧寧的馬車，一行人向著城南而去。

此時，大長公主也終於回到了公主府中。他們令人把院子上上下下，都收拾了一番。如今整個公主府看起來也還算氣派，更重要的是，多了幾分熱鬧。

公主原本端坐在正堂，等待著小外孫女的到來。

之前她總說，十幾年都等了，不差這一、兩日。可事到臨頭，她反而也變得急切起來。坐了一會兒，茶也沒喝下去，便要站起來，在廳堂內踱步。過一會兒，又走煩了，便邁步走到外院來。眼見著就要迎到大門口去了，她又覺得這樣太過局促，一點都不像她以往的風格。

劉嬤嬤和霍芸娘見了，皆是掩著嘴偷笑。

不過很快，公主反而放開手腳。等了這麼多年，不就是為了這一天嗎？此時此刻，她只不過是急切等待著外孫女回來的普通老太婆罷了。

公主到了門口，就見到一輛馬車停在門前。只見陳寧寧被人攙扶著下了馬車，抬頭與她對上眼的瞬間，便立刻甩開那人的手，不顧一切向著門內奔來。

她記得，她們在潞城錯身而過的那一日，她的嚶嚶也是這樣奔向她。那一次，大長公主一狠心便離開了。這一次，她卻下意識地張開了手臂。

嚶嚶果然一把便抱住了她，紅著眼圈，顫聲問道：「外婆，是妳嗎？」

「是我！」大長公主動容地說道。

得到確切的回答，陳寧寧緊緊地抱住她，終究還是落下淚來。

其實，她心裡明白，這或許並不是她在那個世界的外婆。或許是外婆的前一世，也或許只是長相相似而已。可這個懷抱實在太過溫暖了，讓她產生了一種錯覺。

彷彿此刻的這個人，就是她的外婆。她們身上有著同樣的氣息，相同的溫度。

陳寧寧下意識地撒嬌道：「突然就看不見妳了，我尋了好久。妳能不能不走了？」

只聽她溫聲地安慰道：「不走了，嚶嚶放心，以後外婆都不走了。就陪著我的嚶嚶。」

巧合的是，陳寧寧的小名也正是嚶嚶。

在小學畢業前，外婆也是用這樣的語調輕輕地喊她嚶嚶。直到升上中學了，陳寧寧覺得自己長大了，也知道害羞了。便跟外婆抗議，外婆才開始改叫她寧寧。

在這一聲聲的呼喚中，陳寧寧覺得就是外婆回到她身邊了，經由這種奇妙的方式。

之後，大長公主帶著陳寧寧和厲琰到了公主府裡，自是不必多說。

吳二娘早已備下了一桌子宴席，祖孫倆一邊吃飯一邊說話。厲琰坐在一旁，反倒成了陪襯，很有興致地看著祖孫倆互動。

他早知道寧寧是個很會交際的。可她平日裡與人交際，並不是這副模樣。此時的寧寧，彷彿變成了一個天真話多的小孩。不再顧慮該說什麼，也不再考慮話術，只是零零碎碎地跟大長公主說起了，這些年她在潞城的生活。

一開始是說家裡的事情，陳父、陳母對她有多好，寧遠、寧信這對兄弟待她有多照顧。她日子過得很幸福。

後來，又講到她買下了半山莊，把它一點一點做起來。養了芳香豬、種了番薯，又種了辣椒、做罐頭、玻璃、虹吸澆灌。她在潞城開了各種各樣有趣的鋪子。不只是熙春樓，也不只是火腿作坊、玻璃作坊、醬料作坊。

這些年，陳寧寧一直在經歷著各種有趣的事情，遇見各種有趣的人。她也在生意場上，開始了一個又一個冒險。

她的生活過得如此鮮活、有趣，又充滿了喜悅的活力。不只是大長公主，就連周圍那些嬤嬤們，也都聽得津津有味，甚至有些入神。

她們這才發現，她們的小郡主，竟是一個如此特別的小姑娘。她有著很敏銳的眼光和經商才能。可她卻不以為意，只把這些都當成生活中一個又一個小遊戲。

從始至終，厲琰一直目光溫柔地凝視著陳寧寧。

他只覺得此時的寧寧當真是可愛極了。剛好這時，寧寧又笑咪咪地說起了，她和厲琰的故事。甚至也包括，他們兩個在潞城，被別人寫成了故事本子的事情。

嬤嬤們聽到此事，都有些忍俊不禁。

大長公主發現，陳寧寧在說起厲琰的時候，兩眼是會放光的。即便早就知道了，她還是忍不住問道：「看來，嚶嚶，當真很喜歡九王。」

陳寧寧點頭說道：「自然很喜歡他。若不是遇見了厲琰，我本打算這一生都要獨自走過。遇見他之後，我才想走在他身邊，握著他的手，不放開。」

「非他不可？」公主又問。

陳寧寧點點頭。「非他不可。不是他的話就不行了。本來我的生活已經足夠精彩了。厲琰則是意外的禮物。」

大長公主聽了這話，便點了下頭。又說道：「外婆知道了，外婆不會讓任何事情，妨礙你們的婚事的。」

陳寧寧聽了這話，忍不住把頭靠近了外婆懷裡，十分孩子氣。

大長公主很喜歡她這樣子撒嬌，又忍不住拍了拍她的肩膀，然後輕輕摟著。

當晚，陳寧寧沒有回家，而是留在公主府上，與大長公主敘話。

轉過天來，大長公主又招來陳家人，與他們見面。感激陳父、陳母願意收養陳寧寧，還把她教養得這麼好。

陳父、陳母連忙說道：「不敢不敢，寧寧從小就乖巧懂事。長大後，更是幫家裡排解了不少難題。我們夫妻也是三生有幸，才養了她一場。」

在陳家人面前，大長公主並沒有顯示出公主的威儀，也沒有露出殺伐決斷的那一面。相反，她只是一個尋親十多載，苦苦等待外孫回來的老人家。

而陳家人完全能夠體諒她的心情。特別是陳母忍不住說了許多寬慰大長公主的話，作為母親，她願意將心比心，若是她被迫離開女兒，怕是一天都受不了。因而說的都是肺腑之言。

大長公主原本早就收到消息，知道陳家夫婦善良寬厚，把陳寧寧當掌上明珠看待。如今見了他們，越發覺得這兩口子都是很真誠的人。再加上，陳寧寧又在一旁打圓場。因而她對陳家人印象極好，也願意對他們敞開心扉。

這樣一來，兩家相處倒是極其融洽。大長公主甚至沒有提起，把陳寧寧要回來，認祖歸宗的話。

但到了聚會將近尾聲，陳父到底沒有忍住，還是問起關於女兒是否改換姓氏的事情。

不想大長公主聽了這話，反而皺起眉頭來，思索半晌，才開口說道：「讓她改回魏姓，也不過是寒磣我、讓她親生母親丟臉。當日明珠去了，我便逼著魏曦寫下和離書。兩家都說好了，若是尋回嫡女，便跟魏家再無任何瓜葛。魏曦臨死之前，也曾寫過聲明，魏家與寧寧無關。這些年，養恩大於生恩，寧寧是真心誠意作你們陳家的女兒，這姓氏便不改了吧。」

這些年來，她終日念經，卻始終無法諒解魏家，也對女兒的死懷有怨氣。可在外孫女回來之後，這些怨氣已經散了大半。如今，她竟變得豁達了許多，也沒有那麼在意世俗之事。她一心只想讓陳寧寧好好的，便一切都好。因而才會有了這麼一說。

原來，大長公主當真沒有把女兒從他們家搶走的意思。

陳家夫婦聽了這話，懸在半空的心終於放下。自此以後，兩家來往越發和睦了。

而陳寧寧擔心外婆一個人孤苦伶仃，身體也大不如前了。便時常留在外婆家裡，陪伴著她，並做些藥膳給她調理。

陳家人對此毫無意見，反而還會時常跟過來探望，一起敘話。如此一來，大長公主自然也不會再去別院清修了。

認親後，陳家和公主府是一派和諧。上京城裡，卻因為這些事情翻了天。

陳寧寧本來就有良好的聲望和人緣。與那些貴女往來十分密切。

之前，她還因為在花船上救了準嫂子，受到閨閣小姐們的推崇以及夫人們的喜愛。後來，又因為被當今皇上賜婚給九王，更是引起了不少的談論。

事實上，由於九王性格暴戾，做事不留情面，又喜歡下殺手。因而陳寧寧這樁婚事，其實並不被眾人看好。

還有人在背地裡惋惜。「陳寧寧這般的好女孩，到了九王府，可有她罪受呢。倒是可惜了這麼好的姑娘，若不是魏家作惡，她定能嫁到大戶人家作宗婦的。」

誰承想，才幾日光景，陳寧寧身上這種困境便被逆轉了。

陳寧寧如今成了大長公主的親外孫女。那大長公主又是何許人也？自然不可能眼瞅著外孫女受委屈。

因而又有許多人在猜測。因為此事關於南疆北疆兩支軍隊，而這些年兩支軍隊互相看不順眼，積怨頗深。陳寧寧和九王這樁婚事，十有八九是成不了。或許等待時機成熟，大長公主便會為陳寧寧退婚，再想辦法為她另尋一位佳婿。

雖說陳寧寧當日與九王同時落水，名聲受到了些許影響。可大長公主在北疆霍家軍裡擁有赫赫威名，武將們對她敬若神明，他們又沒有上京人士那麼多講究。要是從霍家軍裡選一位平民出身，年輕有為的少年將軍配給陳寧寧，倒不失為一段佳話。

更何況有大長公主在背後，那些武將定然不敢輕易辜負了陳寧寧。

這麼想的人也當真有不少。因而上京城裡，突然便冒出了許多流言。

當然，大多數人都把這些事當笑話聽聽就算。可有些人聽了這些話，卻開始坐不住了。

魏婉柔原本當王妃當得好好的。在六王府裡，沒少欺負人。日子過得這叫一個暢快。只是她萬萬沒想到，她父親魏曦荒唐了大半輩子，一直都在逃避。臨死之際卻突然多了幾分膽氣和擔當，居然還敢給大長公主送去一封書信，通知她嫡女的下落。

那大長公主念了許多年佛經，不問世事，已經久未與人見面。她那麼憎恨魏曦。居然還真看了他的信？

而當今聖上居然沒有半點猶豫，也絲毫沒有考慮南疆、北疆兩支軍隊制衡問題。在大長公主將事情鬧到跟前後，便直接下聖旨封陳寧寧做了寶珠郡主，並且還言明，陳寧寧與魏家無關。

一時間，魏婉柔費盡心力布下的那些局，通通都變成了廢棋。

原本二房、三房廢了，魏婉柔便通過陪房男人，找到了上京這邊的魏氏族老。又想盡辦法說服他們，去把陳寧寧認回魏家來，一族人共享陳家的榮華富貴。

為防陳寧寧不答應，他們甚至準備先把她和魏家的關係，張揚得人盡皆知。

那些魏氏族老們都是一些見風使舵、膽小怕事的老狐狸。魏婉柔左右挑撥，好不容易才把老傢伙們給說動了。如今皇上一道聖旨，任由魏婉柔再怎麼去煽風點火，花錢使銀子，那些族老們也如同死了一般，再也不願意勉強出頭。

他們對大長公主的雷霆手段有著深深恐懼。

當日，大長公主曾手持戰刀衝進了鎮遠侯府，差點就拿所有魏氏祭天。如今，若是招惹了陳寧寧，再把公主逼急了，那可怎麼辦？就算如今公主什麼都不做，只稍微給霍家軍一點暗示。也會有人弄得他們生不如死。說白了，魏氏當年位居高位，都為此膽寒，如今都只是平民，又如何敢跟公主抗衡？

第五十七章

魏婉柔那些打點魏家所花的銀子，都白白浪費了。

陳寧寧不只要當九王正妃，如今還有了靠山。更何況，此事還是魏婉柔挑的頭，非但沒害成陳寧寧，反而讓她占盡了好處，在上京城風光無限。

魏婉柔越想越氣，只因為她擁有魏氏血脈，「魏」這個姓氏，便如同蛆一般，黏在她的身上，怎麼甩都甩不掉。而陳寧寧身上也流著魏家的血脈，卻被所有人推崇備至。如今就連皇上都親口語言，她與魏家無關。

上京城裡的人，也都只認她身上流著大長公主的血脈，說她出身高貴，不愧是大長公主的後代，才會有這種出眾的商業才能。

魏婉柔實在想不明白，她分明是陳寧寧的親姊姊，從小到大長在富貴家庭，受到良好的教育。為何卻被在鄉野裡長大的陳寧寧，徹底壓制住了？還成了鮮明的對比。

魏婉柔越想越不服氣，越想越不甘心。

她真恨不得親自跑去見見陳寧寧，手撕下她那張假裝高貴的面具。再把她從神壇上打落下來，要她也變得跟自己一般，滿身上下沾滿了泥污。

魏婉柔如今幾乎是瘋了，一旦有了這個念頭，便再也下不去了。

她連忙又找來陪房的男人，叫他安排好人手，一方面去外面打聽關於陳寧寧的消息。另一方面，她又大把大把地使銀子，想要找到一些暗處的組織，為她做一些事情。

魏婉柔很快便定下了計謀。

她想公開見陳寧寧一面，甚至還要在公共場合與她交談。她就是想憑藉自己的好口才，強行認下這份親緣關係，順便噁心陳寧寧一番。好叫陳寧寧也知道，她差點被自己的親堂兄給算計了。

最好，再借力打力，順便噁心一下那些推崇陳寧寧，卻看不起她的貴女們。

若這事辦妥了。她還可以再花錢買凶處理掉陳寧寧，甚至都不用她親自動手，如此也不容易被人抓到把柄。

陳寧寧忙著與外婆團聚，與父母兄弟相處，籌辦與厲琰的婚事，還要忙著做買賣。早已把魏婉柔完全拋在了腦後。

本來魏婉柔是個寡婦，按理說，就應該老老實實留在府中，替六王好好守喪才是，實在不該再做出什麼過激的事。

可厲琰太瞭解魏婉柔的毒蛇本性了。可以說，魏家做下的那些醜事惡事，每件都是魏婉柔從中挑唆。如今魏家都已經垮了，魏婉柔還在上躥下跳，試圖挑撥魏氏族老過來對他的寧寧不利。

好在厲琰一早安排好人手，監視著魏婉柔的一舉一動，從根源攔阻她的計劃。

原本厲琰也不想再留魏婉柔的狗命。可皇上那邊千交代萬囑咐，如今太上皇好不容易不再反對他和寧寧的婚事，似乎也不打算再生事端了。不如先讓他踏踏實實過了壽誕，切不可貿然殺生，引出事端來，再給太上皇送去把柄。

因而，厲琰只得按捺下性子來，只忙著收集魏婉柔的證據，並沒有打上門去。而後斟酌著將魏婉柔私下做的事，說一些給陳寧寧聽，好讓她提防。

陳寧寧聽罷，覺得她和原主女主彷彿是宿命的敵人，終究還是會再碰面的，甚至很有可能還要較量一回。可聽完六王府中發生的事，她仍是有些難以置信。

「那魏婉柔當真親手殺了六王？那不是她丈夫嗎？」

這可是原著中的男、女主，他們不是該夜夜春宵，恩愛非常嗎？原著中，六王厲瑫登基之後，為了魏婉柔這個皇后，甚至不惜棄整個後宮於不顧，與大臣為敵，一心寵愛魏婉柔一人。而魏婉柔肚子也夠爭氣，一連生了四子一女。如今可好，這對愛侶竟然相愛相殺。魏婉柔甚至還親手結束了對方的性命。

厲琰一臉冷淡地說道：「自然是真的，六王府上的管家已經全部交代了。人證物證也都拿到了。剛好張玉芝那邊，也想辦法尋來神醫，驗出了六王是被人捂死的，並非是一口氣上不來憋死。我已經打發人把管家送到張玉芝那邊。想來有了這些把柄，在太上皇壽宴後，張玉芝必定會藉此捲土重來。有密探回報，張玉芝恐怕已經身懷六甲，是六王的遺腹子。」

陳寧寧聽了這番話，一時有些無話可說。

厲琰生怕她會吃了魏婉柔的虧，咬了咬牙，又把魏婉柔暗中做的其他勾當說了。

陳寧寧驚得雙目圓瞪，半晌才忍不住說道：「她是瘋了吧？我與她往日無怨，近日無仇，甚至還有一半血緣關係，她又何故非要置我於死地？」

莫非這就是主角跟配角之間的慣性？她與魏婉柔之間必有一戰？

陳寧寧看向厲琰，卻見他早已沈下臉來，雙眉緊蹙，把那拳頭也攥得死死的。看起來恨不得立時跑去要了魏婉柔的性命，恐怕就連皇上的命令，都快束縛不住他了。

陳寧寧從來不是怕事的人，自然也不怕魏婉柔。

她連忙拍著他手臂，又說道：「不妨事的。魏婉柔既然想見我，不如完成她的心願。便安排一次我與她見上一面，我倒要看看，她又能如何？」

「這妥當嗎？」厲琰皺眉問道，臉上帶著不加遮掩的擔心。

陳寧寧挑眉看向他，溫聲問道：「有何不妥？莫非你覺得我應付不了魏婉柔？瞧不起我的能力？」

說罷，陳寧寧便嬌嗔了他一眼。此時剛好她兩頰微微泛紅，雙目盈潤如水，如同一杯美酒一般。讓厲琰尚未豪飲，便在她的眼波中沈醉了。

於是，他連忙拉住陳寧寧的小手說道：「十個魏婉柔也比不上妳一根手指。寧寧若是願意，親自去對付她便是了。可只有一點，妳們見面，我可以不現身，卻要在妳身邊守著。魏婉柔那人性格陰損，又十分狡詐。怎麼也要提防她狗急跳牆不是？」

見他說話時，一點脾氣都沒有，反而有些可憐巴巴的，似乎只等著她一聲令下，他便會聽令行事似的，她便點頭答應下來。

壽誕那日，大長公主比太上皇長了一輩。再加上她對外仍說是終日清修，不問俗事，因而沒有參加。

陳寧寧是跟著陳父一起去的，被安排與女客們坐在一處，遇見了不少之前認識的貴女，大家相處得十分自在。

宮中御廚的手藝，實在沒話說。單單是前菜小點就十分精緻美味。

整個壽宴場面極其宏大，全國上下的義商都來給太上皇祝壽了。人多，桌位也多，負責上菜的太監井然有序，絲毫沒有一點凌亂。

只可惜，端上桌子的熱菜，大多已經變冷了。吃起來，口感味道都差了許多。而且冷菜油膩，吃多了也不好消化。因而陳寧寧便按照自己的口味，挑了一些清淡的吃。

來之前，厲琰還曾經提醒過她，要暗中提防，多加小心。或許太上皇會乘機召見她，設法弄出一些是非來，也說不定。

厲琰骨子裡便帶著一種對太上皇的不信任，毫無父子親情，根本也不把他當親爹看待。陳寧寧為了避免他擔心，只得照著他的安排來。

不過，整個壽宴過程中，始終有位皇上派下來的心腹太監，一直伴在陳寧寧左右，有了皇上看顧，厲琰那些擔心最終都是多餘的。

太上皇吃了壽宴，心裡實在痛快，難免又多飲了幾杯酒。到了壽宴結束，據說太上皇已經醉了，便回到寧壽宮休息，根本沒有召見陳寧寧。

陳寧寧便由皇上的心腹太監一路領著，送出宮門，又上了馬車。

陳寧寧上車之後，又聽見那位太監在外面，突然說道：「陳姑娘，皇上有句話想對您說。」

陳寧寧趕緊想掀開簾子下車去，又聽那位太監連忙說道：「皇上說，這不是聖旨，是大伯對弟媳的囑託，姑娘待在車中聽便是了。」

陳寧寧這才安坐下來。

只聽那太監繼續說道：「皇上說，他就把他的小九交給姑娘了。請妳往後一定好好善待他。小九從來不是壞孩子，只是被逼無奈，才做出了許多駭人聽聞的事情來。姑娘莫要因為上京城那些流言蜚語，便看輕了他。」

陳寧寧連忙回話道：「請公公轉告皇上，寧寧自是瞭解九爺為人，也信得過九爺。我欲和九爺白頭偕老，子孫滿堂。請皇上放心。」

她知道皇上其實想要她給一句承諾。可她實在說不出符合這時代的保證，例如以夫為天、她會好好伺候九王之類的話。

在陳寧寧看來，她和厲琰便是平等的，她會用自己的方式好好愛他，僅此而已。就算成婚後，兩人遇見矛盾，她也會想辦法好好溝通。

說完這些，陳寧寧便被馬車送回家去了。一路上，都有九王安排的侍衛護送。

另一邊，太監把此事回報給了皇上。

皇上聽了半晌無語，許久才開口說道：「白頭偕老，子孫滿堂。但願，她當真能做到才好。」

說著，便是一聲嘆息。

他這輩子也就這樣了，至少小九跟陳寧寧在一起能快活些，總歸還是好的。

壽宴過後，那些義商陸陸續續都回去了。

而陳寧寧這邊便決定在婚前，為外婆和父母兄弟祈福。於是，便打算在十五這日，去護國寺燒香。此事很快傳了出來，有些相熟的貴女便打算一同前去，也好跟陳寧寧一起在西山遊玩一番。

魏婉柔收到消息後，便覺得機會終於來了。

原本她該留在府中，操辦六王的喪事，她便特意給自己找了個藉口，說是六王託夢給她，她要去燒幾炷香。

等魏婉柔上山到了護國寺，草草上了香，供奉了香油錢，便往大殿外面走去。

一個鷹眼大和尚迎面而來，他覷了魏婉柔面相一眼，上前阻攔，開口說道：「佛祖有云，苦海無邊，回頭是岸。女施主還是三思而後行為好。」

魏婉柔聽了這話，冷笑著看向那鷹眼大和尚，低聲說道：「這世上若真有佛祖，為何不來度我？救我？」

說罷，魏婉柔便甩袖子冷笑而去。

大和尚看著她的背影，不禁搖了搖頭。果然不是所有人都能放下屠刀立地成佛的。

這時，又有一個小和尚近前來，喊了一聲。「師父，可要去攔住那位女施主？」

大和尚卻輕輕搖頭道：「攔不住了。」

魏婉柔沒將此事放在心上，只覺得那和尚實在好笑得很。這世上，若當真有一人能夠救她，她也不至於淪落至此。如今她所有事情都做下了，人也殺了，卻突然有人來勸她放下屠刀？

實在可笑，這屠刀早已放不下了。既然她活得不夠痛快，別人也別想好好活著！

就這樣，魏婉柔帶著丫鬟、婆子，向著女眷們最喜歡的後山過去。一路上，果然看見許多女眷在休息賞景。

魏婉柔一鼓作氣，走到一處清靜內院。透過院門，果然見到陳寧寧正和幾位心高氣傲的貴女一起坐在亭子裡，品嘗著點心。

那幾個貴女一邊吃著點心，一邊說說笑笑。

其中，鹿小姐開口說道：「實在沒想到，寧寧的身分竟是如此尊貴。如今倒要喚妳一聲『寶珠郡主』了。」

說著，便作勢要給陳寧寧行禮請安，卻被陳寧寧一把拉了回來，又說道：「沒得這麼笑話我的。當日裡，我初來京城，妳們幾個也不曾嫌棄我是個遠道而來的鄉下人，還願意和我做朋友。有好玩的、好吃的，也都想著我。怎麼，難道如今我變了身分，妳們就不願意把我當成朋友看待了？」

鹿小姐連忙說道：「妳這又是哪裡的話？咱們可是過命的交情。就算妳成了郡主，也是我們的朋友。」說著，便拉過了陳寧寧的手，緊緊握住。

其他幾位姑娘聽了，也都笑作一團。

沈小姐甚至還打趣起鹿小姐來。「寧寧，妳可不知道，小鹿知道妳的身分後，可是嚇了一跳，還怕妳今後不同她一起玩耍呢。」

陳寧寧便笑著看了她一眼，又說道：「小鹿姑娘事事都為我操心，說是最好朋友也不為過，我哪裡又捨得下她？」說著，還忍不住上手捏了捏鹿小姐的臉。

幾位貴女見狀，也都笑了起來。

魏婉柔見不得她們這般得意。同時，心裡也十分嫌棄這種虛假的情誼。她甚至認定，鹿小姐、沈小姐之所以這般討好陳寧寧，無非是因為她當上了郡主，背後有大長公主撐腰，因而十分不齒這些人。

早前，魏婉柔沒少受貴女的氣，如今累積到一處，一起爆發出來。她打定主意要讓這些人一起下不了臺，便直接往院中闖，嘴裡還說道：「妹妹！我的好妹妹，如今可算與妳相見了。」

只可惜，她還沒走進院裡，便被幾個嬷嬷給攔住了。

魏婉柔定睛一看，其中一位劉嬷嬷正是當日服侍大長公主的，如今竟跟了陳寧寧。

那會兒，魏婉柔作勢去給公主贖罪，可沒少受這些嬷嬷的冷言冷語。偏偏她還必須在這些老刁奴面前，伏低做小，從未有過一時舒心。如今正好，她一併報了仇！

想到這裡，魏婉柔也不管那些嬤嬤怎麼攔，只是雙目含淚，一邊往裡闖，一邊還說道：「不管怎麼說，陳寧寧也是我血脈相連的姊妹，難不成妳們這些刁奴還非要攔著，不讓我們姊妹相認？如今魏家可就只剩下我們孤苦伶仃的兩姊妹了。若我們不能和睦相處，我父親定然死不瞑目，明珠郡主也不會安心。」

劉嬤嬤一聽她還有臉提明珠郡主，頓時便氣不打一處來，開口罵道：「我家小主子與魏家何干？早些年，妳利用公主殿下的威名，四處張揚，散播謠言，說殿下看重於妳。那時候，殿下為了郡主一心禮佛，哪裡還顧得上同妳這種下三濫的女子一番見識？如今可好，妳胡亂攀親還攀上了癮，居然還敢招惹寶珠郡主？誰給妳的膽子？」

魏婉柔這時也不哭了，反而開口說道：「再怎麼說，我如今也是六王正妃，亦是有品級的皇親國戚。是誰給妳這老刁奴的臉面，讓妳這般同我說話？來人，把這老刁奴拖下去掌嘴。」

眾人也沒想到，魏婉柔竟然這麼大的膽子，連大長公主的顏面都不給，直接就想處置公主的人。更荒唐的是，魏婉柔帶來那些粗使的婆子，甚至都搞不清狀況。一得了王妃的命令，當真便過去拉扯劉嬤嬤了。

這時，月兒實在看不下去了，幾步上前，便把那兩個婆子打飛了出去。直接斷了她們的手臂。

月兒嘴裡說道：「誰敢對劉嬤嬤無禮？」

魏婉柔站在一旁看著她，一臉詫異地問道：「這又是哪裡來的野丫頭？妳主子平日裡，沒教妳上京城的規矩和禮儀嗎？見了本王妃，妳為何不下跪？又為何對本王妃的奴才下手？」

月兒並不作聲，只是冷冷地看著魏婉柔。

這時，陳寧寧突然上前說道：「六王妃，妳就算想見我，也沒必要拿我的人撒氣。妳要說什麼，直說便是，正好我也有事情，想請教六王妃呢！」

魏婉柔一見陳寧寧肯出面，也不折騰下人了，反而紅著眼睛看著她，一臉懷念地說道：「寧寧，妳終於回來了。妹妹呀，好妹妹，這些年，我實在想妳想得緊。」

陳寧寧淡淡地看著她，挑眉說道：「還請六王妃不要把姊妹掛在嘴邊。當今皇上親自下的旨意，我與魏家並無半點關聯。莫非，六王妃還想抗旨不遵不成？」

魏婉柔皺著眉，仍繼續說道：「俗話說，國法不外乎人情，當今聖上之所以會下那樣的旨意，定然是不知道當日發生的事情。妹妹呀，那時候妳年紀尚小，大概也已經不記得了。當日裡，魏家為了尋妳，可把上京城都給翻過來了。母親也是因為思念妳，才一病不起，最終還是去了。」

說到這裡，她故作感傷地擦了擦眼角。

偏偏，陳寧寧完全不吃她這一套，反而問道：「當日，不是妳親生母親陸氏，買通下人把我送出後花園的嗎？至於我母親明珠郡主，不是因為魏家把妳送過去，想要魚目混珠才被活活氣死的嗎？我實在想不明白，魏婉柔妳有什麼臉跑到我面前，堂而皇之地唱大戲？妳該不會以為我真的什麼都不知道吧？」

這時，鹿小姐和那群貴女也坐不住了，紛紛圍上前來，對陳寧寧說道：「早說了，寧寧，妳要提防她。妳之前還為她說話，如今可算知道她是什麼人了吧？」

「她若是真有半點自知之明，就不會一直打著公主殿下的名號，假稱自己是殿下認下的外孫女了。」

「她若是有些廉恥，也不會故意陷害六王，六王可是被她給害慘了。」

魏婉柔也沒想到，這些貴女非但沒有因為魏氏血脈疏遠陳寧寧。反而一直幫著陳寧寧，來踩她、羞辱她。這些貴女居然還像從前那樣，一點顏面都不給她留，還把她當作病貓呢？

魏婉柔怒從心頭起，剛想叫手下的婆子去掌那些貴女的嘴，卻見月兒正虎視眈眈地站在一旁，瞪眼看著她。就好像她這邊一旦有個風吹草動，月兒也要下死手了。

魏婉柔早就看出來了，月兒會武，她這邊五大三粗的粗使婆子們根本不是月兒的對手。

魏婉柔只得暫時把這口氣先壓下，又繼續對陳寧寧說道：「妹妹，妳莫要聽外人的挑撥。咱們魏家發生那些事情，又豈是外人能知道的？她們分明就是挑撥咱們姊妹不和。若是父親、母親泉下有知，知道咱們鬧成這般，定是會傷心難過的。」

陳寧寧看著她，像是想透過魏婉柔這層人皮，看看她身體裡到底藏著什麼怪物。

陳寧寧搖頭說道：「我這些姊妹根本不屑提妳，也沒有提過魏家。方才我所說之事，都是我外婆親口告訴我的，還有魏曦留下的親筆書信。魏婉柔，妳怕是還不知道吧？魏曦自盡前寫了聲明，讓我與魏家徹底斷絕關係。我不是魏家人，妳不用跟我攀親。妳若實在有意同我親近，我倒想問一句，魏婉柔，當日妳給魏曦的那封信，到底寫了什麼？逼得他當晚就自盡了。妳總是說，魏曦死不瞑目、魏曦會不甘心。我倒想問問，魏婉柔，妳逼死了妳的親生父親，難道不會良心不安嗎？若魏曦當真在天有靈，他不會去找妳？」

聽了這話，魏婉柔不知怎的，突然想起了那一日在魏曦書房中的情景。一時恐慌，不由自主地後退了一步。

在場的所有人都看得出來，魏婉柔是在心虛，偏偏她自己卻故作強硬地說道：「怕是陳姑娘誤會了，父親出了意外，我也十分痛心。只是此事與我並無關聯，陳姑娘莫要含血噴人。再說，妳又不是魏家人，又以何種身分質問於我？」

第五十八章

眾人也沒想到，魏婉柔居然直接轉變了口風，還想以此再刺激陳寧寧。這話有個陷阱，陳寧寧若是當真因此承認了她是魏家女，反而會中了魏婉柔的圈套。

不過陳寧寧此時並未被激怒，反而開口說道：「既然如此，六王妃莫要再來見我，咱們本就不相干。只是有句話，倒想說來給王妃聽聽，夜路走多了，總會撞上……」

她還沒說完，便被魏婉柔給打斷了。「既然不是姊妹，我的事情還輪不到妳來管！」

陳寧寧不急不惱地又回道：「還望六王妃多珍重。」說罷，便帶著幾位朋友，轉身往院裡走去，看上去還要繼續喝茶吃點心。

瞧她這副不痛不癢的樣子，魏婉柔受了刺激，跳起腳來便罵道：「陳寧寧，妳別以為妳會好到哪裡去。就算不承認，妳身上也流著魏家人的血。魏家早就被詛咒了，所有姓魏的都逃不了。陳寧寧，妳也別想好過！妳會不得好死的！」

說這話時，魏婉柔的眼神就像毒蛇一般，語氣中還帶著一股莫名的自信。

因為，她早已經暗中花重金買了殺手，很快就會取了陳寧寧的命。

陳寧寧回過頭來，看向她，淡淡說道：「我姓陳，與魏家何干？我曾聽說過一句話，最後送給妳。心中有佛所見皆佛，心中有屎所見皆屎。魏婉柔，妳總想詛咒別人下地獄，卻不知，妳早已身處地獄之中。」

聽了這話，魏婉柔越發氣得發狂，她失控的想衝上前去抓住陳寧寧，卻被那些嬤嬤攔住了。甚至，還有人直接喚來了一隊官兵。

魏婉柔當場便發飆道：「我是六王妃，是皇親國戚，如今倒要看看你們誰敢對我無禮！」

這時，那隊官兵卻上前說道：「咱們找的便是六王妃魏婉柔。如今六王側妃張玉芝，聯合趙家狀告六王妃魏婉柔謀殺親夫，謀害側妃趙氏及其他妾室，此事已經驚動了皇上，責令順天府定徹查此事。」

說著，官兵便上前拿人。

魏婉柔怎麼也沒想到，竟然還有這一遭。再看向院內那些貴女，特別是陳寧寧，此時已經停下腳步，轉過身來，定睛看向她。

陳寧寧並未露出奚落嘲笑的神色，仍是目光如水，不帶半點情緒。

可偏偏就是這樣的平淡，激起了魏婉柔心中的怨氣。

她不管不顧地喊道：「大膽，無禮，我可是六王正妃。你們怎麼敢如此對待我？」

一旁的官兵可不管她那麼多，反而罵道：「犯婦魏氏，皇上下令，捉妳歸案，要為六王討回公道。如今罪證確鑿，妳還敢抗旨不成？」

魏婉柔仍是滿臉怒意地說道：「我根本就是被冤枉的，我不服！我要去御前告狀申冤！」

那些官兵原本還顧及她的體面，不想直接對她動手。可魏婉柔實在不識趣，甚至還推開丫鬟，妄圖逃跑。但官兵個個身強力壯，很快就制住了魏婉柔，像抓小雞一樣把她提了回來。

魏婉柔仍在拚命掙扎，嘴裡也不閒著，一直在罵天罵地。甚至還說，當今皇上偏聽奸邪之言，硬要逼死忠良，置她這可憐的寡婦於死地。

官兵實在沒耳朵聽了。只得趕緊把魏婉柔綁起來，嘴裡塞了東西，這才讓她安靜下來。

看著那夥官兵提著人漸漸遠去。院中的貴女們也忍不住紛紛說道：「這魏婉柔怕是瘋了吧？六王薨了以後，她怎麼突然就變成這樣了。倒像是再也沒人能管束她似的，簡直就是無法無天。」

「妳們不覺得，方才官兵說的那些事情很可怕嗎？六王爺當真是魏婉柔謀害的嗎？還有趙側妃她們。」

「妳沒聽官兵說，罪證確鑿嗎？雖然還沒有定論，魏婉柔就是凶手。但這些時日，六王府裡當真就像受了詛咒一般，可沒少死人。」

幾個姑娘你一言我一語，臉色都不太好看。

沒辦法，這次聚會被攪了雅興。姑娘們只好暫時互相告別，各自回家去了。陳寧寧很是細心，安排人把這些姑娘逐一妥善送回家。

很快，魏婉柔的事情就傳開了。護國寺的香客們走了大半，整個寺院都變得清靜起來。

九王厲琰這才從隔壁院落走出，又打發人去趕來陳府的馬車，對陳寧寧說道：「咱們也回吧。」

說著，便先扶著陳寧寧上了馬車，他也隨後登了上去。

兩人難得同乘坐一輛馬車，陳寧寧便忍不住問道：「你不是一向很注重禮儀嗎？」

自從來到上京之後，厲琰為了顧忌她的名聲，鮮少在人前與她親近。這次卻沒有騎馬，反而跟她一起乘車了。

厲琰皺眉說道：「這次與往日不同，魏婉柔雖然被抓了，可我這顆心卻亂跳得厲害，總擔心會有其他事情發生。倒不如坐在車裡，貼身保護妳的安全。」

陳寧寧聽了這話，便忍不住握住他一隻粗糙的大手，又說道：「罷了，你坐車便坐車吧，握著我的手，這下可放下心了？」

說著，便朝厲琰展顏一笑，瞬間眼角眉梢盡是說不出的溫柔。

厲琰反握著她的小手，又說道：「哪能放下心來？妳一日沒有嫁給我，它便總懸在半空中，怦怦亂跳，不信妳試試？」說著，便把她的手貼近自己的心口。

陳寧寧果然感覺到了，激烈的心跳聲。

其實，太上皇壽宴那日，寧寧便察覺出來了。要說厲琰平日裡也是個殺伐決斷的性子，還有點天不怕地不怕的勁頭。可一旦涉及到她，厲琰便會變得格外小心謹慎。不但喜歡把所有事情都掰開揉碎分析，還喜歡未卜先知，做出種種假設。生怕她會因為一點小事丟了性命，簡直就是把她當作小娃娃來照顧了。

對此，陳寧寧也不好埋怨，只得耐下心思來，細細安撫厲琰。「我們很快就成親了，到時候，咱們終日都在一座府中，你也不必這般提心吊膽了。」

說著便把頭靠在厲琰的手臂上，想用這種親近，讓厲琰安下心來。

但厲琰卻仍緊緊握著陳寧寧的手，與她五指相扣。感到他身上的肌肉仍是有些緊繃，陳寧寧也不好再說什麼，只盼著早點到家就好。

可惜，一路走到山下的小鎮裡，卻偶遇了一場突發事故。

一輛馬車正好撞到了做小買賣的人，傷者躺在路中間，鬧著讓馬車主人賠錢。四周圍了不少老百姓，正在指指點點。

這段道路不夠寬，前面又有一群人擋著，陳府的馬車想越也越不過去。

負責趕車的張老頭，也算經驗豐富。再加上四周並沒有跟著其他人。張老頭索性便把馬車停到一旁，親自過去，叫前面的人讓出道路來。

也就在這時候，人群裡突然走出兩個柴夫打扮的人，直接從柴堆裡抽出鬼頭刀，朝著馬車便劈了過來。他們下手極狠，速度又快，似乎想直取車內人的性命。

可惜，厲琰早有防範，抽出他的新亭侯寶刀，隨手便將那兩把鬼頭刀擋了出去，又把陳寧寧護在身後。

此時的陳寧寧當真是呆若木雞。她實在沒想到，厲琰的預感竟成真了。

下一刻，厲琰一個用力，就把馬車頂蓋挑開。許多護衛一擁而上，直接就將那兩個刺客給制住了。

厲琰又安排陳寧寧換了一輛馬車，親自騎馬帶隊，一路把她送回到陳府，又派了不少暗衛，寸步不離地保護她的安全。

等這一切都處理好了，厲琰才回到王府去審問那兩個刺客。這才得知，兩人正好是魏婉柔安排的最終的後手。

原來，魏婉柔天性多疑，並不十分信任陪房男人安排的刺客。生怕此事不成，要不了陳寧寧的命。於是，她動用了魏老夫人給她留下的最後一點暗線，安排了魏家最後剩下的人，吩咐無論如何也要殺死陳府馬車裡的人。

這才有了偷襲這一遭。

只可惜，魏家最後這點人，並非專業殺手，不過是魏曦好心救下的傷兵後代罷了。他們感念魏曦救命之恩，才願意替魏府效力。又因為久居山村，並不瞭解上京近來發生的事情。在得知魏婉柔安排他們刺殺的，是鎮遠侯府餘下的真正嫡女之後，這兩兄弟氣得破口大罵。他們就沒見過魏婉柔這樣的畜生，竟連嫡親妹妹也不放過。若是此事當真做成，他們又有何面目去見魏侯爺？

於是，這兩兄弟一不做二不休，把魏婉柔全部老底都交代了。

九王又安排手下人，紀錄下兩人口供，連帶著他們提供的證據，一起送去順天府。

若說魏婉柔一開始料定，張玉芝那裡證據不足，順天府定不了她的罪。

卻不想，曾經在她身邊服侍的心腹丫鬟小嬋；幫她做了不少惡事的管家；發誓對她忠心的陪房；以及祖母留給她的最後暗線，竟都跪在一起，供述了她所有的罪名。

魏婉柔被強押著跪在一旁，聽著眾人各自講述她行凶的經過，只覺得雙耳轟轟作響，竟像是打雷一般。

她又看向那一張張熟悉的面孔，第一次真正體會到，什麼叫作眾叛親離。

特別是看見小嬋那遮著紗帽的臉時，魏婉柔險些想不起小嬋原本的長相了。

魏婉柔忍不住開口說道：「小嬋，就算我對不起別人，也算待妳不薄，妳又為何要陷害我？」

小嬋回過頭來看向她，搖了搖頭，摘下紗帽，露出帶著燒傷的臉頰，說道：「這便是我的報應。小姐，妳做的錯事已經夠多了，不能再錯下去了。倒不如小嬋陪妳贖罪吧。小姐放心，小嬋會陪妳的。」

聽到贖罪這個熟悉的詞，魏婉柔撇了撇嘴，滿臉諷刺地說道：「我沒錯，為什麼人人都逼我贖罪？當年事發時，我不過五歲幼童，何錯之有？為什麼沒有人憐惜我、體諒我？為什麼所有人都把我當成工具？」

聽了這話，那樵夫兄弟便忍不住罵道：「妳只會說自己無辜自己可憐。卻不想想嫡女又有何處對不起妳？妳倒好，竟誆騙我兄弟二人去刺殺嫡女？魏婉柔，妳蛇蠍心腸，罪該萬死！」

魏婉柔聽了這話，只是冷冷嗤笑了一聲，卻仍不肯認罪。

可事到如今，所有證據都齊全了。官老爺根本不管魏婉柔如何詭辯，直接發令，若不畫押，便要對她用上十八般刑具。

魏婉柔雖說也受過飢餓之苦，但身嬌肉貴，實在怕疼，只得畫押，被判秋後問斬。

直到這一刻，魏婉柔才想起了自己的孩子。

她看向張玉芝時，發現那女人正摸著自己的肚子，臉上露出古怪又得意的笑容。

魏婉柔瞬間就明白張玉芝也給六王爺下了藥，十有八九已經懷上了，這才來找她算帳。

此時魏婉柔也顧不得其他，尋了個機會，便猛地向張玉芝身上撞去，卻被一旁的粗壯嬤嬤一把推開，直接摔倒在地上。

張玉芝受了不小的驚嚇，緩過來後忍不住冷笑道：「事到如今，魏婉柔，妳還想害人？只可惜，從前妳教會了我如何防備。如今正好用在妳身上，在關鍵時刻保我活命，還真是一報還一報。」

說罷，她又故意大聲說道：「王妃，妳且放心，我倆姊妹一場，昔日妳那般照顧我，往後我定會好好照顧世子的。」

魏婉柔聽了這話，幾乎快要發狂了，嘴裡罵道：「毒婦，分明是妳給王爺下藥，害了他性命。又反過來陷害我。我就算做鬼也不會放過妳。」

一旁的衙役生怕她又惹事，將她狠狠按住。

魏婉柔仍在大喊道：「是張玉芝害了六王，是她做的。老天有眼，定會讓她受到報應。」

只可惜，事到如今，已經沒有人聽她的話了。

魏婉柔直接被衙役拉了下去，等待她的只有坐牢和秋後問斬。

這件事在上京城裡引起了轟動，很快便在街頭巷尾傳播開來。一時間，權貴人家越發確定，娶妻當娶賢，選兒媳婦還是要以人品家教為主。

原本有些年輕不知事的少年公子，迷戀過魏婉柔那種類型的柔弱女子。此時卻被魏婉柔的那些狠戾手段，嚇斷了魂，也乖乖回去接受家中安排的婚事了。更有一些喜愛小妾們的大老爺們被這一案件觸動，甚至開始反省，也對明媒正娶的夫人多了幾分體貼。

當然這些事情，都與陳寧寧無關。

魏婉柔算是罪有應得。一步錯，步步錯，做下了那麼多錯事惡事，自然也要受到應有的懲罰，這本就無可厚非。

只是對於陳寧寧來說，她曾經看過的那本書裡內容已經徹底結束了。此時，書中的世界已經變成了她的世界，她只需要努力經營好自己的生活，盡情與外婆相聚，享受父母天倫，放手擁抱愛情，也就足夠了。

陳寧寧成婚那一日，說是十里紅妝也不為過。

陳寧寧坐在轎子裡，聽著外面吹吹打打的奏樂聲，只覺得自己也變得喜慶快活起來。

昨夜臨睡前，母親曾與她同榻而眠。和她說了不少夫妻相處的體己話，還悄悄給她塞了一個小冊子，讓她自己悄悄看了。

那本小冊子，可以算是古代女子私藏的婚前教育指南。

陳寧寧抽空悄悄翻看了，倒也畫得活靈活現。看完果然也算受教育了。只是她卻有些哭笑不得。

不知從何時起，她跟古代閨秀慢慢開始重合。她不再排斥生活中因為缺乏現代工具，帶來的種種不便，反而享受起這種傳統的生活。

至於那些現代生活的記憶，也如同浸過水一般變得越發模糊不清。

緊接著，就是一系列古代結婚禮儀，陳寧寧很快被人送進新房裡，頂著紅布蓋頭，安坐於床上。

這時候，她才感覺郡主的頭飾相當沈重，紅蓋頭也弄得她有些透不過氣來。

從大清晨起，便開始梳妝打扮。一整天都在任人折騰。到了此時，陳寧寧的肚子早已餓得不行。只是按照婚禮的規矩，新嫁娘怕是只能等著丈夫來了。

就在陳寧寧暗中摸著自己的肚子、坐著發呆的時候，喜兒突然走進來，給她送了一碟糕點，又輕聲說道：「王爺讓我送過來的，吩咐千萬別讓咱們姑娘餓著了。還說，如今在上京城，禮節繁瑣得很，他少不得要做做樣子，應付一下那些朝臣。等到將來，咱們回到潞城，姑娘就可以自在行事了。」

陳寧寧點了點頭，喜兒又悄悄拿水來給她喝，墊過胃後，她總算舒坦了些。

也不知道過了多久，陳寧寧只覺得整個院子忽然就安靜了，喜兒她們也出去了。她突然有些緊張。

果然不大會兒的工夫，厲琰便拿著玉如意，掀了她的紅蓋頭。

一時間，兩人四目相對，陳寧寧下意識朝著那人露出一個甜甜的微笑。

那人卻連忙幫她卸下頭上沈重的裝飾，給她揉按脖子，一邊說道：「我早說讓她們先把妳這頭飾給卸了，看起來怪重的。她們非說不吉利，把妳累壞了吧？」

厲琰也不知道從哪裡學的推拿手段，陳寧寧緊繃了一整天的肩膀，在他的推拿下，竟慢慢放鬆下來。

她舒服地嘆了口氣，又說道：「我娘說總要有這一遭的，也就一回，忍忍便罷。」

「妳我之間，不必計較這些虛禮的。偏偏那些大臣吃了熊心豹子膽，一個勁拖著我。」

兩人之間你一言我一句說著話。慢慢地，氣氛終於變得灼熱起來。

厲琰忍不住抱住陳寧寧，附在她耳邊說道：「我終於娶了妳，我的新娘子。我的心願達成了，心裡實在好快活。」

陳寧寧被他那溫熱的氣息弄得說不出話來。只得動手拉下了簾子。

一時間，屋內春色漸濃。

成婚後，陳寧寧便跟著厲琰進了宮，見了皇上。

陳寧寧終於有機會近距離看看皇上的長相。

不同於六王爺那種浮於表面上的英俊端正。皇上雖然看著有些偏瘦，可渾身上下都帶著風骨，面上一派端正平和，眼神清明又不失銳利。

他看向陳寧寧時，雖然面上帶著笑，說話時也足夠和顏悅色，但總是少了些溫度。直到看向厲琰，皇上眼中的笑意才真正化為實質。

他甚至對厲琰打趣道：「如今，可算成親了，往後小九便踏實下心來，好好過日子吧。少給我惹出兩樁麻煩事也是好的。」

厲琰便正色說道：「只要別人不來招惹皇兄，我定然會好好過日子。」

皇上聽了這話，笑著搖了搖頭，又說道：「如今我身子已經大好了。過些時日，你便帶著寧寧回潞城去吧。之前不是一直在說，去到潞城，沒了那些古板的約束，你反而能自在些嗎？」

厲琰聽了這話，已經顧忌不了別人，全然不怕丟臉，連忙又說道：「皇兄不會思念小九嗎？那潞城離上京很遠的。」

皇上聽了這話，更是笑得瞇起眼來，又說道：「那小九再回來看望皇兄便是了。」

此時皇上的聲音很軟，就如同跟孩童說話一般溫和，而厲琰也不再是那個殺伐決斷的冷面王爺，反而一臉孺慕地看著皇上。

一時間，時光似乎倒退了十幾年，彷彿又回到了他們年少時，兄長帶著弟弟長大的樣子。

只是，皇上很快便垂下眼，藉此掩飾自己的情緒，又溫言說道：「還記得幾年前我對你說的話嗎？」

厲琰點頭說道：「雄鷹長大了，總要展翅高飛。皇兄希望看見我比任何人飛得都高。」

皇上抿了抿嘴。那時候，他說這話，不過是為了讓小九能夠活下去。想著若是有一天，他當真堅持不下去了，小九也能有些自保的手段。

可現如今，他心中不捨，嘴上卻咬牙說道：「好了，帶著你的王妃回吧！」

皇位之於他是權力無限的象徵，同時也是一把巨大的枷鎖；年少時，他便身染劇毒。很長時間裡，只能纏綿於病榻，如今更是要永遠留在這座上京城裡。

他會做個好皇帝，盡全力天下太平，河清海晏。唯有一點私心，只是想讓自己一手養大的孩子，能夠展翅高飛，過他自己想要的逍遙自在的日子。

至於南疆北疆，他不會去想，也不是要賭，他只是相信小九。

厲琰帶著陳寧寧對皇上深深行了一禮，便起身離開了。

出門前，他忍不住回頭看了一眼，只見皇上一直朝著他笑，滿眼都是溫柔喜氣，就像上次送他離開時那般。

厲琰握緊了陳寧寧的手走遠了。

一直到離開皇宮之前，厲琰都十分緊張。即便早已做好安排，又有皇上給的人手，他仍是怕太上皇突然想出什麼壞點子，來對付寧寧。

可事實上，這次厲琰還是猜錯了。太上皇並沒有做什麼，甚至都沒有召見他們，連表面上的關懷問候，也都沒有。

兩人很順利地離開了皇宮。

上了馬車之後，陳寧寧忍不住打趣厲琰。「你很怕皇宮嗎？就好像那裡會吃人似的。」

厲琰若有所思地看著她，又說道：「本來就是吃人的地方。幾年前，我曾想過帶著兄長離開，然後遍尋名醫，救他性命。可兄長卻說，他不能走，從他出生開始，他的命運便注定了，他不會逃避。」

陳寧寧忍不住說道：「皇上很好呢。」

厲琰垂著眼睛，點頭說道：「可不是？有兄長在，天下都會變得很好的。」

而最不好的便是兄長自己了。

厲琰好幾次跟兄長談論過留在上京一事，想要一直守著他的安危，可兄長卻說道：「小九，你若當真不放心，就替我守好南疆吧。其他事情便不用了。」

厲琰最終是答應了。

或許是覺得，兄長肩上的負擔太重。他最終還是決定，以這種方式為他分憂。

第五十九章

頭髮眉毛都白了的太上皇到底沒忍住，還是親自找上了皇上，問道：「厲瑭，你就決定這麼放他們走了？」

這才沒過多久，太上皇的脊背都彎了，眼睛也變得越發渾濁了。

皇上淡淡地說道：「他們的確該回去了。」

太上皇又說道：「你當真要放虎歸山，就不怕猛虎轉過頭來，將你吞噬。」

皇上只是輕輕看了他一眼，過了好一會兒，才開口說道：「如今太上皇身體不好，留在寧壽宮好好休養生息便是。」

太上皇不是不想對付陳寧寧，也不是不想截下厲琰。若當真依了他的意思，還是解決掉這個隱患才好。只可惜，他當日選擇的繼任者，實際上也是個狠角色。早已在不經意間，架空了他的權勢，把他的心腹都調離了上京城。

就算太上皇再如何想作妖，他也如同一隻年老體衰的老虎，所有爪牙都在不經意間掉落光了。再野心勃勃，也只能留在寧壽宮頤養天年了。

朝中大事，就這樣無聲無息完成了一次交替，如今皇上才是王朝真正的主宰。

太上皇還是不甘心。他實在太擔心，霍家軍和殷家軍攪在一起。若當真讓兩支軍隊變成一家。到那時，對於整個皇權、整個帝國，都是個大威脅。

正因如此，太上皇幾乎是孤注一擲，想出了種種計謀。甚至一度動了念頭，想把陳寧寧扣在上京城做人質。

他想著，此事不如就由他這老父皇出手，九王就算知道內情，頂多也只會怨恨他，並不會記恨皇上。到那時，九王仍是會為皇上唯馬首是瞻，為慶國盡心盡力。

只要辦妥這件事，太上皇甚至覺得，他即便立時就死了，也沒有任何遺憾。這也算是件利國利民的大事。

皇上唯一要做的，便是睜一隻眼、閉一隻眼，放開手腳任他行事就夠了。

太上皇自然不敢做得太過明目張膽，只在私底下指揮最後的心腹暗中行事。

只可惜，千算萬算，卻沒想到，皇上竟是那般固執。

居然當真讓自己手下，為九王妃擋下了刀，把九王妃保護得滴水不漏，沒傷到分毫不說，回過頭來，還把太上皇最後的勢力也給處理了。

等太上皇收到消息，氣得一口氣上不來，直接昏死過去。

皇上又跑來，裝模作樣的給他盡孝了，甚至還親自捧碗給他餵藥。

就算皇上此時再多麼孝順，太上皇也完全高興不起來。一抬手，便把藥碗打翻在地，破口罵道：「都不用你動手，也沒動你那心肝寶貝的九王，就稍微動一動陳寧寧，便可以保我大慶江山無憂。你又何故阻撓我？你是不是非要活活氣死我才甘心？」

那碗藥直接灑在當今皇上的衣服上，弄出一大片污漬。皇上不僅沒有躲，眉頭都沒皺一下，只是吩咐太監。「再去給太上皇煎一碗藥來。」

太上皇一聽，他居然還有心思去理會那些藥，卻獨獨不肯理會他，便又罵道：「如今，你都不願意跟我說話了，是不是？」

皇上這才看向他，那雙眼就如同海水一般，波濤翻滾，夾雜著一股狂怒。他終究還是沒有忍住，正色說道：「若不是我出手攔了，恐怕如今已鑄成大錯。小九也是你兒子，你為何不能憐惜他？你對明珠郡主便是如此。大長公主那般信賴你，把明珠託付給你，替你鎮守萬里江山，你那時也曾把明珠當親生女兒養大。這些年，午夜夢迴，你都不曾後悔過？他們是人，不是你隨意操控的棋子。人心不能這般玩弄！」

說罷，皇上拂袖而去，再也不願意理太上皇。

太上皇看著他那漠然的背影，不禁老淚縱橫，又說道：「你懂什麼？你才當了多久的皇帝？我做這些還不是為你做嫁衣。你要當明君，不願意髒了自己的手，我幫你做便是了。你卻不識好人心，翻過頭來又罵我？我是你爹，你是我兒子。」

說著，他又用力地捶著自己的胸口。「我這些年最疼愛的那個到底是誰，你難道還不清楚嗎？」

皇上回過頭來，冷冷地看著他，開口說道：「大可不必如此，你若真疼我，就放小九夫妻離開上京城吧！別再阻攔他們。」

「你……」太上皇指著他的鼻子，顫著嘴唇，一時竟說不出話來。

可皇上到底不再是小孩子，也不是那個甘願在他面前伏低做小的愚孝兒子。此時的他，就如同一把利劍一般。似乎一旦皇上做出決定，所有人都要遵從。

到最後，太上皇在這次交鋒中退卻了。

父子二人仍是冷臉相對，可這次太上皇卻不敢再分辯。

這時，皇上又對跪了一地的太監吩咐道：「小心伺候太上皇，若有不適，便叫太醫來。」這才大步離開。

他雖然身材瘦削，看上去並不強健，但是每走一步，卻都堅定無比。

太上皇看著兒子的背影，久久無法移開自己的雙眼。最終卻化作了一聲嘆息。

說來倒是有些好笑，太上皇這輩子都在利用身邊的人，就連親情也被他用了個徹底，曾經最支持他的大長公主，早已與他形同陌路。甚至因為他準備對陳寧寧下手，大長公主那邊其實也已經暗藏伏兵，就差直接跟他鬧翻，來個魚死網破了。

陳寧寧如今便是大長公主的眼珠子。為了她，大長公主甚至不惜背上永世罵名。

皇上和太上皇完全相反，為人寬容大度，懂得尊重人心，也重感情，並且有足夠強大的手腕。因為他及時出手，下手又準又恨，不只處理了太上皇的勢力。從另一方面來說，他也阻止了一場戰爭。

正因如此，大長公主才下定最後決心，把自己的賭注，押在皇上身上。

隔天，她便直接去見了皇上。

大長公主和皇上到底說了什麼，又做出了怎樣的約定，旁人到底無從得知。太上皇唯一能打探到的，便是大長公主把自己的私印給了皇上。

太上皇聽說此事，不禁大吃一驚。

要知道，大長公主在北疆鎮守了二十餘載。不僅守住了大慶疆土，同時也贏得了霍家軍的愛戴。

雖然這十多年來，她沒再回北疆，可她的人早已滲透到霍家軍和北疆的各個命脈。可以說，大長公主的私印堪比軍中虎符。

太上皇防了大長公主這麼多年，就是怕她心生反意，可大長公主卻從未屈服於他，也不曾上交過私印，如今卻直接給了他兒子。

一時間，太上皇心情無比複雜。更讓他想不到的是，幾日後，霍元帥的女兒便被送入宮裡。皇上下旨，直接封了貴妃。

此舉讓太上皇越發震驚。只是，後宮制衡並不比前朝容易。況且，皇帝在年少時傷了根基，子嗣單薄，選了背景這麼強勢的貴女進宮，一個弄不好，反會釀成禍端。

太上皇推測著，或許皇上會偏寵貴妃，卻不給她子嗣。與此同時，還會扶持另一個有權勢的貴女來制衡貴妃。卻不想皇上並沒有如此行事，反而對後宮一視同仁，甚至都沒有暗中給貴妃用上宮廷避子手段。

太上皇頓時氣得又想罵人，可惜皇上已經很少過來看他了。他們父子之間的關係，不知何時，已經降到了最冰點。

原來，皇上並沒有那麼看中仁孝的名聲。他之前到底還是對太上皇抱有些許期待，才會來看他，才願意孝順他。如今連最後的期待也沒了，自然便不再來了。

想到這些，太上皇心中不禁有些酸澀。

又過了半個月之久，九王爺奉命回潞城，帶領殷家軍，鎮守南疆。

陳家人除了陳寧遠留在上京為皇上效力，其他人也都回潞城去了。出人意料的是，大長公主這次也跟著他們一路同行。

大長公主離開上京那日，有許多朝中武將都特意去送她，其中甚至不乏南疆的武將。

從前，他們生怕先皇忌憚，不敢與北疆太過親近。如今的皇上顯然並不在意兩軍交際，甚至讓九王娶了大長公主的外孫女。於是，南疆的武將也像是掙脫了枷鎖一般，不再掩飾他們對大長公主的敬仰崇拜之情。

陳寧寧坐在馬車裡，看著那些人來送外婆，還有人歡呼著她的名號。一時間，她也忍不住有些熱血沸騰。

人生在世，若能像外婆這般，做出利國利民的貢獻。那她便是當之無愧的英雄棟梁，理應得到國人的敬愛和崇拜。

這時，大長公主突然問道：「妳想什麼呢，眼圈都紅了？」

陳寧寧便道：「我在想，我外婆是個大英雄！」

大長公主聽了這話，終是忍不住紅了眼圈，又問道：「妳難道不會因為妳娘的事，心中埋怨我？若我當日不去北疆，留在上京城撫養妳母親，妳母親定然不會這般慘死，妳也不會被人給拐走。」

陳寧寧卻搖頭說道：「我娘一定跟我一樣，打心裡覺得您是個大英雄。她心中肯定對您無比崇拜。或許，她性格內斂，很多話都不會說出來。可每次您回上京來，她定會第一時間去看您，是不是？」

大長公主想了想，的確明珠每次都會趕來陪伴她，還會親手置辦飯食給她。也正因如此，她才對這個黏人的小外孫女忍不住心生喜愛。

陳寧寧又握著外婆的手，說道：「今生，能與您再相見，已經是我最大的幸運了。更何況，就算被帶走了，我能遇見這樣疼我的爹娘，又有這樣的兄弟，如今還有這樣的姻緣，定是您守護了許多人，積攢下的福緣。所以在冥冥之中，老天才會庇佑我。」

大長公主聽了這話，心中突然舒暢了許多。又垂下眼睛說道：「分明是妳自己也積下了福氣。妳的番薯，還有在旱災中的捐款捐物，也救下了不少人呢。」

陳寧寧便把頭靠在她肩膀上，輕聲說道：「我倒寧願把福氣分出來，只求佛祖保佑，外婆長命百歲。這樣我便能長長久久跟外婆在一起了。」

她說這話時聲音綿軟，一副愛撒嬌的模樣，讓一向剛強的大長公主，也變得柔軟起來。

與此同時，積壓在她心頭的那些痛苦和不甘，似乎便消散了。她輕輕地摸著陳寧寧那柔軟的頭髮，一心只想著繼續陪伴著她，看著她生兒育女，看著她生活美滿幸福。

這便足夠了。她的一生雖然辛苦，卻也沒有遺憾了。

九王一行人離開上京城之後，太上皇很是失落了一陣子。

他防備了大半輩子的大長公主，被皇上輕而易舉的放走了，他費盡心思挑撥了南疆、北疆兩軍關係，如今也和解了。

他過往所做的一切，在皇上的抉擇下，都證明了他的錯誤。這些事情一股腦壓下來，給太上皇帶來了難以預計的衝擊。就彷彿，他所有精力在一夕之間，都消耗殆盡了。

太上皇整個人都開始迅速衰老。

平日裡，太上皇不再召見他那些太妃，也不再招那些老臣來寧壽宮與他敘舊。反而終日坐在搖椅上發呆。

有時候，他一坐就是大半天，半瞇著眼睛，看著窗外的花草。順便再回憶，他年輕時那些意氣風發的時光。只可惜，到了如今，他身邊竟一個知心人都沒有。

太上皇也不知怎麼，突然感染了風寒。一度病得很重，整日裡都在沈睡，太醫們也拿這個病毫無辦法。要他們診斷，也只能說太上皇快到時候了。

也正因為這場病，皇上還是過來寧壽宮侍疾了。

一日清晨，太上皇睡醒過來，卻見皇上坐在一旁睡了，身上還蓋著薄被。他便連忙叫來太監，罵道：「怎麼讓皇上這樣睡了？他身子本來就不好，再病了耽誤國事，唯你是問？」

嚇得太監連忙跪下請罪。

這時，皇上卻睜開了雙目，看向太上皇。父子倆四目相對，倒也坦蕩了許多。之前那些矛盾在這一刻似乎突然都化解了，也能說幾句體己話了。

太上皇吸取了之前的教訓，絕口不提九王如何，大長公主如何，南疆、北疆如何，兩父子倒也和睦了許多。

甚至還一起吃了早飯加午飯。

太上皇甚至還說起了皇上童年時的一些趣事。

厲瑭是他第一個兒子。那時候，他還尚未登基，完全把厲瑭當成寶貝看待，甚至還曾經把厲瑭放在他的肩頸上，給他當馬騎。

太上皇說起這些事情。皇上也瞇眼笑道：「我也記得年少時，父皇很疼我。」

正因為這樣，他才懂得如何疼惜別人，才知道該如何去撫養小九。只可惜，太上皇與他的父子之情，隨著當年父親坐上王座，慢慢便散淡了。

皇上想著，無論如何，他都要把和小九之間的情誼維持下來。不然的話，他恐怕也會變成太上皇這樣。

後來，皇上也開始說起了小九年少時的趣事。

太上皇一旁聽著，也跟著瞇眼笑著，嘴裡甚至說：「小九小時候的確可愛得緊，像小尾巴似的，一定要跟在你身後。那時候，你在上書房念書，他也要跟去；你學著處理政務，他也要在一旁聽著。實在沒見過像你們那樣好的兩兄弟。」

皇上便說道：「虧得我把小九抱回來，給我帶來了不少樂趣。」

不然，他也不知道怎麼熬過皇宮裡的生活。

父子倆一言一語，說得十分盡興。

到了下午，太上皇突然說要午睡，皇上親自給他蓋了被子，才去處理政務。本想著，晚上時再過來陪太上皇吃飯，卻有心腹太監來報。

「太上皇崩了，走得很安詳。」

皇上拿著奏摺的手顫了幾顫，面上冷靜地說道：「傳旨禮部，置辦國喪。」

國喪期間，九王並未回京。那時候，陳寧寧已經懷孕四個月了。

在回潞城的路上，也曾折騰了好一陣子。

好在陳寧寧珠子裡的那個外婆的小院並未消失，神仙泉也還在，於是她悄悄取了一些神仙泉出來，熬成養生湯，很快便把身體調理過來。

原本厲琰、大長公主、陳家父母都很擔心，都覺得這個孩子來得不是時候，不小心便會沒了。於是，長輩們都格外小心。厲琰還千方百計，尋來了名醫一路隨行。

好在陳寧寧身體足夠硬朗，順利撐了過來。

等回到了潞城的家中時，陳寧寧胎象已穩，肚子也慢慢膨脹起來。她並沒有因為懷孕，就氣色不佳，相反臉色十分紅潤。大概是日子過得舒心，整個人都透著一股生機勃勃的活力。

只可惜，厲琰仍是緊張得要命。不僅沒讓那位大夫離開，反而還重金又聘請了兩位婦科聖手，在府中待命。

原本陳寧寧回來之後，便要著手推廣玉米了。甚至朝廷那邊因為番薯的緣故，也給了他們許多福利。可如今家裡人十分擔心她，恨不得時時刻刻盯著她，她只得把玉米這事，交給了喜兒、月兒協同陳嬌一同辦理。

陳嬌本來就是九王的人，倒也不算外人。況且她經商經驗豐富，為人老練。她和陳寧寧既是朋友，又是合作夥伴，兩人志趣相投，相處得十分和睦。這次合作起來，也是順風順水，如虎添翼。

陳寧寧便想著，等到孩子生下來，養好身體。再繼續擴展她的商業版圖，順勢也要大展身手。

與陳嬌閒聊時，陳寧寧多少也透露出一些這方面的意圖來。

陳嬌對此有些吃驚。心想，王妃如今都要生了，生了孩子後，怕是要被關在內院裡了。這便是女子的宿命。更何況王爺那般位高權重，如今又有大長公主在一旁看護。哪裡容得下王妃像成婚前那般隨意妄為？就算王妃要繼續經商，恐怕也只能透過管事了。

不過，單單是王妃婚前那般作為，就讓陳嬌無比欽佩。

陳嬌如今已經二十六歲，孩子也都生了兩個。當時她也是受到陳寧寧的影響，早早招了上門女婿，人還是她自己選的——家中父母雙亡，也無兄弟，為人老實本分，一心只想讀書考學。

雖然他其實並不是讀書的好材料，也沒有那麼大的才能。

但陳嬌卻時常鼓勵他念書，並且表示一定會供他考科舉到底。她丈夫因此深受感動，把陳嬌視作這世上唯一的知心人、伯樂知己。自此越發努力讀書，平日對陳嬌也是關愛有加，夫妻二人感情很好。

陳嬌如今便打定主意，與其讓別人給王妃當管事。倒不如她直接攬下這份差事。她雖然沒有王妃的經商頭腦和魄力，卻自覺是個不錯的執行者，若能與王妃繼續合作，雙方都有好處。因此，她便把這事上報給了九王。

未料九王聽了陳嬌的話，卻道：「原本妳們便是由王妃管的，這事便由王妃做主吧，我並不插手。」

陳嬌一時便愣住了。

後來，總管來安才同她解釋。原來王府中一應事物，以及商號買賣，自從成婚後，便全權交到王妃手中。就算王妃懷孕期間，王爺也不曾插手。頂多也就是時時招大夫和下人過來詢問，王妃身體如何，可有不適。

只要王妃身體健康硬朗，王爺便不會過問王妃的事情，任由她自己發揮。

陳嬌聽了這話，越發感到吃驚。她心中暗想，以王爺寵愛王妃的程度。怕是生了孩子之後，或許王妃還會繼續打理買賣？

只是，她也並非一點機會都沒有。如今她和王妃相處得十分愉快。若是加把勁，成為王妃手下第一得力幹將，也是可以的。

其實很多事情，陳嬌從前想都不敢想。以前她認為，這輩子頂多也就是成為自家商號的管事，很有可能還不能是正式東家。如今卻因為結識了陳寧寧，她的處境慢慢改變了。

除了父親因為佩服陳寧寧，加大了對她的培養。這幾年，陳嬌跟著陳寧寧一步步往前走，竟然也走到了一個前所未有的高度。

而且不只是她，田大小姐，潞城許多小姐、夫人，或多或少都受到了陳寧寧的影響。

陳寧寧完全是白手起家，靠著自己打拚，一步步把買賣做大。同時，還贏得了屬於她的姻緣，也找回了自己的尊貴身分。

如今，潞城很多女子不甘於平凡，想要經商，或者做一些事業，都會以九王妃為目標。有了陳寧寧為先例，她們的父母或多或少都會被勸服。就算不會支持她們，也不再像以往那麼拚命阻止。那些人會忍不住想，陳寧寧能從那種低谷絕境走出來，走到這麼高。說不定他們的女兒、妻子也可以做到，也能創造出奇跡來。

在不知不覺中，潞城女人的地位是水漲船高，而且還有往外擴散的趨勢。

幾年後，潞城創辦了女子商會。

陳寧寧本來就被選作商會會長，不能再兼任，最後便由田大小姐做了女子商會的第一屆會長，陳嬌當了副會長，陳寧寧則是名譽會長。

不只是潞城，周圍城鎮的女商人，也喜歡在潞城女子商會掛個名號。

平日大家互相幫襯，相互守望，慢慢形成了一個穩定的團體。

而陳寧寧不只事業發展得極快，家庭生活也十分幸福。

她和厲琰一直恩愛如初。生了第一個兒子之後，她調養好身體。很快，便又生下了第二個兒子。

而後也不知道厲琰從哪裡聽說，孩子生多了對女子身體有妨礙，便不讓陳寧寧再生了。又找婦科聖手，弄了一些無害的藥物避孕。

原本，陳寧寧曾為養育孩子發愁過，她不擔心自己，只擔心丈夫的性格會不喜孩子。可她萬萬沒想到，平日只對她有耐心，對別人都有些冷漠的厲琰，等到孩子出世之後，他的性子居然柔軟了些，對孩子也十分溫和。

厲琰很快就學會了抱孩子，一點忌諱都沒有，甚至不覺得帶孩子會有損王爺的威嚴。

陳寧寧忍不住問起此事，厲琰便隨口說道：「這有什麼好奇怪的？當日兄長便是這麼把我帶大的。」

瞧厲琰板著臉搖孩子，這一刻，陳寧寧由衷感激起皇上來。

若沒有皇上，她大概也不會有這麼好的丈夫吧？

番外

厲熠是在十歲那年，第一次跟父母和弟弟厲煒回上京城的。

他們一家久居潞城，父親身居高位，厲熠身分自然也很尊貴，人人都要喚他一聲世子。若是生在上京城裡，他這般身分，必定會被父母加倍管教培養。

好在他出生在潞城，又託了母親的福，父王並未太過拘束他。反而任由他和弟弟度過了熱鬧又快活的童年時光。

他們一家，經常是山上山下兩頭跑。

母親會親自帶著他們到田間，辨認糧食、蔬菜以及各種藥草。還帶著他們，親手在田裡栽下第一株幼苗。

厲熠從小就知道，生活中處處都充滿了道理，他們會像幼苗一般茁壯長大。

父親則是親自把他們抱上了小馬，教導他們學習騎射武藝，帶領他們體會軍隊裡的將士豪情。

除此之外，曾外婆有著說不完的戰場故事，其中蘊含著數不清的道理。

而外公也會教導他們讀書寫字。

自從小舅舅中了狀元之後，外公在潞城變得非常有名望。就連他在青山書苑裡的課程也總是擠滿學生。許多富貴人家，花重金也想讓外公給他們的兒子啟蒙授課。

後來，厲熠、厲燁兄弟漸漸長成，外公便辭了青山書苑的差事，帶著兩個外孫讀書。

平日外公十分溫柔，但在教書時卻格外嚴謹。若是兩兄弟當真犯了錯誤，外公也是會拿出戒尺，打他們手板子。不過往往在這之後，外婆就會偷偷給他們送上好吃的果子、點心安慰。

母親見此情景，多少有些無可奈何，卻也管不得外婆。她總覺得慈母多敗兒，兩個孩子稍微受些管教總是好的，可惜，她自己也對孩子強硬不起來，便只能寄託於孩子的父親。

父親那邊雖然經常冷臉，做出一副很有威嚴的樣子。可他的嚴厲大半放在外面，對自己的孩子卻是極好的。空閒時間便與家人待在一處，甚至會陪著孩子習武，做遊戲。

也是因為這個緣故，弟弟厲燁在騎射武藝方面展現出了驚人的天賦。小小年紀便已經把騎射武功練得像模像樣。而且，他似乎天生精力充沛，總喜歡跑去軍隊裡。

對此，厲熠也並無嫉妒。

他覺得，自己大概隨母親更多一些。外公也說他小小年紀便十分通透，再加上頭腦機敏聰明，若是一心讀書，必將會有大成就。

可厲熠卻沒辦法把精力都用在念書上。他年紀實在太小了，又被母親帶著。只覺得很多事情都非常有趣，讓他什麼事都想做。

特別是母親的買賣越做越大，厲熠的眼界自然遠非尋常人所能比擬。母親在父親的支援下，能把自己的事業發展到全大慶。厲熠便想著，或許他也能青出於藍。成為大商人，將母親的事業進一步發展。

特別是後來父親加強軍備，率領海軍收復呂宋之後，也曾經帶著他們一家去到呂宋玩耍。

那時小小的厲熠，第一次意識到世界那麼大。不只是潞城，不只是大慶的疆土。一旦坐上大船，奔向大海，世界將會變得無比寬廣，甚至沒有邊際。

母親曾告訴過他，腳下的土地在一個巨大的圓球之上。海洋是沒有盡頭的，只會連接一塊又一塊大陸。

那些金髮碧眼的人居住在遙遠的西方，他們有番薯、有玻璃、有馬口鐵，有著各種各樣我們所沒有的先進技術。只有把那些技術學習過來，大慶才能變得更強大。

就好比這次，父親之所以能輕鬆攻下呂宋，就是學習了佛郎機人先進的造船和火炮技術。

而多年前，陳軒的船隊帶回來的番薯被母親培養成功。後來，番薯就布滿了大慶的土地，人們也擁有了更加高產的糧食作物。

接著，又因為陳軒那時候送給母親一瓶玫瑰鹵子。母親沒看上玫瑰鹵子，卻被那個小小的玻璃瓶吸引。後來，他們便開了玻璃坊。

父親也體驗到了外面技術的好處。

也因此，後來他又加大力量和投入，派出許多船隊出海經商。那些商人都曾經接受過嚴格的培訓。或許以重金，或其他手段盡出，這些年弄回來許多先進技術。

而後父親又把一些技術用在軍隊防備上面，還擴大了海防軍。

當今皇上，也就是厲熠的大伯，對此十分重視，也曾想擴大資金投入在這方面。

可朝廷裡卻有著種種不如意。

父親總說，大伯為了讓全天下人吃飽飯，已經絞盡腦汁。一時半會兒，恐怕分身乏術，他們的軍隊只能自己想辦法。

朝廷發下來的軍費，遠遠低於軍防所需。母親便決定把商號的錢借給朝廷，幫助擴大海防。

大伯自然不願意讓母親吃虧，於是又支持母親開辦了民間最大的利通寶號。

利通寶號背後有南疆軍作保，因而在民間信譽極高。再加上，每到天災人禍，利通寶號都會通過自己各方人脈，為災區輸送各種物資。在某些方面，也安定了人們的生活。因而，就算是普通的平民百姓，也很信任利通寶號。

民間也有種流傳很久的說法，潞城的陳大當家才是當今第一大財主。可惜，她所有的銀錢都為了慶國而用，不全捏在自己手中。

陳寧寧這個名字，也慢慢變成了一個傳奇。

厲熠慢慢長大，他隱約覺得，利通寶號早晚會交到他手中。因而，他更加倍用心在讀書上，所以在習武馬術方面，自然沒有弟弟厲燁那般好。

一日，厲燁那傻小子又跑來對他說：「哥，總有一天，我會變成大將軍，到時候，由我來保護你，可好？」

厲熠聽了又好氣又好笑，卻又覺得十分暖心。最後，也只是輕輕地撫摸厲燁那柔軟的頭髮，說以後就全靠他了。

原本厲熠已經計劃好了自己的未來，他甚至有個夢想。

等到了二十歲，他要跟父親說，他也想帶著船隊出海，去西方大陸上，與那些紅眉毛綠眼睛的外國人談買賣。他也想像那些商會的大叔們一樣，憑藉著三寸不爛之舌，說服那些外國商人，把他們的好東西帶回大慶來。

厲熠甚至還找老師，學習了外國語。

可他還沒來得及長大，他們一家人卻要進京了。

厲熠聽到了不少坊間的閒言碎語，說他父親如今功高震主。母親在民間聲望那麼高。有人甚至造謠，大慶國一半財富進入九王的口袋。這次回上京，他們一家恐怕凶多吉少。

厲熠為此沒少擔心。

可父親卻罕見的十分開心，甚至還拉著母親的手說道：「這都將近十年了，終於能回去見皇兄了。這些年，咱們一直往上京送藥草，太醫也說兄長身體養得很好。可我卻時常擔心他。之前我多次上奏摺說想要回去，兄長都沒有答應。這次會不會發生了什麼事？」

母親便握著他的大手說道：「皇上是明君，這些年河清海晏，風調雨順，老百姓也能安居樂業。還會鬧出什麼事情？你也莫要太操心了。咱們進京自然就知道了。」

父母好像一點都不擔心，皇上大伯會卸磨殺驢。

厲熠私底下覺得，父母實在心太大了，一點危機感都沒有。

他甚至暗中猜測，此次去到上京，定然會有一場惡仗要打。既然父母沒有防備之心，倒不如由他來多做提防才是。

抱著這樣的心思，厲熠一路上都不大高興，甚至變得像小學究一樣嚴肅。

等到了上京城，見到當今皇上時，厲熠也十分拘謹。各種禮儀，他分毫不錯，甚至還有心思提醒自己的兄弟，一步都不能錯，小心被抓住把柄。

偏偏坐在龍椅上那位穿著龍袍、身材瘦削的皇帝大伯，見了厲熠這般模樣，非但沒有先誇讚他端方得體，反而笑著轉向父親說道：「這小一長得倒是跟你小時候是一個模子刻出來的。見了他，就像是看見了當初那個你似的。只不過你小時候可纏人了，小一這模樣倒是比你老成、穩妥。」

厲琰卻笑道：「小一的性子的確不太像我，說起來，還是小二的性格更像我。小一就跟個小大人一樣，總有許多心事。要我說，他和兄長倒還更像呢！」

「喔？當真如此嗎？」皇上一臉興致地招厲熠上前，細細打量他一番。

也不知是不是靠太近的緣故，厲熠與皇上對了眼，只覺得皇上大伯看他的眼神溫柔極了。就像父親看他時那般模樣，以至於先前所有懷疑戒心瞬間就都消散了。

厲熠很快便沈溺於那溫柔寬容的眼神裡。他喜歡大伯，喜歡聽他說話，喜歡留在大伯身邊。

也不知道怎麼回事。短短幾天，大伯好像就超越了所有親人，變成了厲熠最崇拜的人，就連小二厲燁也同樣喜歡大伯。

只不過，厲燁的性子是耐不住的，時常要到外面瘋跑瘋鬧，活潑得過了頭。

大伯還為此特意送了他一匹汗血小馬。

厲燁喜歡極了，恨不得終日同小馬在一起玩。自然也沒有繼續留在大伯身邊。倒是厲熠就像小尾巴似的，總喜歡圍著大伯打轉，還會跟大伯聊天。

大伯好像對這種事情格外有經驗。在批奏摺或者處理政事的間隙，也會找厲熠說話，問他一些事情。每次聽見他的童言童語，大伯總是發自內心地笑得很開心。

連吃飯的時候，大伯也會格外照顧他和弟弟的喜好。甚至依天冷天熱，相應調整飲食，這讓厲熠對大伯更親近了。

皇上當真把厲熠和厲燁照顧得很好，似乎也很享受這種照顧孩子的生活。

這讓陳寧寧見了，都忍不住嘆氣。「皇上不養孩子，倒是可惜了。」

厲琰看著她，一臉欲言又止，沈默半晌，到底還是沒有說出來。

可陳寧寧知道他的想法，便忍不住握緊了自己的拳頭。

這一次夫妻倆並沒有說話，儘管他們緊緊靠在一起，甚至握著手。

皇上早年傷了身子，後來雖然得仙草調治，逐漸痊癒，已然與常人無異。可時隔多年，他卻仍然無子。又經太醫多年診治，終於確定皇上此生與子嗣無緣。

此事也不知怎麼就傳播出去。那些早年間被太上皇整治得無力翻身的王爺們，終於又看見了新希望。

這些年，他們雖然沒有被重用，有些人甚至被圈禁。閒來無事，只能用來生養孩子。

三王、七王如今捲土重來，都想把各自家裡的孩子塞進宮裡，最好能交給皇上親自撫養。為此，他們沒少使用一些手段。

就連低調了許多年的六王府，如今也打起了這個算盤。

原本六王府就是側妃張玉芝當家。她為了顏面，自然不敢對魏婉柔生下的孩子下狠手，甚至還要處處照顧他。

從前，她也想過把那孩子養廢也就罷了。偏那孩子從小便是個敏感乖覺的性子，他從來不相信張玉芝，只在面上保持相對尊重。再加上，就算魏婉柔生前做下錯事，皇上也不曾動過替換世子的心，甚至還讓人多加看護他。

有了這一層，張玉芝那邊越發謹慎了。

如今，正趕上皇上無子這一事，張玉芝便想要利用起來。因而，她也積極動用了娘家那邊的人脈，想著把自己兒子送進皇宮。

只可惜，上京城裡波濤暗湧，各方勢力盡出，卻仍被皇上全數擋下。

直到今年九王一家進京，所有人很快便熄了火。

從前，九王便是皇上一手撫養長大。如今皇上見了九王的兩個孩子生得玉雪可愛，更是愛得不行。甚至把孩子留在宮中，親自照顧了一些時日。

霍皇后也跟九王妃家裡是親眷，九王妃的外祖正是霍皇后的本家二爺爺。就算看在大長公主的面上，霍皇后也願意與九王妃親近。

再加上，九王本來就統帥著南疆軍隊，他娶得陳寧寧，又與北疆軍有著千絲萬縷的關聯。若是九王之子能送進宮中，悉心培養，假以時日，必定能形成一種新的制衡。

這事若是放在別人家裡，恐怕早就爭著把孩子送給皇上，表忠心去了。可九王那邊卻始終都沒有大動靜。

九王看上去，似乎不太想把兒子送進皇宮陪伴皇上。而九王妃那邊也是絕口不提此事，仍是與年少時那些舊友往來敘舊。他們一家就像是來上京城探親的，似乎探完親，便會舉家離開，並不想蹚渾水。

然而，很多權貴心裡都如明鏡一般，他們心中暗想著，九王如此糊塗，大概會錯失良機，倒不如另尋一方勢力。

一直到九王一家進京待了三個月，九王也不能一直放著南疆軍不管，要準備回去了。

這一日，在花廳之中，九王妃捧著茶杯，嘆了口氣，終究還是點了頭。

厲琰見狀，連忙上前問道：「寧寧，妳這是同意了。」

陳寧寧眼圈一紅，又說道：「罷了，他總歸把你養大，就如同婆家一般。就算是刁鑽的兒媳婦，也沒道理不讓自己兒子去給婆家盡孝的。更何況，你不是一直放心不下他嗎？」

說著，她便用力握住了丈夫的衣袖。她兒子今年才十歲，這般年幼，她又如何捨得？但如今沒辦法，只得說道：「若小一留在上京，往後少不得我常往這邊跑，你倒時候可不要攔著我。」

厲琰便說道：「不只是妳，我也捨不下小一，自然要全家一起過來看他。」

夫妻倆達成了共識，陳寧寧決定先緩一緩，打算過幾日，再好好同厲熠談談這件事。

次日，厲琰進宮提及此事，不想皇上卻垂著眼睛說道：「難不成你們兩口子覺得，朕會把小一搶過來不成？」

厲琰便說道：「怎麼能算是搶呢？是我們兩口子決定把孩子送到婆家盡孝。」他乾脆把妻子那番比喻的話說出來給皇兄聽。

皇上聽了，忍不住大笑，甚至笑出了眼淚。看得出來，他的心情是極好的。覺得小九還是他養大的那個滿心赤誠的孩子，就算是他視若珍寶的孩子，也會毫不猶豫的送給他。

只是，他又怎麼捨得讓小九難過？

過了一會兒，皇上清了清喉嚨，說道：「這些年，託了弟媳的福，沒少給我送仙草靈藥，如今把我的身體調養得極好。就算在這位置上再坐上二十年，也不成問題。至於立嗣一事，我如今還能壓得住。也不瞞你說，這次我的確看中了小一。那孩子被你和弟媳教養得極好，將來定會有大造化。只是如今我並不打算把他留在上京城裡，孩子總要養在父母身邊才好。不過，你也不妨讓他提前做好準備。怕是他長大後，也不能坐大船出海去找洋人談買賣了。」

厲琰聽了這話，連忙說道：「把那孩子留在皇兄身邊，也能解悶。」

皇上卻挑眉看向他。「朝堂上下，那麼多有趣的人，整日都給我解悶，完全閒不下來。我哪裡還需要小孩子呀？只不過我實在喜歡小一、小二喜歡得緊，怕是往後會時常召他們進宮的。」

厲琰連忙答應下來。又忍不住看向皇兄。

時隔十年，他們之間並沒有因為距離變得生疏，反而還像年少時那般親近。

厲琰在軍中一向威風八面，回到家裡也是當之無愧的頂梁柱。可一旦到了皇上面前，卻仍像年少時那般，忍不住依賴他，同時憧憬著他。

皇兄他就像太陽，在他的帶領下，大慶定然能迎來盛世。對此，厲琰從來不曾懷疑過。

只是，他又時常對皇兄心懷不忍，總想為他做更多事情，讓他不再那麼辛苦。為此，他甚至也寧願做出犧牲。卻不想，皇兄還是從前那個皇兄，不要他任何犧牲，只會做出最好的安排。

幾日後，九王一家離開上京，同時也帶走了幾位先生。

厲熠看著坐在馬車裡，跟著他們一起出發的先生們，忍不住苦著臉問母親。

「當真要把這些先生帶回家嗎？往後我們要讀很多書嗎？那會很辛苦吧？」

母親卻摸著他的頭，說道：「是你自己跑去跟大伯哭，說好捨不得大伯，以後再也沒有那麼多有趣的故事聽了。大伯這才給你派下這幾位先生來。你以後要好好讀書，可不能辜負大伯對你的期待。」

小小的厲熠只覺得肩頭的負擔很重，可想到大伯，卻也說不出拒絕的話來。

他如果好好努力的話，將來，大伯就不用那麼辛苦了吧？

大伯那麼溫柔的人，身體卻很瘦弱。短短兩個月的接觸，讓小小的厲熠產生了一個小小的念頭。

他以後也會好好照顧大伯的，就像照顧父母、外公、外婆，還有曾外祖母那般。

——全書完

軟萌小軟糖，餘生給你多點甜／途圖

2021年9月出版

登唐入室

她向來柔柔弱弱、不與人爭，
因此，他沒想到她竟會為了他與人吵架，
她說，他在的一天，她便安心當將軍夫人；
倘若他為國捐軀了，她為他守寡便是！
她這麼理所當然的一番話，他聽著聽著，竟有些心醉了……

文創風 986 1

一穿過來就是大婚之日，她的小心臟實在承受不住這般大的驚嚇呀！
她唐阮阮，個性就跟軟糖一樣，軟軟的、甜甜的，誰都能捏一下，
重點是她唯一拿得出手的長項就只有做零食，除此之外啥都不會，
這般沒才能的她竟是天選之人？這中間是不是有什麼誤會啊？天大的那種！
莫名其妙讓她穿越過來，要她救夫婿一家、救大閔朝，是否太為難她？
偏偏她這人又不愛與人爭，上天叫她嫁，她也只能嫁了，連回個嘴都不敢，
幸好這被賜婚的新郎官似也有滿腹委屈，撂下話就甩頭走人，真是可喜可賀啊！
待她緩過勁來，再好好想想該怎麼當這個救夫救國的將軍夫人吧……

文創風 987 2

說起已故的公公鎮國公，那是當今聖上的伴讀兼好友，忠君愛國的好漢，
但好人不長命說的就是這種人，據說三年前在跟北齊議和時，他因貪功送了命，
而且當初死在無人谷的還有夫君的大哥，就連二哥都身受重傷，斷了右臂！
秦家父子四人瞬間折了兩個半，死的不僅被潑髒水，活的還伴君如伴虎，
從此夫君秦修遠便一肩挑起鎮國公府的重擔，殺得北齊軍聞風喪膽，掙下軍功，
按照原本的設定，新婚之夜唐阮阮的原身一命嗚呼，接著他會被奪兵權、誣謀反，
皇帝下令秦府滿門抄斬後，北齊趁機舉兵進犯，大閔從此生靈塗炭、民不聊生，
還好，她來了。既然她是天選之人，那麼她會好好守護這忠勇世家、好好寵愛他！

文創風 988 3

雖然她只會做些零食、小點，但她既來之則安之，每天待在小廚房裡煮東煮西，
還別說，她唐阮阮經手的東西，沒有一樣不令人垂涎三尺、讚不絕口的，
如今不單牢牢抓住夫君的胃，就連上至婆婆、下至奴僕都愛極了她，
但也並非所有秦家人都喜歡她，喪夫後有憂鬱症傾向的大嫂就沒給過她好臉色，
原來朝廷文武官向來不合，以左相為首的文臣看不慣武將做派，時常口誅筆伐；
而武將們又覺得帝都繁華全賴他們浴血奮戰，文臣們只懂得耍嘴皮子，
於是她這個內閣首輔之女就被指婚給了鎮國將軍秦修遠，用來調解文武之爭，
糟的是，原身差點成了左相的兒媳，而秦家懷疑公公和大哥冤死是左相搞的鬼，
所以她這個跟左相有那麼點關係的文臣之女，便一直無法得到大嫂的喜愛，
都說家和萬事興，希望有朝一日她的美味吃食能夠順利修補妯娌間的關係啊……

文創風 989 4 完

他當初不滿皇帝賜婚，所以不肯與她圓房、故意給她難堪，
後來他習慣了每日回來都要看一眼她在不在小廚房裡，心裡盼著有無新吃食嚐，
再後來，他看到她用心對待他身邊的人、用心對待他，他怎能不心悅她？
聽見他的表白，知道他如今一心護著她、想對她好，唐阮阮心裡是滿滿的歡喜，
秦修遠以前吃了太多苦了，所以她希望餘生能讓他多嚐點甜，
而參加朝廷一年一度舉辦的美食令，便是她要送給他的第一道甜，
因為過往奪冠的彩頭都是些奇珍異寶，可今年皇上放話說會允諾一件事，
她曉得他心裡一直想替公公和大哥洗刷冤屈，因此，這回的彩頭她勢在必得！

文創風
1007

寧富天下 3 完

國家圖書館出版品預行編目資料

寧富天下 / 鶴鳴著. --
初版. -- 臺北市 : 狗屋出版社有限公司, 2021.11
冊 ; 公分. --(文創風 ; 1005-1007)
ISBN 978-986-509-265-8(第3冊 : 平裝). --

857.7　　110016637

著作者	鶴鳴
編輯	林俐君
校對	吳帛奕
發行所	狗屋出版社有限公司
地址	台北市104中山區龍江路71巷15號1樓
電話	02-2776-5889～0
發行字號	局版台業字845號
法律顧問	蕭雄淋律師
總經銷	知遠文化事業有限公司
電話	02-2664-8800
初版	2021年11月
國際書碼	ISBN-13　978-986-509-265-8

本著作物由北京晉江原創網絡科技有限公司授權出版

定價260元

狗屋劃撥帳號：19001626

網址：love.doghouse.com.tw　E-mail：love@doghouse.com.tw